전 5권 중 제 4권

임득호 여행수필집

경기도

7순 노부부가 다녀온

두꺼비와 콴나의 황혼여행

THE 삶

두꺼비와 칸나의 황혼여행
전 5권 중 제 4권 / 경기도 편

1판1쇄 발행 / 2022년 6월 27일

발행인 김삼동
편집 · 디자인 선진기획
인쇄 선진문화인쇄
펴낸곳 도서출판 THE삼
전화 (02)383-8336 **주소** (03427) 서울시 은평구 서오릉로21길 36 현대@101동 401호
전자우편 ksd0366@naver.com

7순 노부부가 다녀온

두꺼비와 관나의 황혼여행

경기남도

늙는 것이 슬픈 일이긴 하나

하늘이 높고, 그늘을 피하고 싶어지면 가을이 깊어 간다는 증거다. 그러면 사람들은 단풍과 가을꽃이 분위기를 한껏 끌어올린다며 그 뷰를 즐기기 위해 단풍여행을 떠난다. 마음 설레기로 따지면 야, 봄꽃여행은 명함도 못 내민다. 우리는 어제, 양평에서 강과 마을이 어둠속으로 사라지면서 또 다른 세상을 그려내는 모습을 조용히 지켜보았다. 아내를 불렀다.

우리는 물안개로 가득 채워진 강이며 어둠에 묻히는 강 너머 마을의 모습, 하나 둘 불빛이 별빛이 되는 모습을 지켜보고 있었다. 해무에 취해본 적은 있어도 이런 분위기와 마주하는 건 처음이다. 넋 놓고 바라볼 수밖에 없었다.

정신없이 걷고, 또 걷고 그러다 파김치가 되어 숙소에 들어오면 기진맥진해 쓰러지듯 침대에 벌렁 누워 고단한 몸을 쉬면서 오늘 하루 참 바쁘게, 멋있게 여행했다며 깊은 잠에 빠져들던 우리의 모습을 잠시 떠올려보았다.

새벽에는 신비의 물안개를 어찌 거두고 있는지도 궁금했다. 꿈적도 않고 서서 눈을 뗄 수가 없었다. 강물이 어렴풋이 민낯을 드러내는 순간, 안개를 가르며 나타난 한 쌍의 오리부부는 마치 신부의 면사포를 씌우러 온 요정 같았다. 파라솔여인에게서 어둠까지 걷어가고 있는 모습을 지켜보고 있었다.

새벽은 하루를 알리는 출발이지만, 내 마지막 날의 시작일지도 모른다. 그런데 마을과 강물이 붉은 보자기를 흔들며 오늘을 알리려고 다가오고 있지 않은가. 이 나이쯤 되면 동무들과 노느라 끼니때를 놓치는 일은 없을 것이니, 어둠이 찾아온다고 한들 굳이 서두를 필요는 없을 것 같다.

　길 떠날 채비는 마쳤으니 새로 산 신발만 신으면 됩니다. 그러니 너무 오래 기다리게 하지는 마세요.

　"여보게들! 노을이진다고 너무 슬퍼하지 마시게나."

과 천

내 소중한 비밀의 정원

2018년 11월 1일(목)

세월을 낚는 사람과 시간을 죽이는 사람, 시간을 찾아다니는 사람과 시간을 기다리는 사람이 있다는데. 우린 어떤 사람에 속할까.

가을이 이렇게 익었는데 나들이 삼아 바람이라도 쐬다 올까. 그리 집을 나섰다. 여행이라 하기엔 가볍고, 나들이라 하기엔 무겁다. 지하철 타면 다녀올 수 있는 곳인데도 우린 이른 아침부터 서둘렀다.

한두 번 갔겠습니까. 손과 발을 다 사용해도 모자랄 걸요. 그런 곳을 오늘은 처음인 듯 긴 걸음으로 아내와 손 꼭 잡고 갔다. 바삭거리는 낙엽도 밟아보고 그렇게 함께 숲을 걸을 생각인거죠. 점심엔 시원한 동치미막국수 때리기로 오늘 계획은 그리 잡혀있었다. 주차장에 차 대고 화장실 다녀왔으면 출바—알 해야 하는데 깜빡할 때가 가끔 아니 종종 있다.

"나… 차에다 깜빡 잊고 두고 온 거 있는데."

"뭔데요? 웬만하면 그냥 가지요. 중요한 건 내 배낭에 다 있으니까."

"산에서 먹을 떡하고 오이를 배낭에 넣는다는 걸 그만 깜빡했지 뭐에요."

"그럼 할 수 없지. 누가, 내가 가? 챙기지 못한 사람이 책임져야 하는 거 아닌가."

　아무 말 없이 차키를 내밀었더니 받아들고 웃으며 간다. 뒤 한번 돌아보곤 손 흔드는데 움찔했어요. "알았어. 내가 갔다 올게." 그래야할 걸 그랬나. 조금 찔리긴 했지만 모른척하기로 했다. 거리가 좀 되거든요. 가까우면 얼른 내가 다녀오는 게 빠르지요. 그런데 오늘은 선뜻 가겠단 소리가 안 나오는 거예요.

　그런 해프닝이 있었기 때문일 거예요. 걸을 생각이었는데 코끼리 열차를 타기로 급 수정 했습니다. 그 바람에 자글자글 여학생들의 수다와 웃음소리에 파묻혔으니 큰 선물을 받은 거죠. 우리 부부가 한동안 얼굴에 주름살 확 펴고 다닌 걸 보면 알 수 있어요. 미소가 아니라 깊은 곳에서부터 흘러내리는 행복에 겨워 웃는 웃음이었다는 걸.

　이게다 늦었다고 코끼리차 타고 동물원에서 내린 덕 아닙니까. 하루를 그렇게 시작했습니다. 바쁘게 사는 사람이나, 그렇지 않은 사람이나 도낀 개낀 이란 거. 이런 걸 두고 하는 말 같았다. 발상의 전환은 생각하기 나름 아니겠어요. 오늘 마무리도 좋을 것 같다.

민화가 주는 교훈

　덤이란 이럴 때 쓰는 말이다. 대공원에서의 민화전시가 잠시 행복에 겨워하는 가슴에 꽃씨를 뿌려주는 역할을 제대로 한 것 같다. 오복(五福)을 갖춘 사대부들이 소일삼아 사군자(매(梅), 난(蘭), 국(菊), 죽(竹)를 치며 시 한 수 읊고, 술 한 잔 기우릴 때, 손재주 있는 서민들은 입에 풀칠하기 위해 일상을, 자연을 화폭에 담았다.

　민화는 나와 이웃의 복을 기원하기 위함이요, 애환을 담은 그림이다. 아들 녀석이 크레용으로 낙서하는 바람에 안방에서 병풍이 사라지긴 했지만 우리 때만 해도 그것은 귀한 혼수예물이었다. 익살스런 표정에 해학과 웃음을 담았으면 부귀영화와 장수를 기원하는 것이었다. 어르신 방에는 십장생도, 젊은 부부 방에는 다산, 장수, 부귀를 기원하는 병풍을 세웠다. 아이들 방에는 풍속도나 옛이야기의 내용이 들어있었다.

아내의 마음에 드는 작품은 목련꽃이라는데, 난 삽살개였다. 붙임성이 있는데다 귀신을 쫓고 복을 들인다 하여 양반집에서나 키운 개였다. 서민들은 누렁이를 키웠다. 유일한 동물성단백질공급원이라 복날에 허약해진 몸을 보한다며 잡아먹고 여름을 견뎠다.

세상 참 많이 변했어요. 보신탕이 뭇매를 맞는 세상이 아닙니까. 그런데 난 누렁이처럼 몰매는 흙수저가 맞고 있는데, 몽둥이는 금수저가 들고 있다는 생각을 했을까요. 푸들이 여인의 품에 안기고, 누렁이가 머리 염색을 해서 알아보지 못해 그랬나.

개가 아니라 옆으로 기는 게가 과거시험에 장원급제 기원을 담은 그림이라고 한다. 1등 만능주의가 조국의 번영을 가져온 것은 확실하다. 그러나 잘난 사람 못난 사람들이 다 함께 잘 사는, 아니 행복한 세상을 꿈꾸는 사람들이 많았으면 좋겠다.

그들의 꿈은 욕심이 아니라 바램이잖아요. 성과가 삶의 질보다 중요할 수는 있겠지만, 한 템포만 줄이면 유토피아가 아닌 진실이 보일 것 같은데. 금수저들은 못 보는 걸까 안 보려는 것일까. 민화에 담아낸 해학과 여유가 우리의 삶이었으면 좋겠다.

과천대공원 산림욕장 트레킹

정문을 주시하고 있었던 건, 삼림욕장을 트레킹하려는 3~4인의 중년의 남녀를 점찍고 뒤따라가는 것이다. 그것도 캥거루에 한눈 팔다가 단풍이 너무 고와 사진 한 장 찍는 바람에 놓쳐버렸다.

지금의 호주관 뒤편을 어렵게 찾아 갔는데 철문으로 닫혀 있었다. 처음엔 닫힌 문을 보고 되돌아섰지만 찜찜해서 다시 가보지 않겠습니까. 작

은 나무판자에 '산림욕장으로 들어가는 곳' 이렇게 쓰여 있었다. 쪽문을 힘
껏 밀었더니 찌익 하고 열리는 거예요. 오! 이 방법 좋네. 풀코스 걸을 사람
만 들어오라는 것 아닙니까.

오래 전 일이라 기억이 나겠어요. 어슴푸레한 기억력이 믿을 게 못되지
요. 무조건 왼쪽. 그리곤 '선녀 못 방향' 에서 머뭇거렸다. 길을 잃은 거북
이 꼴이었다.

난감 허네. 가끔 길이 애매할 때 산에서 쓰는 방법 중 하나가 귀를 빌리
는 방법이다. 그것도 도움이 되지 못했다. 이리로 올라갔던 것 같은데 아닌
가. 올라갈까요, 곧장 갈까요?

"여기 길 있어요. 이리 와 보세요. 이제 슬슬 발동 걸어도 되겠다."

눈썰미가 있는 색시가 앞장 서서 걸은 덕이다. 오늘은 나의 힘을 덜어주
려는 배려였을 것이다. 아내는 늘 나를 위해 한발 뒤에서 걸어왔던 분이다.

할딱거리며 올라올 것을 계산에 넣고 쉼터를 만든 곳도 있다. 나뭇잎사이
로 하늘 한 뼘 바라보고, 지저귀는 새소리 들으며 걷는다. 아무나 누릴 수
있는 것은 아니다. 건강과 의지가 같을 때 가능한 것이다. 그러기에 누가 뭐
래도 우린 복 받은 사람이다.

아쉬운 것이 왜 없겠습니까. 속상하지만 누가 고양이 목에 방울을 달으
려 하겠습니까. 술 한 잔씩 걸쳐야 산에 온 맛이 나는 어르신들을 보면 지
리를 뜨는 게 장땡. 이라 생각하는 젊은이들을 보면 민망하지요. 소리도 엄
청 공해거든요. 나이가 벼슬이 아니란 것쯤은 아실만 한 지혜는 있으신 분
들 갔던데.

가벼운 책 한권 들고 와서 글 몇 줄 읽으면 좋을 만한 곳엔 아줌마들이
모여 도란도란 이야기 삼매경이다. 우리도 한동안 그들과 동행인처럼 묻어
있다 왔다.

언젠가는 ROTC 동기모임에 왔다는 고교동창 형배부부를 만나더니, 오늘
은 고교동창인 명중이와 철원이를 동물원 북문으로 내려가는 길에서 만났
다. 막걸리 한잔 나누자는 말도 못 건네고 총총히 헤어진 것이 못내 아쉽지

만 무탈하게 8km의 대장정의 막을 내린 것에 만족하기로 했다.

과천대공원 저수지

사람들은 그런다면서요. 힘들 때 힘이 되어주는 사람이 있었으면 좋겠다고. 난 아내에게 힘이 되어주는 사람이었으면 좋겠어요. 가슴이 벌렁거리게, 귀를 즐겁게 해줄 줄은 모르지만 삶의 종착역을 향해 가는 내내 곁에서 지켜봐 줄 수는 있는 사람. 그런 사람이 되고 싶다. 아직도 꿈 많은 소녀이고 싶은 여린 아내 곁을 지키는 기사가 되고 싶은 것이다.

시 한 구절 주고받을 여유도 주지 않는 바람이 야속하지만, 어딜 가나 단풍이 고운 계절이다. 오늘은 대공원저수지를 시계방향으로 걷기로 했다. 청소아줌마는 오늘 온종일 낙엽과 씨름하느라 고생 좀 하시겠네.

단풍의 입장에선 훼방이 웬만해야지요. 여지없이 우수수 땅으로 떨어뜨리고 말아요. 무슨 심술이 그런지 몰라요. 쓰레받기가 풍요로워지는 계절이 늦가을 풍경이다. 나뭇가지에 붙어 있으면 단풍이지만 떨어지면 귀찮은 낙엽신세가 되고 마는 것이 어찌 낙엽뿐이겠는가 하며 허무해하는 나를 보고 아내가 입술을 날름 내밀며 저만치 달아난다.

"지금 수필 쓰고 계신 건 아니지요? 시나 한 수 읊어보시던가."

계절이 계절인지라 코스모스도 제몫은 톡톡히 하고 있다. 애잔하더란 말 많이 들어본 단어다. 코스모스가 오늘은 가을을 지키는 수문장 역할을 톡톡히 해내고 있었다. 가려는 가을을 떡 버티고 서선 '어딜 가려고. 못 가' 막고 있는 것 같았다. 듬성듬성 섞인 하늘색 수레국화가 힘을 보태주니 그 의젓함과 고운 자태가 물색 옷으로 갈아입은 여인군단 같다. 한참은 네가 저수지에서 가을을 꼭 붙들고 있어 주실라우 했는데. 모르지요 얼마나 버텨줄 수 있을지는.

강릉 동치미막국수 집을 찾아가는 길이다. 동치미 네 국자만 넣고 먹어도 맛만 있더라. 그래 한 그릇 뚝딱 해치우고 설거지까지 하고 나왔으면 됐지. 뭘 그래요.

인생이 별건가요. 승차권 한 장 손에 들고 버스 타고 떠나는 시골여행이지요. 매끄럽진 못해도 사람냄새 맡으며 정이 오가는 그리움을 가슴에 담으며 살다 가는 것. 옆 사람이 내리면 짐 챙길 새도 없이 황급히 따라 내리는 승객이다.

과천과학관의 연금술

옆 사람 손잡고 다리 끝까지 걸으면 다리의 마법이 두 사람의 사랑을 영원히 지켜줄 거라는데 우린 그것도 모르고 단풍과 호수에 취해 달랑달랑 스틱을 흔들며 걸어왔다.

그렇게 찾아온 박물관 탄생의 장에서 겨우 체면을 건졌을 뿐 연금술은 어디로 사라졌을까? 예서부터는 어쩌면 흥미 없는 곳이 되겠다는 예감이 너무 빨리 맞아 떨어졌다. 아는 척 했다간 어디서 혀가 꼬일지 장담할 수가 없어 입에 자물통을 채웠다. 아내가 궁금하다고 물으면 어쩌나 그 생각에 머릿속이 뒤엉켜버렸다. 여기서 난 미개인이었고 청소년들은 문명인이었다.

오래 전 동굴벽화에 자신의 손자국을 남긴 사람들이나, 황과 숯, 초석, 금속을 섞어 불꽃놀이를 즐기던 사람들도 실험을 통해 새로운 물질을 만든 뉴턴과 함께 연금술사였다는 것에서 시작했다.

과학관에 들어서면 기초과학의 전기분해며 파동이 세상을 바꾸었듯이 눈에 보이지 않는 화학반응을 설계해보고, 과학도의 꿈을 키운다면 누구나 세상을 바꾸는 연금술사가 될 수 있다는 꿈을 심어주려 한 것 같다.

인류의 뇌가 발달한 것은 음식의 변화도 한 몫을 했지만. 엄지손가락을 다양하게 움직이려는 노력이 더 컸을 거라고 한다. 핸드폰이 젊은이들로부터 자연스럽게 엄지족이 생겨나게 된 것도 그런 맥락에서 보면 맥을 같이 한다. 과연 인간의 변신은 어디까지일까. 두려우면서도 기대가 가는 부분이다.

다음 세대의 에너지는 천연에너지와 수력, 태양에서 얻는 자연에너지에서도 한계가 들어난다면 다음은 효과적인 에너지 사용과 절약으로 생기는 남는 에너지가 제5의 원료, 바로 '네가 와트' 라고 한다. 무슨 말인지는 잘 모르겠지만 느낌이란 건 있다. 원자력발전소를 대체할 에너지를 개발하려면 기초과학투자를 팍팍 늘려도 시원찮은데 우리나라는 원자력발전을 줄인다면서 과학 예산마저 팍팍 깎아 먹는 걸 보면 안다. 우리의 환경오염. 지하자원의 한계는 서민들도 다 아는 문제인데. 정치인들은 왜 외면하고 마이웨이만 주장하는 걸까. 그들이 판검사로 육법전서나 외우고 있어서 그러는 건 아닐까.

정치논리에 기초과학이 무너지면 어찌 되는지 불을 보듯 뻔한데, 누구도 나서려는 사람이 없다. 한편에선 퍼주기만 하는 남미를 닮으라하고, 한쪽은 구태의연한 반공만 앞세우며 국민을 현혹하고 있으니 딱한 일이다.

건물을 세우기는 힘들어도 무너뜨리는 건 한 순간이다. 이러다간 서민들마저 우울증이 패션이 되는 나라가 될까 그걸 이 논인이 걱정해야 하는 나라가 됐어요.

과천 그레이스 뷰(호텔) 1005호

과천 그레이스호텔

광 명

광명동굴 탐방기

광명동굴 탐방기

<u>2017년 8월 8일(화)</u>

오늘은 광명보건소 주차장을 사용하고 '구름산 산림욕장'을 산책하는 것이다. 내려오는 길에 '충현 박물관'에 들러 종가집의 문화와 선비의 풍류를 엿볼 수 있으면 좋으련만. 점심은 '정인면옥'에 가서 냉면에 녹두지짐을 먹는다. 그 계획이 늦잠 자는 바람에 다 물거품이 되고 말았다.

다시 광명동굴로 직행했다. 오전이라 붐비는 정도가 어제완 많이 달랐다. 어제는 입구부터 주차전쟁의 장난이 아니었다. 주말이라 엄청 많은 인파가 몰려 밀려다니는 형국이었다. 종종걸음을 해야만 다닐 만큼 사람에 치여 몸살을 앓았다면 오늘은 여유를 부리며 다닐 수 있어 좋았다.

좀 더 여유를 갖고 찬찬이 둘러볼 수 있었던 건 어제 광명동굴을 다녀온 경험이 있기 때문이다. 우선 길이 눈에 익다 보니 경험이 스승이란 말 실감하며 다녔다. 인파에 떠밀려가며 수박 겉핥기 하듯 구경하며 다녔다.

부와 복을 기원한다는 황금색물고기 '금용(金龍)' 앞에서 사진 한 장 박는데도 자리싸움에 공을 들여야 했다. 이곳은 엄마들과의 자리다툼을 눈치껏 할 필요가 있는 곳이다. 우리 부부는 어제 소원의 글도 적어 걸었고 오늘은 어디 있는지 확인까지 한 걸요. 거기 있던데요. 신기하고 재밌었어요.

동굴여행은 불빛환상여행으로 과거를 돌아보는 것으로 시작했다. 일명 불빛축제다. 옥에 티라면 우리 물고기를 어두운 동굴 실개천에 방치해 놓은 것이다. 수족관에 넣었으면 아이들이 엄청 좋아했을 텐데. 모래무지, 갈겨니, 납자루, 버들치, 돌고기. 우린 푯말만 보았지, 물고기는 보지도 못했다. 우리 물고기 사랑해주세요.

어제는 지하세계로 가는 초대장을 받지 못한 것은 수신호 하는 분의 선택 때문이었다. 연로하다고 와인코너로 유도했던 것이다. 누굴 탓할 수도 없다. 척 보면 모르겠는가. 나이 들어 보이는 우리 탓이다. 오늘은 수신호가 아니라 기웃거리며 찾아다니다 보니 우리 눈에 들어왔다.

계단 아래는 신천지였다. 금광을 캐러 내려가던 황금 길이다. 조심해서 내려가면 황금폭포와 동굴생물을 볼 수 있었다. '동굴 아쿠아 월드'로 가는 길이기도 하다. 광부들의 안전을 빌고, 작업을 시작했다는 소망의 벽. 6.25 전란 때는 동굴로 피난 와서 아이를 낳은 산모가족의 고단한 모습이 밀랍인형으로 잘 표현해서 오랫동안 보았다.

광부들이 사용했던 생활도구 등 진기한 광경과 물건들로 가득한 지하세계는 우리 노부부에겐 신기루였다.

'판타지 워타 갤러리'에 둥지를 튼 동굴의 제왕, 龍 앞에선 탄성이 절로 나왔다. 보고 또 보았다. 광부들의 생명수였다는 물을 한 모금 마시곤 불로장생 70계단을 한걸음에 올라갔다. 재미있는 건 한 계단 오를 때마다 4초씩 수명이 연장된단다. 그 계단 끝 불로문(不老門)에 이런 글귀가 있다. '이 문을 지나가는 사람은 불로장생 한다.' 동굴을 나와선 잠시 숨 한번 돌리고 동굴와인 코너에 다시 들러 와인 두 병 사들고 '가학산전망대'까지 올라갔다 오느라 땀 좀 흘렸다.

'토이 스토리', '소셜-스퀘어'도 보고 2층으로 올라가면 무조건 '광식이 도시락'이다. 고추장돼지고기볶음에 무말랭이, 어묵무침. 가운데 떡 버티고 있는 계란프라이. 안 먹고 오면 후회한다고 해서 점심으로 그거 먹고 왔다.

옛 신화 속에 나오는 동굴의 요정 난쟁이 '아이사와 친구들'이 '광명동굴 오프닝'에 초대받고 온 모양인데, 돌로 황금을 만들어 뿌려주는 재미에 푹 빠져 고향으로 돌아가는 걸 까맣게 잊은 모양이다. 이왕이면 이곳에 꾹 눌리 앉았으면 좋겠다.

JS 뷰티크 호텔에서 2박

광명 JS 뷰티크 호텔

광주

남한산성 3개문 트레킹(북문 동문 남문)　　경기 광주 화담 숲
화담 숲 트레킹

남한산성 3개문 트레킹(북문 동문 남문)

2018년 6월 5일(화)

드라마나 보다 느긋하게 출발하자며 침대에서 굴러다녔다. 동이부터 선덕여왕까지 섭렵하고서야 일어날 생각을 했다. 일어나고 싶을 때 일어납시다. 오늘은 시간에 구애받을 필요가 없는 날이에요.

수락산터널과 불암산터널을 지나 남한산성까지 오는데 시간 반 걸렸다. 산성을 걸으려면 든든하게 먹어둬야 한다. 비빔밥 한 그릇 먹고 북문(전승문)에서 출발했다. 그 시간이 오후 1시. 북문에선 숲의 제왕 소나무 숲이 맞아주었다. 수도권 최대의 소나무 숲이라고 한다.

일제강점기 때, 숲이 훼손될 위기에 처하자 주민 303인이 '금림조합'을 만들어 도벌을 막고 지킨 숲이라고 한다. 우린 피톤치드를 즐긴다며 긴 호흡을 하며 산성 길로 들어섰다. 처음부터 힘든 코스는 아니었다. 험준한 자연지형을 따라 쌓은 성벽이 11km나 된다는 걸 염두에 두지 않은 것이 실수였다.

지휘와 전방관측을 위해 지었다는 북장대 터를 지나 옛 산성이 원형대로 보존되어 있는 곳을 지나면 비밀통로. 적에게 쉽게 발견되지 않을 만큼 작은 제5암문과 숯을 묻어 전시에 대비했다는 매탄 터도 볼 수 있다. 그리 걷다보면 문루와 개구부가 있는 서문(우익문)이 나온다.

서문은 당시 여주로 가는 왕들의 능행길이며, 민간의 상업루트이기도 했

다. 송파나루에서 물자를 나르는 가장 빠른 길이었다고 한다. 병자호란을 겪으면서 인조가 겪은 시련과 8년간 청에 볼모로 있었던 효종의 원한을 잊지 말자는 뜻에서 영조가 이름 지었다는 무망루라는 작은 문이 있었다. 서문과 남문 사이에 가장 높은 지대에는 '수어장대'가 있었다.

　남한산성은 '농성용 산성'이다. 거기에 필요한 연료를 확보하기 위해 숯을 묻어놓은 장소가 문헌상으로 94곳이나 된다고 한다. 우린 대청마루에 앉아 새소리, 바람소리에 귀 기울인 채 흥얼거리며 잠시 더위를 잊고 싶지만 갈 길이 멀다. 거리를 가늠하기 어려워 더 멀게 느껴지는 것 같았다. 쉼 없이 걷는 길 밖에 없다. 가파른 계단을 오르내리기를 무한 반복하며 오로지 남문이다.

　실은 더위에 지친 몸을 끌고 4대문 중 가장 크고 웅장하다는 남문(자하문)까지는 걸어가야 한다. 인조가 남한산성에 들어올 때 사용한 문이다. 내 친김이라며 완주할 생각이 없었던 건 아니다. 무리는 과로를 낳는다는 것 때문에 접었다. 그날 생긴 내 발가락의 물집은 남한산성 다녀온 훈장처럼 달고 다녔다. 마님은 멀쩡하던데요.

　산성행궁은 둘러봐야 한다며 찾아갔다. 왕이 임시로 머무는 별궁이다. 위급한 상황에 대비하기 위해 마련한 곳으로 고려시대엔 강화행궁을 두었지만, 조선시대에는 양주행궁, 전주행궁, 남한산성행궁 등 세 개의 행궁을 두었다고 한다. 행궁이 협소하긴 하나 '내행 전'에 대청마루를 두고 좌우 2칸씩 온돌과 마루방이 있었다. 용과 봉황문양을 새긴 막새기와로 팔각지붕으로 씌웠으니 궁궐분위기가 난다. 계단이 많이 가팔랐다. 밤의 행궁을 보신 적 있나요?

남한산성 청와정 펜션

경기 광주 '화담 숲'

2019년 10월 27일(월)

'정답게 이야기를 나눈다.'는 뜻을 갖고 있다는 화담 숲이 곤지암에 있다. 가을이면 빛깔 곱기로 유명한 내장산 단풍도 이곳에 심었다는데 고로쇠나무와 복자기까지 보탠다면 화려함이야 더 보탤 것도 없는 곳이다. 더 힐 하우스 양평에서 출발했다.

거기에 국화꽃 100만 송이로 가을 산을 수놓았다고 하니 뿅 가지 않는 사람이 있을까 싶다. 우리는 국화꽃보다는 들과 산에 숨어 피는 하얀 구절초, 노란 산국 같은 야생화가 더 가슴을 설레게 한다. 볼수록 여리고 고와 눈길이 자꾸 간다. 그러나 가을 국화가 꽃의 황태자 자리를 내놓을 생각이 없는 한 불변임에 틀림없으니 어찌 마다할까. 대환영일 밖에.

밤새 가로수가 달라진 풍경을 선보이고 있었다. 어제만 해도 가을이 아직은 했었다. 요 한 이틀 기온이 뚝 떨어진 탓이다. 색깔을 입히는 모습이 너무 예쁘다 '화담 숲'으로 달려갔다.

모노레일의 탑승차례를 기다리며 워밍업 하는 동안, 우린 초록의 이불을 뒤집어쓴 이끼 원을 찾았고, 음습한 기운이 도는 그곳에서 솔이끼, 바위이끼 등을 둘러보며 그들의 세계를 신기한 눈으로 보고 있었다.

보통걸음으로 40분(1.9km)거리니까 그만큼 시간을 더 투자할 생각이면 모를까. 오늘은 군이 그럴 필요는 없을 것 같다. 숲을 제대로 탐하거나, 자연에 흠뻑 빠지려면 선 그라스 형 모노레일을 타는 것이 좋다. 언제나 올려다 만 보던 자작나무숲을 하늘에서 내려다보면 또 다른 풍경일 것이다.

우린 '전망대승강장'에서 내렸지만 아뿔싸 였다. 전망대는 숲 트레킹코스를 탐하는 이에게만 하산 시에 허용되는 길인 걸 까맣게 모르고 있었다. 그런 아쉬움은 잠깐이면 된다. 9부 능선에서 심호흡 몇 번하고, 데크길을 따라 안내하는 데로 산천경계유람 하듯 걸으면 된다. 힘들면 잠깐씩 앉아서 쉬어가도 누가 뭐랄 사람도 없다.

양치식물원을 둘러보고 '새 이야기 길'로 들어서면 소나무 숲이 끝없이 펼쳐지는 소나무정원이다. 우리 소나무의 아름다운 자태와 변신은 보면 볼수록 감탄사가 절로 나온다. 거북이 등껍질 닮은 황금갑옷을 두른 늠름한 기상이 압권이었다. 가슴이 설레는 건 자태에 매료되었다는 증거다. 감탄사론 부족할 것 같은 변신에 눈 돌릴 새가 없다. 계속 이어지면 놀라는 것도 눈치 보인다. "야! 멋있다." 이 네 마디가 모든 걸 함축한다.

분재 원, 에코동굴에 이르자 관광객들로 거짓말 조금 보태 인산인해다. 암석정원, 전통담장 길을 걸어 물레방아, 수련연못에 이르면 장독대까지 국화 향이 따라다닌다. 취할 수밖에 없다. 천지가 국화꽃으로 덮였다. 사진 찍기 바쁜 사람들이 많다보니 늘 이 구간은 정체된다.

이렇듯 화담 숲은 카메라만 들이대면 나만의 추억과 그림이 되는 곳이다. 우린 눈이 부시도록 하얀 찔레꽃, 곱디 고운 연분홍의 개미취, 노란색이 아름다운 금불초, 하늘을 닮은 자주달개비 그런 들꽃들과도 눈 맞춤하고 렌즈와 접선하는 기쁨까지 맛보았으면 되었다. 원앙연못에도 단풍이 곱게 물들어 있었다.

'더 그림'이 한 폭의 풍경화라면 '화담 숲'은 18폭 산수화 병풍이었다.

화담 숲 트레킹

2020년 11월 9일(월)

"이제 그만 편하게 지내시지. 운전대 잡으면 겁 안 납니까? 70도 허리 꺾은 나이에 뭐 볼게 있다고 빨빨거리고 쏘다니는지 원. 그러다가 사고라도 나면 어쩌려고."

그런 소린 종종 듣는다. 한쪽 귀로 흘린다. 달마다 철마다 길을 나서야 사는 맛이 나니 어쩌겠는가. 거기에 아내가 받쳐주니 발뺌할 재간도 없다. 오늘은 작년 화담 숲 국화축제에 들러 정말 행복했었던 기억을 되살려보려고 다시 찾았다. 실은 사람들이 많이 모인다는 토, 일요일에 오고 싶지만 예약제다 보니 젊은이들을 당할 재간은 없다.

예약을 하지 않는 요일을 택할 밖에. 그래 생각해낸 것이 어제 새벽에 두물머리 물안개, 오늘은 화담 숲의 단풍이었다.

같은 경기도라 해도 시간 반은 걸리는 거리다. 양평소머리국밥 한 그릇 때리고 들어가야 속이 따뜻하고 든든할 것 같아 부지런 좀 떨었다만 맛있게 먹었단 말은 생략하겠다. 오늘은 뭔가 모르지만 1%가 빠진 맛이었다.

주말이 아닌 이른 시간이다 보니 주차장은 여유가 많았다. 여기선 예쁘게 주차 안 해도 된다는 말을 들으니 갑자기 맘이 편해지는 거 있지요. 전번엔 매표소까지 걸었는데, 오늘은 400여m거리지만 굳이 새로운 경험을 하고 싶다며 줄서서 모노레일을 타고 매표소까지 갔다.

화담 숲에선 전처럼 모노레일을 타지 않고 1.9km거리의 숲 산책코스를 걷기로 했다. 자작나무숲까지만 걸을 생각이었다. 그런데 맴이 바뀌었다. 명품 소나무들이 즐비한 소나무 정원까지 2km라는 숲 트레킹코스가 기다리고 있다지 않는가. 숲 트레킹코스의 매력에 폭 빠질 만큼 시간이 흘렀는데 걱정했던 일이 현실이 되었다. 화장실이 급하다지 뭡니까. 다시 제2승강장으로 발길을 돌릴 수밖에요.

트레킹을 포기하니 산이 아닌 예쁜 정원만 보이던데요. 산책길은 작년에도 그랬지만 한적하고, 공기 좋은 것이 여느 산사의 명상 길 같았다. 이런 길 걷기가 싫지 않다며 몽땅 내려놓고 걷기만 했다.

암석. 하경정원에 들어서면 조용한 길과는 거리가 멀다. 자연 암석 사이로 자라는 나무와 풀들이 만들어낸 그림에 눈을 뗄 수 없듯이 울긋불긋 꽃단장한 관람객들의 웃음소리도 구경거리다.

잘 왔단 말 밖에 미사어구가 생각나지 않는다. 어쨌거나 우린 앙상한 나뭇가지와 진녹색의 소나무 그리고 철 지난 국화꽃들도 아름답다며 철 잊은 단풍들과 어우러진 늦가을 풍경에 풍당 빠지다 왔다. 눈가에 주름 좀 잡혔을 걸요.

　예스러운 전통담장 길, 장미원등 이 모두를 처음 본 듯 놀라며 즐거워하며 계절의 변화를 만끽하며 걸었던 것 같다. 관람객을 피해 다녔다는 말은 거짓말이다. 난 북적거리는 것이 좋다. 오늘 저녁은 미가연에서 사골우거지국. 오늘도 두 끼네.

양평 쉐르빌 온천관광호텔 5층 6호 스위트 룸

남한산성 청와정 펜션

군포

산본 로데오거리   수리산 수리사
수리산 백암봉납   덕골과 반월호수공원

산본 로데오거리

여름에 여행할 때는 한 낮은 피하는 것이 좋다. 더위를 피해 휴식을 취하
는 것도 여행이다. 3시경 아내가 잠이 들었다. 많이 곤했던 모양이다. 걸을
때는 앞선 리더보단 뒤따라 걷는 사람이 더 힘들다고 한다. 여행도 그렇다.
계획을 세워 움직이는 사람보다는 따라다니는 사람이 힘들다. 배려는 선택
일 수 있지만 센스는 필수인 이유가 거기에 있다.

아내의 마음고생이 큰 모양이다. 오늘도 피곤했을 텐데 얼굴 한번 찡그린
걸 보지 못했다. 그런 아내를 배려할 수 있는 사람은 남편인 나 말고 누가
있는가. 스마트호텔에서 산본 로데오거리까지가 1.8km. 우리는 그 길을 선
선해진 저녁바람 쏘이며 다녀왔다는 거 아닙니까. 3.8km를 걸어갔다 왔다.
큰 사거리까지 직진하고 우회전. 그리고 계속 직진. 헷갈리면 사람들에게 묻
고, 또 물어서 그리 가면 된다.

어둑어둑 해질 때쯤 되니 거리는 점점 더 활기가 있어 보인다. 오라는 사
람은 없지만 마음은 바쁘다. 분수 쇼를 목적지지로 삼았다. 그리곤 화려한
불빛에 중독된 사람처럼 쏘다녔다. 거리를 완전 스캔 할 것처럼 그랬다. 솔
직히 히죽히죽 웃으면 어때요. 내 맴이지. 맘 편히 거리를 쏘다닌다고 흉볼
사람 있겠어요.

거리 스캔에 빼놓을 수 없는 건 사람구경이다. 얼마나 돌아다녔는지 지
쳤을 쯤. 분수대 앞 2층 MR Pizza가 낙점되었다. 이유를 대자면. 내 입이

초딩이기도 하지만 요즘 날씨가 장난이 아니라서. 깔끔한 곳에서 우아하게 먹자고 한 말이 통했나 보다. 젊은이들 덕에 분위기와 함께 피자 한 판 해치웠다.

종업원 '산토스'가 기다리는 호텔에 도착한 시간이 10시. 잘 놀다 왔지요. 우직한 남자가 캐주얼한 여인을 모시고 밤거리를 쏘다니다 왔으니 날아갈 것 같은 기분이다. 그 여인은 따라다니느라 많이 지쳤을 텐데.

군포 스마트호텔 806호

수리산 수리사

2018년 7월 16(월)

7월 날씨가 푹푹 찌다 못해 아예 찜통이다. 이런 더위를 이겨낸 경험이 두어 번 있다. 그 추억들이 더위를 이기는 지혜를 주었다. 물론 나에게도 발가락 사이로 쉴 틈 없이 들락거리는 모래밭을 걷던 젊은 시절이 있었고, 계곡에 발 담그고 수박 깨 먹으며 더위를 식히던 중년도 있었다. 자연스러운 여름나기였다. 나이 들면서 여름엔 산사가 있는 산을 찾아다니기를 좋아한다. 산행으로 땀 흘리고 산사의 물을 마시며 더위를 한방에 날린다. 이것이 나의 여름나기다. 몸에 좋게 마시는 물이 따로 있는 건 아니잖습니까.

이번 여행이 그 전초전이라 보면 된다. 절 마당에는 불자들로 발 디딜 틈이 없다. 개금불사에 기도 동참하라는 발원문은 불자님들 헌금하시란 글 같다.

"금생에 구한 벼슬자리는 무슨 연고인고? 그 전생에 부처님께 옷을 입혀 드린 공덕이라. 전생에 닦아서 금생에 받는 것이니…(중략)…. 개금불사가 바로 자기 몸단장이니 부처님 위하는 것이 제 몸을 위하는 것이다. 부귀영화, 높은 벼슬자리가 쉽다고 하지마라."

우리에게 절은 종교라기 보단 문화유산이다. 부모 세대의 살아온 모습이요, 오가는 모든 이의 안식처가 되어주는 곳이다. 근심, 걱정 한 보따리 들고 가서 어리광부려도 손 가볍게 보내는 할머니의 품 같은 곳이다. 삶의 지혜를 빌려줄 때는 마을 어른이지만, 역사와 문화, 예술과 서민들의 고단한 삶이 공존하는 곳이다. 다 내어주면서도 힘든 내색 한번 하는 법이 없다. 불자가 아니어도 여행지를 가면 절부터 찾는 이유가 거기에 있다.

예불 중에 절간을 기웃거린다고, 말을 한다고 제지하는 스님이나 보살을 본 적이 없다. 다만 '예불중입니다.' 속마음을 알림글로 대신한다. 그래 그런가. 구시렁거리는 사람은 있어도 어기려는 사람은 보지 못했다.

대웅전 옆에 편강약수(便康藥水)라. 내가 애용하는 '좋은 물', 믿음이 가는 물. '이 물을 마시는 분 편한 마음 되찾아 건강장수누리시라.' 아내는 물 한바가지 들고 와선 말없이 건넨다. 자기도 갈증 날 텐데 언제나 이렇듯 나를 먼저 챙긴다. 물맛이 예사롭지 않은 이유일지도 모른다.

달달하고 시원해서 가슴속까지 뻥- 뚫리는 기분이다. 약수 한 모금에 갈증과 더위를 한방에 날려버린다. 어디서 이런 호사를 누려 본답니까. 땀 흘린 후의 약수 한 바가지. 마나님 최고.

수리산 백암봉

일찍 찾아온 더위에 맥을 못 추겠다. 바닷가로 달려가. 갯벌추억을 담고 싶다고 호미 들고 달려가는 것도 그렇고, 손주 또래 아이들과 워터파크에서 파도타기 하는 것도 남세스러울 나이다.

그렇다고 에어컨 켜놓고 방콕하기도 거시기 하고, 덥다고 죽치고 있자니 마나님 눈치가 보인다. 이쯤 되면 신설놀음이 아니라 쪽팔리는 신세지요. 그래 바캉스 전에 다녀오자며 떠난 여름여행이다. 핑계야 좋지요. 산행을 하며 땀으로 목욕하는 것도 나쁘지 않을 것 같은데. 이열치열이란 말 있지 않아요. 무리하지 않고 땀을 흠뻑 흘릴 수 만 있다면 개운할 텐데. 어때요?

마님께선 가끔 이마에 흐르는 땀만 닦으면 됩니다.

산사에서 산으로 자리를 옮기면 스님의 염불하는 소리와 목탁소리가 산새와 매미들의 울음소리로 바뀐다. 산사에 들면 스님이나 보살님들이 우리를 바라보는 마음이나 산에 들면 자유로운 영혼을 갖은 풀벌레들이 맞는 마음이 다르지 않다.

생각만 해도 엔도르핀이 솟기 마련이다. 한 2~30분 걸었는데 땀에 옷이 흠뻑 젖었다. 그 대신 마음은 말로 표현할 수 없을 그 이상으로 개운하다. 그늘로 들어서면 서늘한 바람에 냉기까지 돈다. 시원하네! 기분 좋을 때 내는 소리다. 우린 그렇게 수리산 품에 안겼다.

'수리 사'에서 갈림길까지는 500m. 수암봉까지는 2.16km. 꼭 정상을 밟아야 하는 숙제를 갖고 오진 않았다. 산에 안겼다 가는 마음으로 걸을 생각이었다. 마음이 평화로우면 몸이 가볍기 마련이다. 그러니 숨이 가쁘고 흠뻑 땀을 흘렸을 때 내려놓으면 된다. 거기까지가 오늘의 목적지다. 시원한 그늘을 찾아 쉬며 산바람 쐬다 내려오면 된다.

감성을 자극하는 촉촉한 흙길, 숲에 흠뻑 취할 수 있는 능선을 지나자 군사보호구역이 나온다. 우린 허연 바위들이 모습을 드러낸 곳까지다. 수암봉을 목적지로 삼고 가다보면 놓치기 쉬운 곳이다. 길 없는 숲을 살피며 가야 하는데 앞만 보고 가면 눈에 잘 안 띈다. 백암봉이란 이름을 내가 지어주었다.

능선 타고 내려갔다 올라가면 있다는 슬기봉과 수암봉이 한 뼘 거리라고 한다. 거길 굳이 갔다 와야 할 필요를 느끼지 못했다. 이미 땀으로 흠뻑 젖었고, 시원한 바람에 땀을 식혔으니 되었다. 백암봉에 올라 너른 들과 시가지를 한눈에 내려다보았으면 되었지. 안 그래요? 수리산이 낯선 우리에게까지 이리 다 내어주었는데 더 욕심 부리면 과욕이다.

흙의 기운 충분히 받았겠다. 품에 안겨도 보았겠다. 흙을 밟으며 산길을 걷고 싶단 생각이 들 때면 군포의 수리산이 제일 먼저 떠오를 것 같다.

납덕골과 반월호수공원

인터넷 정보를 보고 찾아가는 길이다. 의외였다. 이런 산골에, '살기 좋은 납덕골' 이란 표지석이 있고, 벽화는 달랑 두 장 그려져 있는 마을이다. 점심시간이 한참 지난 시간인데도 손님들이 찾는 곳이다. 그런 '수리골 가든' 에서 시원한 '태백 곰취냉면' 한 그릇씩 먹고 일어났다. 800m 고산지대의 자연을 담은 동치미육수에 면발을 담아 내온 냉면이다. '손맛 좋은 납덕골' 이라 해도 무방하지 않을까.

납덕골에서 반월호수공원은 멀지 않다. 호수와 주변이 잘 어울리게 꾸며진 둘레 길이 먼저 눈에 들어온다. 한눈에 봐도 굿이긴 한데 시간대가 안 맞았다. 한참 뜨거운 시간대라 덥다 못해 찜통속이라 걷는 건 엄두도 못 낼 일이다.

우린 정자에 앉아 호수만 바라보다 왔다. 시리도록 파란 물빛이 더위를 식혀주었다. 어제 걷던 의왕의 왕송호수 보다 크다고는 할 수 없지만 산과 호수가 맞닿은 건너편은 또 다른 매력일 것 같은 느낌이었다.

군포 스마트 호텔

김 포

김포 장릉

2017년 6월 18일(일)

"어— 이거 무슨 냄새지! 밤꽃냄새잖아. 저기 산 좀 봐요. 허여네. 계절이 벌써 그렇게 됐나."

은은한 밤꽃의 유혹이 만만치 않은 길이다. 밤꽃은 콧속을 후비며 아내와 나의 그리움을 자극하는데 재미 들린 모양이다. 청산과부가 밤꽃 피는 계절이 오면 야반도주할 수밖에 없다는 이야기도 있던데. 어찌 생각하느냐고 물어도 대꾸가 없다.

뭔 소린지 모르는 걸까. 대답할 가치도 없는 걸까. 어쨌건 능선을 타고 오는 그 냄새 덕분에 모처럼 코를 벌름거리며 함께 산책을 즐긴 하루의 시작은 좋았다.

동네마실 가면서 새벽부터 너무 서두르신다. 그러시는 분들이 꼭 있기 마련이다. 이유는 단 하나. 장릉이 6시면 문을 연다기에 새벽공기 마시며 걷고 싶었다. 장릉은 추종임금인 헌종과 인현왕후의 능이 있는 곳이다. 조용히 한 박자 쉬어가고 싶을 때 들르기 좋은 곳, 걷다 가기도 좋은 곳이다. 오늘의 첫 목적지로 삼은 이유다.

주말에다 이른 시간이라 산책 나온 시민들이 여유가 있다. 우리도 마냥 여유부릴 수 있어 좋았다. 논병아리가 한가롭게 헤엄치고 있는 연지(蓮池)와 저수지로 연결되는 산책로를 걷다보면 조잘거리는 새소리만이 아니다. 숲의 정원이며 나무들과도 이야기 나누며 걸으라고 걸어 놓은 이야기가 있는 팻말들이 보인다. 그거 사진 찍고 읽어보느라 더 늦었을 것이다. 어느 하나 허투루 기획하고 조성한 것이 아니었다.

'은방울꽃. 5월의 향기가 은은한 종모양의 흰 꽃이 꽃줄기를 따라 아래를 향해 피며 열매는 7월에 익는다.'

'소나무. 우리와 가장 친숙하고 가장 흔한 바늘잎나무입니다. 옛 사람들은 흉년이 들어 먹을 것이 모자라면 소나무 껍질을 벗겨먹고, 꽃가루를 털어 떡을 만들어 먹기도 했답니다.'

'오리나무는 길 가던 나그네가 거리를 알 수 있게 5리마다 심은 나무라 해서 그리 불렀답니다. 안압지의 주위는 물론 전국의 습한 지역에는 오리나무가 자라고 있다고 한다. 나막신이며 하회탈도 이 나무로 만들었다고 하고, 열매나 껍질은 붉은 물감의 재료로 쓰였다는군요.'

진달래, 산딸나무까지 이렇게 친절하게 설명을 걸어주었다. 또 읽어도 재미있다. 웃다 쉬다 부러워하다. 노래 몇 곡 흥얼거리다 그렇게 놀다 왔다. 봄 벚꽃 길이 아름답다고는 하지만 여름 수목이 연못과 어우러져 아름다운 풍경을 만들어내고 있는 지금만 하겠는가. 숲이 우거져 쉬엄쉬엄 산책하기 좋은 곳. 김포시민들의 복이다.

난 은평인 집에서 버스로 몇 정거장이면 갈 수 있는 곳에 서오릉이 있다는 걸 깜빡 잊을 뻔 했다.

문수산 문수산성

문수산은 376m. 숙종20년 바다로 들어오는 외적을 막기 위해 쌓은 성이 문수산성이다. 강화도 방어를 위해 능선을 활용해 쌓은 산성으로, 요즘은 산사람들이 아기자기한 등산의 맛을 즐기기 위해 찾는 명소가 되었다고 한다.

사계절이 아름다워 김포의 금강산이라 부른다는 이곳은 흠잡을 데가 없다. 우리에게도 무리 없이 오를 수 있게 기회를 만들어 주었다. 대부분의 젊은이들은 남문에 차를 주차시키고 문수산에 오르는 걸 좋아하는 것 같다. 거리가 가깝다는 것이 미끼다.

우린 좀 멀긴 해도 문수산 산림욕장에 차를 주차하고 오르기로 했다. 예보에 의하면 34도가 넘을 거라니 엄청 더운 날씨다. 그런데 산에 들어서니 체감온도가 다르다. 산, 바다, 강에서 불어오는 바람 때문일 것이다. 다른 사람들보다 한 템포 느리게 걷고 있는 것 같아도 안 그렇다. 우린 쉬는 시간이 짧고, 젊은이들은 그 시간에 하고 싶은 애기가 많은 나이다.

지칠 즈음 성 안에 적군 몰래 물자를 들여오도록 만들었다는 홍예문에 도착했다. 남문에서 문수산성을 오르려는 등산객들은 이 문으로 들어오고 있다. 힘을 내서 200m 더 가면 중봉쉼터, 거기서 200m 더 가면 소위 말하는 산의 정상부이다.

산성을 밟고 걷는 것은 정상에 오르는 또 다른 재미를 느낄 수 있지만, 아랫길로 걷는 것은 문화재보호를 위한 작은 실천이다. 산 아래로 염하강과 한강물이 유유히 흐르는 모습이 참 평화롭단 생각이 든다.

우린 정상을 밟은 기분을 만끽하고 내려왔다. 누군가가 산림욕장으로 내려가려면 이 길이 지름길이라기에 학생야영장 방향으로 내려간 것이 선택의 잘못이었다. 끝까지 자갈밭이었다. 이건 아닌데 하면서도 되돌아갈 수는 없었다. 얼마나 속상했는지 모른다. 발이 삐끗할까 봐 발만 보고 내려왔으니 하산 길은 너무너무 재미없었다.

이 산은 산과 강 그리고 평야와 마을이 어우러진 조용한 마을 뒷산 같단 생각이 들면서도 엄청 도전하기 조심스런 산이란 것은 잊지 말아야한다. 시간과 힘이 있으면 6km 정도 더 가면 애기의 恨과 가족과 고향을 잃은 실향민의 恨이 같다고 하여 고 박정희 대통령이 '애기봉' 이라는 친필 휘호를 내렸다는 곳까지 걸어가 보시던가.

대명항

대명항은 관광객들의 천국이었다. 아이와 함께 나온 젊은 부부와 아줌마들의 웃음소리가 묘하게 어울리는 곳이다. 수산시장에 들러 꽃게, 병어, 밴댕이, 낙지 등 펄펄 뛰는 생선들을 구경하는 것만으로도 엔도르핀을 한 보따리 선물 받은 느낌이었다.

"정말 이게 낙지가 맞나. 밴댕이도 아직 물 좋은데. 병어가 많이 보이는데 왜 우리 색시는 눈길을 주지 않을까. 보드라운 살 한 점 발라 입에 넣으면 참 행복해 하곤 했는데. 작고 값이 비싸서 그런가. 풍년이라는데 꽃게는 다 어디 갔냐. 이거 이거는 이름이 뭐꼬. 뭐해 먹는 생선인데."

아줌마들의 특유의 자신감을 볼 수 있는 곳이 젓갈시장이다. 우리도 상점을 기웃거리다보니 손에 새우젓, 명란젓이 들려 있더군요. 짠 반찬을 외면하는 우리가 그랬다고 이상할 건 없다. 가서 보면 뭔가 사들고 오게 되어 있어요. 지역경제를 위해서도 나쁠 건 없지요.

대명함상공원에는 아이들에게 추억을 만들어주려는 아빠들의 노력이 눈물겨울 정도였다. 우리 아이들 생각난다. 좀 더 많이 놀아주지 못한 아쉬움 때문이다.

우리는 평화누리길 1코스 염하강 철책길 입구에서 7~8백여m까지만 걷다 왔다. 간만 보고 왔다는 소리가 맞다. 그 길에는 마을 미술프로젝트의 일환으로 작품들을 철책을 끼고 전시하였다. 작품마다 분단의 아픔을 담은 것이 가슴을 짠하게 와 닿는다.

'꿈꾸는 염하강' 이란 작품을 감상하며 평화의 의미를 되새기고 즐거운 산책길에 또 다른 의미 있는 시간이 더해지길 바랄 뿐이다.

김포국제 조각공원

　김포국제조각공원은 김포시 월곶면 고말리에 있다. 성묘 가는 길에 잠시 둘러보고 가는 틈새여행으로 알고 갔다가 화들짝 놀란 곳이다. 가벼운 마음으로 왔다가 아쉬움이 남는 여행지라며 완전 뽕 간 케이스다.

　오늘은 처갓집성묘 가는 날. 날씨가 완전 풀렸다. 가을 하늘의 대명사인 파란 하늘은 아니지만 간간히 코스모스가 반겨주어 가을 맛이 난다. 이 달 초에 속초 삼척으로 빡센 여행을 다녀온 뒤라 머릿속에는 러시아워를 피해 공기 좋은 곳에 들러 산책하다가 벤치에 앉아 망중한을 즐기고는 시간에 맞춰 고려공원묘지에 도착하면 되겠네. 그런 생각만 했을 뿐 야산에 조각품들을 흩어 놓아서 걸으며 보는 그런 멋진 공원인 줄은 상상도 못했다.

　길이 막힘없이 사방팔방으로 뚫려있을지 모른다는 것을 계산에 넣지 못한 것이 오늘 실수의 원인이었다. 엄청 당황했다. 땀 닦아가며 빠져나가면서도 억새풍경은 눈에 들어오지도 않았다. 달음박질하듯 걸어 어느 마을을 헤매다 지나가는 택시를 잡아타고서야 공원으로 다시 돌아올 수 있었던 해프닝은 오래 남을 거 같다.

　하루의 시작이 06시면 강제 기상이다. 통일을 주제로 한 작품 30여점을 공원에 전시하여 새로운 볼거리를 제공하고 있다고 한다. 작품에 대해선 문외한이지만 볼거리에 대한 호기심에 궁금한 것은 못 참는 마음과 동행하기로 했다. 광장형 공원이 아니라 야산 골짜기와 능선에 숨겨 놓은 조각품이니 걸으며 찾는 재미가 있단다. 그 기발한 아니 엉뚱한 발상의 끝이 무언지 그게 더 궁금했다. 첫 작품은 산모퉁이를 돌아가면서 올려다보아야 보인다. 산행은 필수요, 숲의 싱그러움에 몸을 맡기는 건 덤이다. 그래야 숲속에 숨겨 놓은 작품들을 하나하나 만나 볼 수 있게 전시했다. 숨바꼭질하듯 찾아다니며 보는 재미에 푹 빠져보란 뜻일 게다. 궁금하면 빠져들게 되어 있다. 우리도 똑같은 과정을 거쳤다.

'자연 속에서'란 작품이 첫 작품이었다. 꽃단장하고 등장했다. 조각가 우 제길은 꿈과 희망을 전해주고 싶은 마음으로 만들었다고 한다. 칼라가 화려하고, 깨끗한 원색이 내 취향이다. 아내는 미소만 살짝 흘릴 뿐 반응이 없다.

'숲을 지나서'는 프랑스인 '다니엘 뷔렌'이 오렌지색으로 통일의 염원을 담았고, 연두색으로 통일된 그날의 희망을 표현했다고 한다. 우린 아이가 노인이 되는 세월의 무상함을 표현한 작품인 줄 알았다. 알고 보니 남북이 갈려 살아가는 우리의 모습과 손을 내밀어도 닿을 수 없는 남과 북의 동포를 암시했던 것이다.

남북을 상징적으로 표현한 '깃발', 통일의 복잡한 고뇌와 어려움을 표현한 '불규칙한 진보', '메신저'는 미래에 대한 희망이란다. 우린 작품 이해도는 빵점에 가깝지만, 예쁘게 볼 줄 아는 마음은 갖고 있다. 산책로가 잘 돼 있고 적당히 오르막길 내리막길이 있어 계단을 오르내리는 수고만 마다하지 않는다면 평화통일에 대한 염원을 담은 작품들을 보며 '작가의 마음의 소리를 들을 수 있는 곳이다. 중간에 허둥대다 엉뚱한 길로 나오는 바람에 벌인 해프닝이었다.

허둥대듯 달려가야 했고, 처가 산소에 가서는 둥근잎유홍초, 국화, 구절초, 산국 등 가을꽃과 눈 맞춤하느라 행복했다. 늦지 않게 처제들과 함께 산소까지 다녀왔으니 급하게 짠 계획이었지만 이만하면 성공한 나들이라 할 수 있지 않을까.

하동천 생태탐방로

2021년 7월 5일(월)

여행은 가슴 떨릴 때 다니는 거지, 다리가 떨릴 때 가면 무슨 소용이람. 이 말은 어제 '벽초지 수목원'에서 실감했으니 부연 설명 안 해도 될 것 같다.

오늘은 이런 멋진 볼거리에 탐방로까지 준비돼 있으리라곤 생각도 못하고 왔기 때문에 기쁨은 더 컸다. 그리 큰 기대는 하지 않았다. 논둑길 밭둑길을 걷기만 해도 바랄 것이 없겠다며 찾아가는 길이다. 그런데 주변 사람 눈치 안 보고 돌아다닐 수 있는 이런 너르고 조용한 농촌 풍경이 우리 앞에 있다니 믿겨지지가 않았다.

연꽃을 볼 수 있는 것만으로도 행운이다. 거기다 갈 데도 마땅치 않은 월요일. 그런데 마스크까지 벗고 맘 편히 걸을 수 있다. 웃음부터 나오는 걸 겨우 참았다. 마스크패션이란 말이 나올 정도로 일상화 된지 오래 돼서 익숙하다. 그래도 오늘은 벗고 싶다. 숨이 답답하고 거추장스러워서가 아니라 자유를 만끽하고 싶단 생각이 들었다. 마스크를 벗어도 누굴 의식하지 않는다. 말이 필요 없다. 마스크를 벗고 벤치에 앉아 있으니까 완전 자유인이 된 거 같은 생각이 들었다.

이런 조용한 농촌 밭길, 논두렁길을 걸을 수 있는 것만으로도 우린 복 받은 사람이다. 자연을 벗 삼으며 도란도란 얘기하며 걷는다. 기지개를 켜본다. 그도 지루하면 생각 없이 걷기만 해도 된다.

발길을 멈추고 잠시 연꽃에서 스스로 헤어 나올 때까지 멍 때리기 해 보는 것도 한 방법이다. 힐링이 뭐 별건 가요. 버리면 얻어지는 것 아닌가요. 이곳은 무농약 재배로 키운다는 김포 봉성연꽃이 자라는 곳이다.

하동천은 70년대 이전에는 한강이었으나 간척사업을 하면서 농지가 된 땅이라고 한다. 당시 한강의 새끼강인 하동천을 메우지 않고 2011년 생태공원으로 만든 것이 그 시초라고 한다. 오늘은 조용하고 마음껏 기지개 펴고 걸어도 뭐랄 사람이 없다. 흙을 밟고 싶으면 밭두렁으로 들어서면 된다, 우린 그렇게 걸었다. 연꽃과 숨바꼭질하며 놀기도 했다.

풀 냄새나는 마을 안길도 걸었다. 구름이 잔뜩 끼긴 했지만 열기를 막기엔 역부족이었나 보다. 자연의 소중함과 가을을 느끼고 왔다. 닭의 울음소리에 고향을 떠올렸고, 반복하며 죽인 시간이 아깝지 않았다.

점심은 '오이향기'에서 한정식을 먹겠다고 해 놓곤 하성면 '홍두께 샤브
샤브칼국수'로 바뀌었다. 우린 바지락칼국수를 바닥을 긁어가며 먹었다.
배가 고팠다.

덕포진 포대

사적 292호. 강화만을 거쳐 서울로 진입하는 입구, 손돌항에 15개 포대
와 파수청을 두어 요새화한 것을 '덕포진 포대'라 한다. 한양으로 들어서려
는 외세의 침략을 막기 위해 방어의 목적을 둔 전략적 요충지다.

오후 들면서 더 뜨거워지는 열기에 지쳐가고 있었다. 우린 첫 번째 쉼터에
서 숨고르기하고 났더니 오르막길은 수월했다. 쉼터에 가만히 앉아 있기만
하는데도 땀이 줄줄 흐른다며 그만 걷자는 아내를 설득해서 '덕포진포대'
만 둘러보기로 했으나 더위가 걱정이다.

포대로 가는 길은 숲만이 우릴 지켜보고 있을 뿐 벌거숭이 잔디밭이었다.
그늘을 만나면 시원하고 땡볕을 걸으면 따갑고 뭐 그런 반복되는 시간이다
보니 지루할 틈은 없다.

첫 방문지는 전나무 숲이 병풍처럼 둘러치고 7개의 포대를 갖춘 '가' 포
대. 포신은 강화 초지진과 덕지진을 향하고 있었다. '나' 포대는 강화 초지
진, '다' 포대는 '남장포대' 방향으로 포문이 열려 있었다. 근대사에 프랑스함
대와 미국함대와도 포격전을 벌인 포대라고 한다. 파수청은 각 포대에 공급
할 불씨를 보관하는 곳이다.

손돌목은 김포시 대곶면 신안리와 강화군 광성보 사이에 있는 좁은 해
협으로 평시에는 세곡미를 운반하는 뱃길로 이용하지만, 전시에는 방어요
충지로 활용했다고 한다.

우린 손돌목이 보이는 곳까지 걷고 왔다. 입맛이 없다며 김가네 김밥(장기
동) 두 줄이 저녁이었다. 더위 먹었을 게야. 9,804보

김포 레스트 호텔 415호

서울 레스트 호텔

부 천

부천 상동호수공원   한옥체험마을 얼마나 힘들었을까
3대를 아우르는 만화박물관

부천 상동호수공원

2018년 8월 8일(수)

　낮엔 찜통더위더니 하늘다리 올라가니까 살랑살랑 바람이 불어오고 있는 게 느껴져요. 선선한 바람. 더위에 지친 나머지 우린 그 바람에 무장해제 당했다. 어둠까지 합세하자 마법의 지팡이를 사용했는지 젊은이들의 웃음소리도 커지기 시작한다. 어둠이 깔리면서 아파트의 불빛과 맞교대 하면서 그 중심에 상동공원이 있었다.

　누구나 쉽게 접근할 수 있게 만든 휴식공간이다. 우릴 너무나 포근하고 편안하게 해주었다. 시원한 바람이 부는 데다 아름다운 호수까지 있으니 엄청 콩닥거릴 밖에요. 연자방아며 디딜방아, 느티나무 아래에는 물레방아도 있다. 여행 중에 밤 산책은 낮과는 분위기가 달랐다.

　필이 꽂히면 어디든 상관없지만. 그 느낌을 글 몇 자로 설명하는 건 포기해야 할 것 같다. 공원에는 우리 세대의 마음을 훔쳐갈 도둑들이 득시글거리고 있었다. 얼마나 좋기에, 궁금하지 않아요? 지하철 타시고 상동역에서 내리면 바로에요. 걸어서 10분 거리에 만화박물관, 한옥체험마을, 아이스월드까지 있으니 볼거리도 넉넉하니 뭘 하고 노나 걱정 안 해도 되요. 하루 갖고는 안 되지요. 호텔피서 겸 우리처럼 하루 쉬어가면 되요.

　상동엔 박물관만도 10개가 넘는다고 해요. 굳이 땡볕에 얼굴 태우지 않아도 충분히 즐거운 여행이 될 거란 얘기죠. 우린 그 분위기에 취하다보니

깜빡 까먹고 저녁까지 걸렀다는 거 아닙니까. 늦은 점심을 안산 유리섬 미술관에서 간단하게 돈가스 먹은 게 전분데.

부천 폴라리스관광호텔

한옥체험마을. 얼마나 힘들었을까

2018년 8월 9일(목)

처음에는 "미니어처테마파크를 갈 계획이었다. 부천시 길주로1을 내비에 걸고 간 걸요. 그런데 도착해선 생뚱맞게도 만화박물관은 어디로 가요? 하고 묻고 있는 거예요. 생뚱맞단 표현 이럴 때 쓰는 건지 모르겠지만, 계획이 뒤바뀐 것도 모르고 정원에 있는 만화캐릭터를 보면서도 갸우뚱하기는 했는데 그러려니 한 것 같아요.

"급해요. 배가 살살 아파오는 것이 설사인 모양인데 어디 가까운 화장실 없어요? 태완아! 저기 기저귀 가져온 거 있으면 하나 줘요. 그래요 하나 갖다 줘요? 이 안이 너무 더워요. 그리고 거 내 손가방에 설사약 있어요. 그 약도 두 알 가져오시고요."

"안 가져왔는데. 오늘따라 차에 두고 빈손으로 왔지. 지금 필요해요? 알았어요. 물티슈하고 종이도 넉넉하게 가져오면 되겠네. 기다리고 계셔 얼른 다녀올게."

그리곤 뛰었다. 딴에는 방울소릴 들릴 정도로 달렸겠지만 실상은 열심히 걸은 거나 뭐가 달라요. 마음만 급했지. 헉헉거리며 땀만 뻘뻘 흘렸네요.

윷점 아시죠. 그게 부여사회에서 유래한 것으로 왕족을 중심으로 사출도(구가, 제가, 마가 누가)에서 즐기던 점이라고 한다. 부여에선 새해가 되면 윷을 세 번 던져 나오는 말에 따라 그 해 운수를 보는 것이 윷점이다. 내가 그 윷점에 개, 윷, 개가 나왔다. 운수가 물고기가 물이 없으면 살 수 없듯이 어려운 일이 생길 징조라네요.

"화장실에 그렇게 오래 앉아있으면 청소는 어떠케요."

재촉은 심하지. 내가 올 때까진 기다려야 하니 나갈 수는 없지. 결국 우린 매의 눈을 부라리는 한옥체험마을 청소아줌마의 눈을 피해 도망치듯 나왔다. 이 더운 날씨에 화장실 안에서 땀범벅이 되어 있을 아내를 생각하면 마음이 아프다. 고생했을 아내에게 위로의 말 한마디는 건네는 게 도리였다. 그러나 땀을 뻘뻘 흘리며 다녀온 나에게 먼저 "나 때문에 고생해서 어떠케요." 하는 바람에 난 입도 뻥긋 못했다.

윷점얘기라니요. 그 말은 꺼내지도 못했어요. 그 동안 아내에겐 악몽 같은 시간이었을 거예요. 청소아줌마! 너무 그러시는 거 아닙니다.

'미니어처테마파크'는 바로 주차장 옆에 있었다. 그때까지도 까맣게 잊고 있다니 참 희한한 일이다. 결국 만화박물관은 갔다 왔고, 미니어쳐테마파크는 주차장만 이용한 꼴이 된 셈이다.

3대를 아우르는 만화박물관

방에서 몰래 만화책을 보는 우리 아이가 얼른 교과서로 덮고 시치미 떼는 것을 보곤 못 본채 할 때도 있지만, "만화는 공부에 도움이 안 되는데…" 하며 두 아이를 키웠다. 그런 우리가 시대를 넘나드는 캐릭터와 장면을 끊임없이 보여주는 거대한 만화방에 들어와 있다는 거 아닙니까. 여기 들어와 보니 남녀노소의 벽이 없어 좋았다.

50년대는 만화의 좌판시기요. 60년대가 만화방 시기라면 우리가 만화에 관한 추억 하나쯤은 끄집어낼 만도 한데 난 기억이 없다. 내 유년시절에도 이렇게 많은 만화가 있었다는 것이 딴 나라 얘기 같았다. 70년대 들어와서 일간스포츠에 연재해 큰 인기를 끌었다는 임꺽정을 보니 어렴풋이 생각날 정도다. 고우영 작가의 동의 없이 검열 삭제되었던 만화의 복원본과 작가가 생전에 사용했던 각종 화구들과 자필 원고도 전시되어 있었다.

80년대가 만화계의 황금기라면 바로 우리 아이들이다. 우리 애들이 이진주의 '달려라 하니' 김수정의 '아기공룡 둘리' '보물섬' '소년챔프' 등 만화를 얼마나 보고 싶었으면 하교 길에 만화방에 들렀다온다 그랬을까.

김성환 작가하면 우리 세대는 안경 쓰고, 머리카락 한 올의 고바우 영감으로 잘 알려진 사람이다. 50년간 총 1만4,139회에 걸쳐 신문에 연재했다. 우리가 하고 싶은 말을 대변하며 가장 재미있고, 슬프게 살아준 인물이 아니었나 싶다.

애들 손잡고 온 엄마들은 우리보단 갈 곳이 많다. 우리 부부는 기웃거릴 뿐이지만 아이들에겐 체험 코너가 있다. 만화가의 24시간 엿보기, 만화 속 명장면과 자신의 모습을 합성하여 촬영하는 만화 속 '크로마키 체험코너', 라이트 박스 위에 캐릭터 필름과 종이를 올려놓고 만화 캐릭터를 따라 그리느라 엄마 아이가 따로 없던데요 뭐. 요즘은 어른아이 할 것 없이 눈뜨면 접하는 것이 만화다.

곰곰이 생각해보니 우리는 막대기로 땅바닥에, 우리 아이들은 엄마 립스틱으로 벽이며 병풍에 낙서하며 어린 시절을 보냈는데 그게 만화가 아니었을까. 만화가 풍자와 유머가 있는 예술의 영역으로 자리매김 한 걸 보면 세상 많이 좋아졌다. 허긴 유행가 한 가락 못 뽑아보고 학창시절을 보낸 세대가 우리다.

부천의 홍두깨칼국수도 별미 중의 별미다. 허긴 대기번호를 들고 기다리던 때가 맛은 더 있었다. 그 때 그 식구들 뿔뿔이 흩어졌나. 오늘 내 입맛이 더워 먹어 그런가. 부천을 칼국수의 고장이라고 한다.

부천 폴라리스관광호텔

성남

판교 박물관   판교 생태 학습원
냉면 먹고 율동공원   영장산 봉국사

판교 박물관

2018년 11월 2일(금)

성남판교의 성남은 남한산성의 남쪽을 이르는 말이고, 판교는 운중천을 건너기 위해 만들어놓은 널다리에서 유래되었다고 한다. 판교박물관은 이 땅에 정착할 당시, 1600년 전의 한성백제와 고구려의 고분. 고분에서 출토된 유물 등 돌방무덤11기를 보전 전시할 목적으로 마무리 공사가 한창 진행 중이었다.

돌무덤들은 4세기 후반에서 5세기 후반까지로 보고 있었다. 그러니 정확히 표현하면 고분박물관이다. 1층 진열품들은 대부분 국립박물관에서 임대해 온 것들이지만 마무리 공사가 한창 진행 중인 지하가 관람 포인트다. 그러니 물어 볼 것도 없이 내려가야 한다.

한성백제 제2호 돌방무덤은 판교동에서 발견된 'ㄱ'자형이나 부장품이 없는 것이 특징. 3호 무덤은 귀한 금제귀걸이, 은제반지, 팔지, 머리장식, 항아리며 굽 달린 접시 등 토기까지 발견되었다고 한다. 9호에선 다량의 회가 바닥과 벽에서 발견되어 당시에 이미 무덤에 회를 사용했다는 증거다. 2인 매장 묘로 목관을 사용한 7호도 눈길을 끌었다. 부부 묘겠지요?

고구려1호 돌방무덤은 '심평동 판교테크노 밸리' 산중턱에서 발견했다고 한다. 두 개의 돌방이 붙어있는 쌍실 분으로, 경사면을 이용해 'ㄴ'자로 벽과 천장은 돌, 바깥은 흙으로 층층이 쌓은 것이 특징이라고 한다. 2호분까

지 있다.

이를 계기로 성남시립박물관은 개인소장품 등 성남의 이야기가 담긴 기증품들을 받아 전시하겠다는 포부를 밝히고 있다. 시민과 함께 이야기를 엮어보겠다는 당찬 꿈을 꾸고 있으니 수많은 이야기가 꾸러미 되어 선보일 날이 멀지 않은 것 같다.

판교 생태학습원

디지털시대에서 사는 아이들에게 아날로그시대를 보여주는 곳이다. 잔잔한 감동이 생기게 하는 곳이다. 숲속학교, 환경아! 놀자, 등 다양한 프로그램에 참여하고 싶었는데 오늘은 오전 수업만 있단다. 여기는 자연스럽게 자연의 소중함과 성남에 대한 자부심을 어린이에게 심어주고 있었다.

1층 초록마을은 옛날 옛적에 이 땅에 눈이 내리고, 풀이 싹을 틔우고, 초목이 무성하던 시절. 판교의 산과 하천에서 살았던 다양한 식물과 곤충들의 모습을 숲속극장에서 '후티티 엄마'의 입을 빌려 이야기로 이끌어 가는 것을 재미있게 보았다.

온실의 규모는 작아도 있을 건 다 있었다. 고무나무와 키다리 워싱턴 야자에 겨울에 꽃피는 동백나무까지 있으면 됐어요. 우리 세대는 물론 아이들도 좋아하겠다. 넘치지도 부족하지도 않아 노인과 어린이 수준에 맞는다.

파란마을에선 동막천과 탄천습지에서 살고 있는 생물들이 살아가는 모습을 '디오라마'로 보여주었다. 하얀 마을은 '친구들이 살아지고 있어요.'가 테마다. 이런 생물 친구들을 보호할 수 없을까를 함께 고민해보는 공간이었다. 쇠똥구리, 물장군, 늑대, 담비, 조롱이가 우리 주변에서 사라지는 이유를 이렇게 표현했다.

"다닐 곳이 없어요. 물이 더러워졌어요. 숨쉬기가 힘들어요."

옥상에 있는 'Bee Happy, 도시양봉장'은 꿀벌은 우리가 보호하고 함께 살아가야할 소중한 곤충이란 것을 알려주고 싶었던 모양이다. 기획이 아주 재미있지 않아요. 우린 생태탐방로가 더 궁금했다. 눈길이 자주 가니 어떠케요. 완전히 생태학습장이었다. 걸으며 많은 것을 배웠다. 우리의 자연을 망치는 서양등골나물, 가시박, 황소개구리, 큰 입 베스 등 외래생물을 경계해야 한다는 교육도 받았고, 한 그루의 나무도 소중하다는 것도 알았다.

판교는 건물들이 하나같이 예술작품이었다. 미래의 도시에 온 듯 착각하게 했다. 빌딩숲에 둘러싸여 주눅 들고, 감탄하고, 놀라고, 황홀해 한 기억밖엔 없다. 문득 어느 유럽 관광객이 서울을 보고 한 말이 기억난다.

"우리는 골동품 속에서 살다 왔는데 한국 사람들은 22세기 미래도시에 살고 있어 놀랐어요. 서울에 사는 사람들은 변화가 너무 빨라 그걸 느끼지 못하고 살고 있는 것이 신기하기도 하고 너무 부럽기도 했어요."

오! 그 코쟁이들이 바로 우리 부부가 판교신도시를 걸으며 놀라고 있는 이 기분이었겠네.

냉면 먹고, 율동공원

분당의 어느 면옥 집을 들러 오는 길이다. 때를 넘겨 그런가. 주차장에 차가 ☆로 없다. 손님은 달랑 우리 둘. 막 점심장사를 접으려 하는 시간이었나 보다. 아슬아슬 했다. 하나라도 더 팔려는 것이 아니라 손님에 대한 배려가 느껴져서 더 고마웠다.

오죽 더웠어야지요. 면수부터 벌컥벌컥. 금강산도 식후경이라고 입에서 댕기니 어쩝니까. 난 물냉면 영님인 비빔냉면. 냉면 디테일은 생각도 못했어요. 육수 맛이 찐하냐. 면은 어떻더냐. 그런 말이 필요합니까?

맛있으면 됐지. 난 냉면을 그릇 채 들고 육수 한 모금 마시고는 오! 죽이네. 입술을 쪽쪽 빨며 육수를 리필까지 해가며 마셨다. 리필국물마저 1도 안 남겼다는 거 아닙니까. 식초, 겨자요. 넣는 건지도 몰랐어요. 그리곤 곧 바로 율동공원으로 달려갔습니다.

'모든 것은 흐르는 시간 속에 있으니 그 속에서 찾으시오. 아쉬움도 그리움도 행복도'

책(Book)을 테마로 한 호수공원이었다. 책을 읽는 도서관에서 상상력과 독서의식을 불러일으키게 하는 공간으로 만들었고, 공연, 전시, 체험활동도 함께 즐길 수 있게 했다. 이런 공원을 가진 성남시민은 축복받은 시민이다.

'산위에서 부는 바람 서늘한 바람/ 그 바람은 좋은 바람 고마운 바람/ 여름에 나무꾼이 나무를 할 때 /이마에 흐른 땀을 씻어 준데요./'

박태환의 노래비와 조각가들의 작품들이 있어 둘러보는 재미가 쏠쏠했다. 먼저 축 결혼의 하트가 만들어진 사진 찍기 명당자리가 있던데 눈에 띈 이상 우리 부부 인증 샷 건너뛰면 섭섭해서 안돼요.

'우린 가끔 하늘을 바라본다.' 의 박재형 작가의 작품을 비롯해 '꿈꾸는 손', '숲속의 합창', '명상 나뭇 속으로', 등 많은 작품이 있는데, 가슴에 와 닿는 작품이 있더라고요. 성낙종의 '기억' 과 한진섭의 '휴식' 에 필이 꽂혔던 것 같다.

그 기분으로 분당저수지를 완전 한 바퀴 돌았다는 거 아닙니까. 바람에 낙엽이 굴러다녀 그런가. 밤공기가 찼다. 어둠이 깔리기 시작한다는 증거다. 자연을 살리려 노력한 흔적도 보인다. 여기 괜찮은데. 잠깐 바람 쏘이기 좋네. 젊은이들은 알아서 어두컴컴한 곳을 찾아갈 게고, 나그네들은 힐링이면 된다. 우린 뭐 그런 시시껄렁한 얘기들만 주고받으며 걸었던 것 같다.

저녁은 분당저수지 먹자골목에서 몽땅 해결했다. 모텔이 8시부터 숙박 손님을 받는다는데 도리가 없죠. 송도이동갈비에서 갈비 한 대씩 뜯고, 스타벅스에서 커피를 마셨지만 지루한 건 사실이다. 여러 번 후회도 했지만 대안이 없었다. 기온마저 뚝 떨어지자 덜덜덜 떨 정도로 냉기까지 돌았다. 이런 날씨엔 무엇보다 컨디션 조절이 중요하다.

성남 밀모텔 602호

영장산 봉국사

　여행은 만남이요, 흔적은 기억이란 말이 있다. 그 기억이 미덥지 않아 메모를 하고 메모조차 가물가물해질까 봐 사진 찍으며 다니는 것이니 오해는 마세요.

　영장산 기슭 아래 자리 잡은 봉국사는 조선 현종이 요절한 명혜와 명선 두 공주의 명복을 빌기 위해 선정한 절이라고 한다. 1873년에 왕실의 상궁이 시주하여 봉국사 대광명전에 모셔졌다는 '아미타불화' 와 '수연' 스님이란 분의 작품으로 알려진 머리털을 소라껍데기처럼 틀어 올렸다는 '아미타여래화상' 이 볼거리라고 한다. 그걸 보고 가겠다고 법당 안을 기웃거리는 게 쉽진 않았다. 마침 오늘이 법당 문을 활짝 열어 놓는 날인가 보다. 아주 맛나게 보았다.

　이제 선택의 여지가 없는 건 영장산이다. 가파른 언덕을 차 끌고 힘들게 올라왔다면 정상이 멀지 않다는 얘기다. 아내가 이런 산길을 걸을 땐 가랑잎도 조심해서 밟아야 한단다. 우린 가랑잎을 아궁이에 넣고 풍구 돌리며 살던 시절의 이야기며, 예쁜 단풍잎을 골라 책갈피에 끼우던 추억을 떠올리며 걸었다.

　통나무계단이 높이와 폭이 아주 적당해서 걷는데 하나도 힘이 들지 않았다. 게다가 타박타박 걷는 즐거움까지 있으니 산을 오르는 내내 콧김에 취할 걱정은 안 해도 될 것 같다. 산에 오르는 것이 아니라 산책하는 것 같기 때문이다. 그리 걷다 힘이 남아 있으면 남한산성남문까지가 원추리길이라고 하니 한 번 걸어볼만 하겠다. 매번 긴 걸음, 우리 못해요.

　색동옷으로 갈아입은 예쁜 숲, 앙증맞은 구름다리, 깡충 다리를 건너다 보면 벚나무숲길도 만나고, 통나무계단을 걸으면 4거리가 2번. 사통팔달로 길이 통한다는 얘기다. 340여 계단을 더 올라가면 정상. 금방이다. 가볍게 운동장 서너 바퀴 걷는다는 생각으로 오르면 충분하다.

솔직히 우리 부부에게 주어진 시간이 별로 없다. 그걸 탄식만 하고 있을 시간에 아내의 손을 잡고 한곳이라도 더 둘러보는 것이 나의 몫이라 생각하고 있다. 훗날 이 글을 읽으며 잃어버린 기억이 되살아난다면 그것으로 만족 할랍니다. 이제 집에 가서 쉬고 싶어요.

성남 밀 모텔

수 원

고향나들이 5박 6일   수원 화춘옥에 가다
준비되어 있다면 나이는 축복이다   처형을 떠나보내던 날

고향 나들이 5박 6일

이게 뭔 소리여!
홍시 먹다 이빨 부러지는 소리 아니여!
8월 한 더위에 수원 화성에 뭐 볼게 있다고
그것도 일주일씩이나
불알친구들이 대놓고 핀잔주는 소리다
기막히고 코 막히다 보니 어이도 없었겠지.

 모르는 소리 마라
휭 하니 고향 한번 둘러보고 오겠다는 기여
바람 쏘일 겸 나들이 나선다는 건 핑계고
과거의 퍼즐을 짜 맞춰보고 이젠 다 묻어두고 올 참이구먼
그러니 일주일도 짧지
죽을 때가 되면 한번쯤은 고향을 찾는다지 않는 감.

 입맛보다 앞서는 게 그리움이라지만
까까머리 고교시절 그 자장면 집은 있을라나
처음이자 마지막이었던 그 화춘옥은?

정조로의 통닭거리도 요즘 유명세를 탄다는데 안 가볼 수는 없고
지동시장의 순대타운도 들러 는 봐야하는데
수원갈비탕 한 그릇으론 택도 없을 것 같다.

부지런 떨지 않아도 오전은 연무대
화성열차 타고 방화수류정, 장안문에 팔달산은 간만 보고
저녁은 가보정 갈비로 동서자매간 우애를 다지는 시간
내 한 턱 쏘겠다는 기별을 넣었더니 반가운 얼굴들이 다 보이고
홀가분한 것은 한 짐 내려놓아서다.
이렇게 보냈구먼. 첫 날은

삼복더위에도 화성 성곽은 꼭 밟아야한다며
연무대에서 동북공삼돈, 창룡문를 지나 동남각루까지
장안문에서 걸어 서북각루, 팔달산 화성열차 정류장까지
정조의 포부와 정약용의 지혜가 손잡은 고장
화성행궁은 와글와글 시끌벅적하니
우와! 무예24기 시범공연에 푹 빠져버렸네.

아픔마저도 한줌의 그리움이 되어버린 매교동
흔적도 없이 사라진 마을에 나는 이방인
점심은 옥수수죽, 야간학습은 교실 밖 복도
세류국교에서 내 입은 수다쟁이, 아내 눈엔 이슬이
꿈과 포기를 반복했던 까까머리 시절의 교정
입은 바빠도 허풍이 반이니 색 바랜 책가방도 없앨 나이다.

색시는 예 살던 집에 대한 기억을 끄집어낼 수 있으려나
세류에서 부터 더듬어도 가물거리기만 하고

수원역을 등짐 져도 눈썰미는 매한가지
어머! 남녀공학이 되고 배움터는 옮겼어도
수여고 건물은 그대로라며 둘러보고 그 시절 그리워하더니
길바닥만 보며 다녀 아무것도 기억나는 것이 없다네.

통금해제 사이렌이 울리면 줄넘기로 오르면 늘 그 자리에 있던
그 주춧돌로 팔달산 정상에 제자리를 찾아갔다는 화성장대
약수 한 모금에 260여 계단이 한숨이더니
팔달산 저 소나무 내 심어 키운 겨. 자랑을 입술에 달고
서포루 화양루에 팔달문까지 걸었더니 땀 좀 나네
아내는 효원의 종 세 번치며 무슨 소원 빌었을까.

까까머리 시절의 남문, 북문, 팔달문 뒷길여행
팔달문에서 장안문까지는 걸어보니 궁금한 곳이 많다
영동시장, 지동미나리꽝시장. 추억은 흘리고, 땀은 젖고
저녁엔 수중동창모임에 얼굴 내밀었더니 와!
여름밤 궁궐나들이는 힘들다 포기하고
첫사랑이야기를 빼고도 이야깃거리는 무궁무진.

용인민속촌은 들어서면서 첫마디가 오길 정말 잘 했구먼
피곤하면 앉아 쉬고 그리 걷다 들어간 추억의 팥빙수
광교 공원에선 걷기 번거롭겠다며 내리기를 거부하는 마님
수원갈비탕은 먹고 가야한다며 찾아간 본 수원갈비
13시 반까지라니 별수 없이 그럼 양념갈비 2인분
여행은 이렇게 또 하나의 아쉬움을 남겼다.

꼼꼼히 적어가며 찾아다니려고 애썼으나

광교산, 서호는 언제 들르게 될런지.
수원 성결교회는 팔달문에서 잊고 딴전 피운 잘못이 있고
경묵아! 재학이네 딸기밭 기억 나냐? 늙은 소나무도 많이 없어졌더라.
국교 3학년의 가을, 겨울 추억의 향교와 소담골 김치찌개
그대로 두고 간다. 언젠간 찾을 날 있겠지.

2011년 9.11테러 당시 접했던 외신 기사에
충돌하기 직전 지상의 가족에게 전한 말이 안녕! 사랑했어.
준비된 드라마 대본을 읽어내려 가 듯
침착하고 우아하게 작별인사를 하며 죽음을 맞듯이
내 마음이 평화로울 순 없을까.
나도 아름다운 마지막을 갖고 싶다

수원 화춘옥에 가다

2017년 2월 21일

　귀와 코끝을 도려낼 듯 몰아치던 혹한도 물러갔나 했더니 눈이 녹아 비가 된다는 우수에 한 성깔 하고는 제 갈 길로 가버렸다. 그 성깔이 하루를 채 넘기지 못하는 걸 보니 봄바람이 무섭긴 무서운가 보다. 겨우내 침묵했던 개울물이 얼음장 밑에서 구슬을 굴리고 있겠다는데 어찌 안 그렇겠는가.

　2월에 매서운 추위가 한바탕 휘젓고 갔으니 이젠 떠나도 되겠다. 영님 씨가 겨우내 자전거 타며 무릎에 힘 좀 길렀으니 가까운 곳에라도 가야한다. 동남풍이 부는 그 날까지 기다리지 못하는 이유는 혹여 꽃소식이라도 물어올 수 있지 않을까. 연둣빛 봄소식은 아니더라도 길 잃은 봄빛을 찾는 행운이라도 잡을 수 있을지 누가 알겠는가.

　용인동백에 있는 '화춘옥'. 수원 화춘옥의 큰아들이 개업했다는 식당에

갈비탕 한 그릇 먹으로 갔다. 식당에 걸린 옛 사진들을 보았다. 퇴락한 집 안의 낡은 대문을 밀고 들어가는 기분이었다. 11시, 손님은 고작 갈비 뜯으러 온 4인 가족과 우리 부부.

우린 수원왕갈비탕, 맑은 육수에 비스듬히 누워 있는 단검만 한 갈비가 딱 2대. 그 모습부터가 그리운 세대다. 다행히 옆 테이블에서 수원왕갈비 굽는 냄새로 적당히 코의 점막을 자극해 주었다. 덕분에 따끈한 국물이 꿀꺽 침 한번 삼키듯 부드럽게 목을 타고 넘어갔다. 단검에 붙은 고기를 뜯느라 적당히 잇몸 운동도 했겠다.

"깔끔하고 맛있구먼! 여행 끝내고 수원 화춘옥에 들러 갈비탕이나 포장해 달래서 올라갑시다."

옛 화춘옥은 영동시장에 있었다. 서울대학에 합격했다고 아버님이 사주신 갈비, 그것이 단 한 번 뜯어본 화춘옥 갈비였다. 그 맛과 숯불에서 지글지글 굽는 동안 방안에 자욱했던 연기와 냄새는 지금도 못 잊고 있다. 그러니 우린 역사를 먹고 온 거다.

수원 화춘옥의 역사는 소갈비를 푸짐하게 넣고 끓인 해장국이 인기를 끌면서 부터라 보면 된다. 그러나 비싼 갈비를 넣다 보니 해장국의 질은 좋아졌지만 이익에 문제가 생기자 태어난 것이 화성갈비. 대중화에 실패하고 결국 문을 닫고 만다.

큼지막한 갈비 두 대가 들어간 갈비탕과 화성갈비. 아들 대에서 다시 태어났다고 한다. 나에겐 가까이 하기엔 너무 먼 당신 같은 기억만 있으니 그리움만 남은 음식일 수도 있다. 그래도 수원의 왕갈비갈비탕이 대를 잇는 맛으로 이어졌으면 하는 마음은 있다.

준비되어 있다면 나이는 축복이다

2017년 2월 25일

수원이다. 밥 빼고 무한리필이라는 해장국집이 있다고 해서 왔다. 소문대로 바글바글은 좀 과장됐고 들고 나는 사람들로 주차장 주변이 북적거렸다. 끼니때도 아닌데 손님이 많긴 하다.

맛만 궁금한 것이 아니라 내용물도 그렇다. 소문대로였다. 일단 큼직한 뚝배기에 가득 채웠다. 선지는 한 사발 수북이 따로 내왔다. 선지를 싫어하는 사람들을 배려한 것이라고 한다. 선지가 탱글탱글하고 군내도 없고 담백한 것이 내 입맛에 맞았다. 밥 딱 한 수저 말았는 데도 배가 빵빵하다. 아내도 이젠 입맛이 닮아가나 보다. 해장국 포장해 달라면서 김치는 왜 포장 안 해주냐며 따지기까지 한다.

이번 여행을 서두른 이유는 남은 겨울바람을 서둘러 보내고 싶은 마음이었는지 모른다. 겨우내 멍든 하늘을 쳐다보며 봄을 기다렸기 때문이다. 양지바른 곳에서 잠깐 모습을 드러내곤 자취를 감추었다는데. 하늘빛을 닮은 봄의 전령사들을 놓칠까 봐 조금 서두른 감이 없지 않았다.

집을 나설 때는 이미 코끝을 스치고 지나갔을까 봐, 뒷북치고 있는 건 아닐까, 그러면서도 재 너머 온 봄을 맞으러 간다는 마음으로 설렜던 건 사실이다. 늙은이가 할 일 없으면 구들장이나 질 것이지. 그래도 할 말은 없다.

"피할 수 없으면 즐겨라."는 말이 있다. 한참 때는 맡겨진 일에 최선을 다하며 열심히 살았고, 지금은 주름살과 동행하며 사는 지혜를 배우고 있다.

자연의 봄을 맞으러 나가려면, 내안의 봄도 *끄집어내야* 한다. 기다리는 것이 아니라 달려가 맞을 생각을 하고 있으니 행복하다. 아름다운 마지막이 준비되어 있다면 나이는 축복이 아닌가. 더도 덜도 말고 오늘만 같아라.

처형을 떠나보내던 날

2020년 11월 11일(수)

4일장에 발인시간은 11시 반. 솔직히 속으로 좀 꿍얼대긴 했다. 미국에 사는 조카 진배가 와야 하니 그럴 수밖에 없다는 것을 알면서도 무심중에 튀어나왔으니 우리 색시 마음 상했으면 어떠케요.

난 계획한 일이 차질이 생길까 그걸 먼저 걱정했던 거 같다. 그럼 안 되는 거잖아요. 개똥밭에 굴러도 저승보단 이승이 낫다고. 이승에서의 긴 여행이 끝나는 날이니 어떤 마음을 전해야 위로가 될까. 나는 이승을 떠나는 발걸음 무거워할까 뒤돌아보지 말라는 말을 전해주고 싶다.

여행 중이라 발인을 위해 수원에서 숙박했다. 수원까지 왔으니 왕갈비는 하며 눈치를 살폈다. 사람들 틈에 앉아 입 벌리는 것을 꺼려하는 아내의 표정을 살피는 것이 요즘 나의 일이다. 바로 접었다. 점심 굶었어요. 그 바람에 호텔뷔페는 정말 맛있게 먹었네요. 깨끗하고 거리두기 잘 지킨다는 믿음이 가서 그런가 모처럼 집 밥 먹듯 편안하게 앉아서 맛나게 먹었던 것 같다.

다음날, 마지막 가는 모습을 보며 숙연해하는 아내와 덤덤한 표정의 내가 대비가 된다. 정이 없어 그런 건 정말 아니다. 년 전에 여동생을 떠나보낼 때도 별반 달라진 것이 없었다. 언제라도 망설이지 않고 따라나설 수 있다고 생각하기 때문이다. 고통스럽게 생을 마감하고 싶지 않다고 아이들한테 침까지 박았으니 믿어야 한다. 발인만 보고 바로 돌아섰다. 처제 동서들이 야속하다 할지는 모르겠으나 내 여동생도 그랬다. 아내에게는 미안한 일이나 여기서 작별을 고하는 것이 나을 것 같았다. 솔직히 코로나 때문에 상가에서 음식섭취며, 사람과의 접촉까지 극도로 꺼리는데 이유가 있다. 난 걸리면 그날로 보따리 싸야 하걸랑요.

산 사람은 제 삶으로 돌아가듯 우린 양양으로 달렸다. 드라이브 여행이다. 오늘따라 그 매력에 폭 빠진 이유는 석양을 지고 달리는 시간대이기 때문이다. 날씨가 받쳐주는데 왜 안 그렇겠어요. 아내의 마음을 건드릴까 조심스러웠는데, 고속도로를 달리기 시작하자 이번에는 아내가 내 마음을 읽어주었다.

"운전 조심하는 거 아시죠? 피곤하실 텐데 휴게소에 들러서 눈 좀 붙이다 가요."

우린 그렇게 다시 하나가 되었다. 아내가 잔잔한 음악을 틀어주었다. 내내 차마 음악을 틀 수 없는, 틀어서는 안 될 것 같은 분위기를 깨주었다.

우린 출렁이는 겨울바다를 바라보며 살아있음에 감사했고, 이렇게 맘만 먹으면 어디든 떠날 수 있는 내 자신이 자랑스러웠다. 몸은 성치 않지만, 마음만은 건강하고 싶은 남자임을 증명해 보이고 싶었다. 가위, 바위, 보. 편의점 다녀오시지요.

양양 낙산비치호텔 353호

라마다 수원호텔

시흥

시흥 갯골생태공원
소래산 산림욕장
카페 청하공간

시흥 갯골생태공원

2021년 7월 5일(월)

　갯벌의 물길 따라 바닷물이 들고 난다. 붉은 함초까지 자라는 갯벌 초원이 숨 쉬고 있다. 바닷물과 갯벌, 억새가 잘 어울리는 공원에 여름철에는 수영장에 사람들로 북적거린다. 따가운 햇살에 폭염을 감내하며 걷니 힘이 드는 쪽을 택하기로 했다. 가림막이 있는 2인승 4륜 자전거를 빌렸다. 온전히 내 허벅지 힘으로만 페달을 밟아야한다. 처음엔 여유 부리다가 곧 후회할 뻔 했다. 엄청 힘들었거든요. 우리 영남이가 장롱이다 보니 어쩔 수 없었어요. 많이 알리려고 하지 마세요.

　이곳의 명물은 누가 뭐래도 높이가 22m나 되는 '흔들 전망대'가 아닐까. 6층의 목조로 갯골바람이 휘돌아 올라가는 느낌으로 설계했다고 한다. 빙글빙글 돌 듯 걸어 올라가는 것이 재미있었다. '늘 내 길'을 걷듯 걸으라했는데 더운 날씨에 위로 갈수록 시원하니 멈출 수가 없다.

　전망대에 올라서면 공원의 사방팔방이 트여 있어 시원하다. 바람도 적당히 불어주었다. 길은 한산해도 수영장은 바글바글. 귀를 세우는 것은 당연한 일. 그도 싫증나면 전망대 바닥에 들어 눕거나 주저앉아서 열기를 식히면 된다. 근데 온몸이 시리도록 시원하고, 한기까지 느끼니 대박이랄 밖에.

　자전거는 40분 안에 반납해야 한다. 따가운 햇살을 피하느라 다리는 고생한 하루였다. 저녁은 안동국밥집에서 안동갈비국밥. 경상도 음식 맵다더니 예상이 틀리지 않았다. 땀 흘리며 한 그릇 뚝딱 비웠으면서도 바리바리 싸들고 들어갔다는 거 아닙니까. 8시 45분 드라마 시간에 맞추느라 바삐 서두른 건 사실이다. 그 드라마 안 봐도 되는데, 그러면서도 좋아 죽는 게 눈에 보인다.

광명 JS 뷰티크호텔

소래산 산림욕장

2021년 7월 6일(화)

맑은 하늘에 눈부신 햇살. 따뜻한 여름의 하루가 시작되었다. 호텔조식뷔페 먹고 30여km를 달려 온 곳은 소래산 산림욕장이었다. 출발 전 아내에게 4년 전 이곳에 들렀다가 주차 할 곳이 없어 되돌아 간 적이 있다며 설명했는데 와서 보니 기억과는 영 딴판이었다.

주차장이 있는 도서관은 물론 길거리 주차가 가능한 주변 아파트까지 보이지 않았다. 몹시 당황스러웠다. 산림욕장은 차량통제구역이다 보니 주차장을 찾지 못하면 말짱 황이다. 한 번 더 둘러보고 그래도 없으면 다른 데로 갈 수 밖에 없다며 차를 돌렸다.

좀 전엔 보이지 않던 주차공간이 있었다. 운동장만큼이나 너른 공간이었다. 궁하면 통한다니까. 그 말을 할 땐 내 표정이 180° 바뀌더라고 한다. 그만큼 주차가 절박했다는 얘기다.

150여m의 경사진 길을 힘겹게 오르면서도 입은 꾹 다물었다. 생각보다 훨씬 많이 헉헉거렸던 것 같다. 얼마나 힘들었으면 우리가 힘들 정도로 가파른 걸까, 나이 먹어 그런 걸까. 그런 생각까지 했을까.

언덕배기를 힘들게 올라가면 시흥 ABC행복학습타운이란 글자가 보인다. A는 예술, B는 생명, C는 문화. 또 있다. 놀자 숲. 자연과 사람이 하나 되는 즐겁고 건강한 공간이란 뜻이다. 숲은 아이들과 함께 오는 엄마들의 쉼 터였다.

숲속모임 터, 숲속교실 등 다양한 공간을 마련하고 활용하기 쉽게 꾸몄 다. 뚜벅뚜벅 걸어 올라오는 사람들의 진지한 표정이 힘들어 했던 우리와 비교된다. 아이고, 쪽 팔려.

이제부턴 계산해야 한다. 정상까지는 1.1km, 내원사까지가 0.75km. 둘 레길은 30분 잡으면 된다. 그 정도 거리인데도 선뜻 나서질 못하고 있다. 내원사까지도 계단 폭에 발목이 잡혔다. 이 계단을 무사히 올라갔다고 치 자, 그럼 내려올 땐. 그것이 이유였다. 오늘은 그냥 벤치에 앉아서 피톤치드 목욕이나 하는 걸로. 우린 그렇게 졸며 쉬며 멍 때리기 하다 일어났다. 두 어 시간 숨만 쉬다 왔다면 벤치에 엉덩이 붙이고 눈은 감고 있었단 얘기다.

카페 청하공간

11시 20분. 미리 초복치레 할 생각은 없느냐고 하자 할매삼계탕은 배가 꺼지지도 않았다며 얼버무린다. 미술관은 그림에 대해 알아먹어야 재미가 있지가 거절의 이유였다. 주차장의 맞은편 대문이 활짝 열려있다.

젊은 사람들이 드나드는 걸 보니 궁금하다. 한정식집이면 돈하고 바꾸면 되요. 뭘 걱정해요. 들어가 봅시다. 그렇게 꼬드겼다. 'ㄱ'자 한옥저택은 솟 을대문을 들어서면 정원 같은 안마당이다.

시원한 물소리와 웃음소리, 잔잔하게 흐르는 팝 음악이 깔리는 마당에 따 스한 햇살까지 보태니 마치 궁궐후원을 걷는 기분이었다. 코끝엔 커피 향과 빵 냄새가 걸려 있다. 휘 둘러보고 가다니요. 들고나는 사람들 구경하기 좋 은 한옥난간에 자리부터 잡은걸요.

유모차나 연인의 손을 잡고 오는 사람들의 얼굴엔 행복과 만족, 기쁨과 기대가 가득해보였다. 웃음꽃이 활짝 피어 있었다. 나무며 화단의 꽃들까지도 어느 하나 허투루 자리를 차지한 것이 없어보였다. 그들과 이 순간을 공유한다는 것이 행복이었다.

　주차할 수 있는 너른 공간이 있으니 일석 3조의 효과를 기대해도 좋을 것 같다. 주차 문제 해결하고, 멋스런 한옥도 구경하면서 빵 한 조각에 차 한 잔으로 여행의 피로를 풀 수 있는 곳. 더 이상 무얼 바랄까. 안 그래요?

시흥 서울 투어 리스트호텔

안산

안산 상록오색길의 4코스 갈대습지길

2017년 8월 7일(월)

철산대교를 건너면서 오른쪽. 제2경인고속도로를 타고 달리다 보면 '안산 갈대 습지공원'이 나온다. 도착하긴 했는데 오늘이 월요일이네요. 그렇다고 빈손으로 돌아갈 수는 없었다. 자그마치 30km나 달려왔거든요. 드린 공이 얼만데.

밑진 장사 하면 안 되지요. 두리번거리며 주변을 살피는 건 여행 다니며 길들여진 버릇 중 하나다. 새로운 길을 찾는 중이다. 공원에 들어올 때 등산복차림으로 걸어오는 사람들을 본 기억이 있기 때문이다. 현지 주민이 월요일을 모를 리는 없고, 그렇다면 어딘가에 산책길이 있다는 건데. 어딜까. 그렇게 '궁하면 통한다.'는 말을 실감했다. 갈대습지공원 옆으로 샛길이 있었다. 보태고 뺄 것도 없다. 한적한 길이었다. 빙고.

"이 더운 날씨에 또 어디를 가요. 조용한 길이 있으면 걷다 가면 되지. 일단 길이 너르고 길 한편으로 가로수가 있어 그늘까지 보태니 걸을만 하구먼. 길은 좋은데. 가다 길이 막히면 어쩌지."

걸으면서 갈대습지공원을 슬쩍슬쩍 훔쳐보는 재미도 있고, 잡초가 무성한 풀밭이 따라와 주니 가슴이 탁 트이는 것 같다. 가끔 푸드덕 날아오르는 꿩이 신선한 눈요기였다. 매미의 울음소리까지 보태니 지루할 틈이 없어요. 한여름의 여독을 푸는 매력 있는 길인데 매미가 덤이라니요. 이건 횡재한 겁니다.

쉼터벤치에 앉아 안내판을 읽고 서야 우리가 걸어온 길이 안산시가 야심차게 계획한 '상록오색길'의 제4코스(2.3km), 갈대습지길이라는 걸 알았다. 5코스(1.3km)는 쉼터부터 들판을 가로질러 건너편 숲속으로 사라지는 '본오 들판길'. 잠깐 망설인 걷는 김에 5코스까지 걸어 말어.

"굳이 이 땡볕에 저 들판을 가로질러 걸어갔다가 다시 올 필요가 있을까요? 5코스를 꼭 걸어야 할 필요를 전혀 느끼지 못하겠는데요. 계획에도 없는 거잖아요. 그냥 호텔에 가서 시원한 것 먹으며 푹 쉬는 건 어때요? 여기서도 논이 훤히 다 보이네 뭐. 우리 그냥 정자에 앉아 쉬는 걸로 해요. 그래도 4.6km 걸었으면 되지 않았나. 그러다 더위 먹으면 어쩌려고."

"알았어요. 정자에서 좀 쉬었다 갑시다. 바람 시원하네."

우린 광명시 철산동에서 육회 두 접시 비우고, 육회비빔밥은 추가했다. 육회 맛을 아는 분들이 이 동네는 꽤 있는가 보다. 육회 좋아하기 쉽지 않거든요. 우린 서비스로 찌그러진 노란냄비에 담아 내오는 소고기무국을 두 냄비나 비웠다는 거 아닙니까. 음식에 대한 자부심을 받쳐주었다. 이곳에 오실 일이 있거든 꼭 한번 들르시란 그 말속엔 무국 맛있게 끓여드릴게요도 들어 있었다.

광명JS 부티크 호텔

대부도 유리섬 미술관

2018년 8월 8일(수)

1층의 '보다 아트 숍'은 꽃병, 각종 잔, 액세서리 등 다양한 모양과 색감의 유리예술제품을 볼 수 있는 공간이다. 2층 '맥 아트 미술관'은 '공존'을 주제로 한 매체의 확장전이라는데 배고픈 것도 잊게 만들었다.

조현성의 '창밖을 보다'는 불투명한 유리 속에서 바라본 세상이다. 이 세빈의 'Carved light'는 유리로 빛을 조각하여 빛의 또 다른 세계를 보여주려 한 것 같은데 내 눈에는 휘황찬란하더란 말밖에 표현할 방법을 모르겠다. 김현정의 '틈', 선종훈의 'Untitled(무제)', 등의 작품은 볼수록 은근히 빠져드는 매력이 있었다.

아이들은 그림을 그리고, 유리공예작가들은 그 그림을 보며 아이들의 마음을 유리작품으로 표현한 역작들이 전시되어 있었다. 이럴 때 침 꼴깍 안 삼키고 박수 안치면 언제 하면 되는데요?

꿈의 세계는 재미있고 황홀하고 작가들의 무한한 상상력을 볼 수 있어 좋았다. 신데렐라의 호박마차와 마부와 피노키오의 이상향을 표현한 작품도 지루한 줄 몰랐다.

야외조각공원은 영화나 소설 속 주인공들의 러브스토리를 형상화한 유리조형물이 널려 있는 공간이다. 녹색의 거미부인, 슬픔이 가득한 눈으로 어린 아들을 바라보는 베트남 여인과 헤어지기 싫어 울고 있는 아이. 여기서 사진 안 찍고는 못 지나갈 걸요. 톨스토이의 작품 '안나카레리나', '타이타닉호의 연인', '슈만과 클라라' 기억과 추억을 다 끄집어내니까 느낌이 배가 되는 거예요. 감동까지는 아니더라도 새록새록 감정이 전해지는 걸 느낄 수 있었으니까.

나이 들었다고 관심이 가는 곳만 콕 집어 갈 순 없어요. 그래서도 안 되고. 재미없다거나 지루하다고 지나치지 말고 찬찬히 들여다 보는 인내도 필요해요. 우리도 맹탕이긴 매한가지지만 달라진 건 관심이다.

나이 들면 오늘이 그 특별한 날일지도 모른다지 않아요. 내 남은 인생에서 가장 젊은 날, 무언들 못할까. 그러니 빨리 가자고 손을 잡아끌지만 마시고 마님 가까이서 아주 찬찬히 걸으면 되요. "이런 색을 뭐라고 하더라. 꽃분홍. 이름 예쁜데. 이 꽃병 집에 갖다 놓으면 좋겠다. 응접실이 환할 것 같은데 어때요. 딸내미가 오면 후딱 집어갈 것 같다. 그지."

요거 사갈까? 바로 행동으로 옮길 필요는 없다. 생각만으로도 행복하니까. 행복은 마음먹기 달렸다. 언제까지 노인네 타령만 하며 살 순 없잖아요. 내일은 눈 떠봐야 아는 세상이 기다리고 있는데요. 오늘처럼 잔잔한 감동을 주는 이런 날이 우리 남은 인생에 몇 번이나 더 있을까요?

부천 폴라리스관광호텔

대부도 바다향기테마파크

2021년 12월 21일(화)

대부도에 다녀왔다. 오늘도 가장 오래, 가장 멀리 배웅해 줄 사람과 동행했다. 여기선 아침은 어디서 뭘 먹지. 그건 걱정 할 필요가 없다. 바지락칼국수집들이 널려있는 칼국수 마을이다. 다만 오픈 시간이 08시부터 10시까지 식당마다 다를 수 있으니 검색해보는 것이 좋다.

'우리 밀 칼국수' 를 점찍고 가는 중이다. '낙지 칼국수' 는 큼지막한 낙지 한 마리 퐁당 빠뜨리는 것이 포인트. 칼국수는 김치 맛이다. 칼국수 한 젓가락에 양념이 잘된 겉절이를 턱 얹으면 부러울 것이 없다. 우린 낙지부터 공략해 나갔다. 다음은 바지락. 칼국수 순으로. 낙칼이다 보니 바지락칼국수의 깔끔하고 시원한 국물 맛과는 거리가 있는 것 같다.

식당에서 보면 길 건너에 코로나로 주말공연만 한다는 '동춘서커스 상설 공연장' 이 있다. 단원들이 북치고 피리 불며 거리에 나오면 구경거리라며 뛰쳐나가던 어린 시절. 그날은 흥겨운 동네 잔칫날이었다. 인간의 한계를 넘어서는 기교에 놀라며 "이게 가능하다고." 하며 박수치며 열광하던 내 모습도 떠 올렸다. 젊은이들은 신기한 경험에 열광하고 우리 세대는 그리운 추억에 눈물을 훔치면 된다.

찬바람에 몸을 움츠려야 하는 계절. 어느덧 어둠이 깊어가는 나이다 보니 저녁 걸린 나이쯤만 돼도 좋겠단다. "밤길조심하세요." 라는 자식들의 말이 귀에 쏙쏙 들어오는 나이다. 찬바람이 부는 계절이면 뼈마디가 쑤신다던 할머니보다 더 오래 살고 있으니 어찌 안 그렇겠습니까.

오늘의 첫 일정은 바다향기 테마파크. 공원주차장에 차를 세우면 화장실부터 찾는 나이지만 안개가 자욱한 공원분위기는 나쁘지 않았다. 환상적이랄 건 없지만 위-잉 위-잉 하는 풍력발전기가 어렴풋이 모습을 드러내자 왠진 모르게 머리카락이 쭈뼛해지는 걸 느꼈다.

우린 해솔길 1코스의 출발선에서 반대 방향, 안개가 자욱한 공원부터 걷기로 했다. 자유로운 분위기에서 자연은 만끽할 수 있어 택한 길이다. 멀리 달 전망대를 보고서야 시화호가 멀지 않다는 것만 알 뿐. 어디로 가는 건지는 알고 싶지도 않았다.

"수문을 열었으니 물살이 대단히 빨라 위험할 수 있으니 안전한 곳으로 대피하시기 바랍니다."

오늘은 바다로 물을 흘려보내는 날인가 보다며 허둥대는 우리완 달리 주민들은 이 경고 방송에 익숙한 듯 아랑곳 하지도 않는다. 오히려 이를 이용해 바지락을 캐러 갯벌로 나가는 것 같다.

그들은 차에서 내리자마자 방수복으로 갈아입고, 갈고리와 망태기를 챙기는 걸 보니 바지락 캐러가는 사람들 맞네. 따라오세요. 하는데 어찌나 걸음이 빠른지 놓치고 말았다. 그래요. 시화호와 바다를 갈라놓은 풍경을 면 발치서 상상하는 것만으로도 오늘의 여행은 충분히 만족했다고 봅니다.

'방아머리 로' 를 달리다 갈대숲에 탄성을

안개와 미세먼지가 걷히면서 파란 하늘과 해가 얼굴을 내밀었다. 겨울옷을 따뜻하게 입은 탓도 있지만 더운 듯 느껴지는 건 순전히 겨울답지 않게 온화한 날씨 탓이었다.

'방아머리 로' 는 관심은 물론 계획에도 없던 길이다. 우연히 차들이 그 길로 가는 것을 보고 드라이브 삼아 달리다보면 건너편 가로수길이 있는 길로 들어서지 않을까. 그런 생각을 했었다. 그리고 '방아머리로' 에 들어서는 순간 "어머나! 여긴 신세계네. 이 길로 잘 들어왔구면. 이런 곳이 있는 줄은 정말 몰랐구면." 갈대밭이 보이면서부터는 흥분하기 시작했다.

끝도 없을 것 같은 들판에 갈대를 심어 휴식공간으로 만든 아이디어가 놀라웠다. 송전탑을 가리기 위해 '메타쉐콰이어 나무' 를 심었다는 가로수 길은 우리가 그토록 궁금해 하며 걷고 싶어 했던 바로 그 길이었다. 한철엔 볼만 할 것 같다. 산책로로는 담양의 메타쉐콰이어 가로수 길보다도 부럽지 않아 보였다.

주차장에서 진입광장으로 들어서면서부터는 아예 방방 떴다. 초입서부터 눈을 어디에 두어야할지 가늠도 안될 만큼 갈대숲이 엄청나 보였다. 습지 관찰로를 따라 걷기로 했다. 가을 분위기가 물씬 풍기는 갈대숲. 끝이 보이지 않을 만큼 너른 벌판. 우린 김제평야의 지평선을 보며 서 있는 듯 착각하고 있었다. 가을 분위기에 정점을 찍는 곳에 이곳만 한 것이 또 있을까.

이곳 황금빛갈대숲에 와서 필이 꽂이지 않는 사람이 있을까. 갈대가 아름답고 멋스럽다는 것을 보여주는 곳이었다. 더 깊숙이 갈대숲으로 들어가기 위해서 직진보단 왼쪽 갈대탐방로로 길을 잡기로 했다. 셔터만 누르면 그림 아닌 것이 없고 눈을 돌리면 탄성을 자아낼 수밖에 없는 갈대숲과 작은 바위들이 모여 사는 산이다.

끝도 없이 펼쳐지는 황금들녘에 싫증날 쯤 녹색휴게쉼터(소나무 숲)와 '초가정' 에 심은 푸른 갓이 사막의 오아시스 같은 분위기를 연출하며 또 다른 볼거리를 제공해주었다.

주차장이 너르기 때문에 누구나 들려서 가볍게 걸을 수 있다. 또 다른 모습도 있다. 많은 젊은이들이 찾는 곳이다 보니 외로울 새도 없다. 오늘의 여행은 여기서 마무리해야 할 것 같다. 감출 수 없는 흥분에 가슴은 뛰고 의욕은 넘치지만 너무 힘들다. 세월 탓이다.

저녁은 파도횟집에서 우럭회를 시켰다. 문어, 참소라, 연어회에 낙지 탕탕이. 전복버터구이에 찐 새우. 식탁 정중앙을 차지한 우럭회. 해물이 싱싱

해서 더 맛있었다. 마지막으로 바삭한 해물파전을 내왔는데 접시바닥까지 긁고 말았다.

　저녁 걸린 나이도 옛말. 이젠 어둠이 깔릴 나이다. 화려한 밤이 지나면 어둠이 찾아오겠지. 새벽이 없는 어둠. 조용히 긴 항해의 닻을 내릴 준비를 하는 이유다.

안산 대부도 호텔마리나 503호

대부도 쌍계사

__2021년 12월 22일(수)__

　어제 17,536보 걸었으면 과한 하루였다. 몹시 피곤했다. 늦잠까지 잤다. 오늘은 밤이 가장 길다는 동짓날이다. 낮이 한 뼘씩 길어진다는 날이기도 하다. 우린 백과사전을 뒤지듯 대부도를 훑어볼 생각으로 부지런을 떨기로 했다. 눈부신 태양이 떠올랐다.

　대부도 쌍계사는 탄도바닷길을 달리다보면 차창너머로 주차장과 절이 훤히 들여다보일 정도로 도로와 붙어 있다. 이른 시간인데도 주차장엔 신도들이 타고 온 차량들로 비좁을 정도다. 이렇듯 신도들의 발길이 끊이질 않는 걸 보면 동지는 불심이 깊은 사람들이 찾는 특별한 날인가 보다.

　지혜의 칼을 찾는 집이란 뜻의 심검당을 지나면 극락보전이 나온다. 보(寶)자가 들어간 전각이 주불전이다. 극락보전 좌우에 삼성각과 용왕각을 거느리고 있는데 용왕각은 이곳에서만 볼 수 있는 특이한 전각이라고 한다. '신비의 용 바위' 위에 유리로 덮어 용 바위를 겉에서 볼 수 있게 만든 특별한 곳이었다.

　1600여 년 전, '취측대사'란 분이 산마루에서 낮잠을 자던 중 5마리의 용이 승천하는 꿈을 꾸고 그 자리를 파 보니 바위 밑에서 맑은 물이 솟았다고 한다. 이를 귀히 여겨 불사를 일으켜 정수암을 창건하였고, 1745년 없어진

절을 다시 세우면서 쌍계사라 했다고 한다. 지금도 용 바위 이빨사이에서는 약수가 솟는다는데, 위장병 피부병에 특효가 있다고 하니 지극정성으로 기도하면 건강소원 하나는 이루지 않겠는가.

'바람의 언덕'이 있다. 야트막한 언덕에 마련한 수목장이다. '사랑하는 분을 모신 곳'이다. 이곳을 찾는 이들에게 경건하고 쾌적한 환경을 위해 반송, 측백나무를 심었고, 자연 소나무 지역까지 활용하여 수목장을 만들었다는데 그 이름이 '바람의 언덕'이다. 엄청 규모가 컸다. 고인 아니면 가족의 이름인지는 모르겠으나 한 나무에 여러 개의 작은 이름패가 걸려있었다.

그래서일까. 사람이 죽으면 생전에 저지른 죄질을 심판하는 염라왕을 그린 붉은 도포의 '현왕도'를 안내판의 QR로 보았지만 극락세계를 관장한다는 아미타불의 설법장면을 그렸다는 '아미타회상도', '목조여래좌상'은 극락보전에 있다고 하여 들어갈 엄두도 못 내었다. 절을 다시 세울 때 제작한 전형적인 조선후기 작품들이라고 한다. 차타고 온 많은 보살들은 다 어디 있는 걸까. 인적이 드문 산사 같더라니까요.

안산 어촌 민속박물관

안심체크 후 관람이 가능한 곳이다. 배 모양의 건물에 들어서면 수족관이 눈에 확 들어온다. 까치상어, 괴도라치, 쥐치와 쥐노래미, 볼락, 농어, 돌돔, 민어 등 고기들이 유영하는 모습이 평화로워 보였다.

박물관은 반농반어민의 삶을 살아야 했던 대부도 주민들의 생활상을 엿볼 수 있어 좋았다. 제1전시실은 세계 5대 갯벌로 손꼽힌다는 대부도 갯벌의 특징과 갯벌생태계를 소개하였고, 우리 눈에는 보이지 않는 갯벌속의 모습과 그 속에서 살아가고 있는 다양한 형태의 생물들을 보여주었다.

제2전시실은 갯벌에 따른 다양한 어업문화를 소개하였다. 어촌생활에 필요한 갯벌어로도구를 전시하는가 하면, 김 양식에 필요한 도구, 해가 진 후

썰물 때 갯벌에서 어업활동을 할 때 홰래질에 사용했다는 횃불, 썰물 때 웅덩이에 갇힌 어류를 줍거나 작살을 사용해 잡던 도구, 갯벌에 숨어 있는 맛조개를 잡던 맛 싸개, 조개를 채취하는데 사용하는 갈퀴, 갯벌에서 지고 다니기 편하게 다리를 길게 만든 갯벌 지게도 있었다.

또 한 곳은 랜턴으로 벽을 비추면 공룡이 소리를 지르며 움직이는 모습을 볼 수 있는 공간을 마련했다. 대부도는 7000만 년 전, 백악기시대에는 공룡이 살았으며 '대부도 고정리'에서 발견한 '공룡 알 화석'을 신석기시대와 역사시대를 아우르는 유물들과 함께 전시함으로서 볼거리가 더 풍부해졌다.

제3전시실은 '소금 꽃피는 대부도'란 주제로 대부도 주민들의 반농, 반어민의 생활을 들여다 볼 수 있는 곳이었다. 부엌살림으로 국수틀, 풍구, 삼태기, 수수 빗자루, 물동이 등은 다른 농촌민가와 다를 것이 없지만, 창고를 들여다보면 농기구와 함께 어업도구인 낙지삽, 조새, 부케 등이 놓여있는 것이 달랐다.

박물관 입구에서 그림종이를 넣으면 입체적 영상이 나타나는 신 개념의 '홀로그램영상'을 볼 수 있는 사용방법을 가르쳐주었다. 나이 지긋한 직원분의 배려가 얼마나 고마웠는지 모른다.

대부도 탄도 바닷길

하루 두 번, 썰물 때마다 4시간씩 열린다는 탄도 바닷길, '해솔길 7-1'은 '탄도'와 '누에섬'을 잇는 왕복 2.4km의 바닷길이다. 바닷길이 열리면 '누에 섬'까지 걸어갔다 오는 바닷길 코스가 색다른 경험을 안겨주는 길이다.

우린 운이 좋았다. 아침끼니와 바꾼 결과물이긴 하지만 탄도바닷길을 걸을 수 있는 행운을 잡았다. 물때만 잘 맞추면 탄도바닷길을 걸을 수 있다는 건 생각도 못했다. 신기하게도 물때시간에 맞춰 온 것처럼 되었다. 신기하기만 한 갯벌풍경에 흠뻑 취할 수 있어 좋았다. 소금기로 촉촉한 물기가 있는 바다 길을 걷는 여행은 정말 특별했다.

K의 초상까지 걸어갔으나 등대전망대까지는 무리라는 것이 내 생각이다. 물때를 알아보지 않고 덥석 탄도바닷길로 들어온 것이 이유라고 변명하고 싶었는지도 모른다. 시간에 덜 쫓기며 산책을 해서 좋았다.

k의 초상은 오늘을 사는 우리들의 자화상이라고 한다. 열심히 걸어와서 증명사진 한두 장 박곤 돌아서야 하는데 아쉬움이 없겠어요. 무심하게 갯벌에 넋을 놓고 왔다면 믿겠는지요. 얻고 받은 것이 있다면 갯벌도 우리 부부에겐 '공' 이었다.

'내 나이 60줄에 뒤를 돌아보니 어디선가 슬며시 올라오는 허허로움이 왜 일까' k의 초상에 쓰여진 글이다. 그럼 내 나이 땐 어떤 심정이어야 하는데? 아내에게 반문해보았지만 들은 척도 안 한다. 탄도바닷길이 먼저다 보니 아침은 굶었고, 늦은 점심으로 '신평도 전망대 횟집' 에서 바지락칼국수를 먹었다.

대부도 바다향기 수목원

대단하단 말 외엔 수식어가 필요 없는 수목원이다. 길게 늘어선 관람코스가 애써 간질 발작을 하지 않는 한 관람코스를 벗어날 수 없게끔 되어 있다. 그러니 부담 없이 걸으며 힐링 할 수 있다.

'주재원' 을 중심으로 관람하는 것도 좋지만, 우리처럼 편안하게 눈길, 발길이 가는 데로 따라가면 된다. 그렇게 쉬엄쉬엄 걷다 눈에 쏙 들어오면 차분하게 관람하는 방법도 나쁘진 않을 것 같다. 삭막한 겨울철에 수목원을 들르는 바보가 우리 말고도 제법 많은 쌍들이 데이트하듯 걷고 있으니 외롭지 않았다.

나름대로 안주머니에 넣고 갈 추억거리는 곳곳에 숨어있었다. 그 보물을 찾아보는 것도 재미 중 하나였다. 그만큼 둘러보면 놓치고 싶지 않은 곳이 많다는 얘기다. 오늘의 압권은 심청연못과 장미원 그리고 억새풀. 아기자기한 규모다 보니 그들과 일일이 눈 맞춤할 여유가 있어 좋은 곳이다.

인공연못 12개를 만들어 연꽃을 주제로 한 심청연못에는 봄이면 개구리도 들어와 연꽃과 함께 산다지 않는가. 그들의 울음소리가 새소리와 어우러지는 숲은 생각만으로도 행복할 것 같다.

장미원은 아내에겐 늘 이상향이다. 장미 밭에 쪼그려 앉아 화려하게 피어날 5월의 장미를 그리는 그 모습은 순수해보이고 아름답기까지 했다. 이 계절에도 장미를 그릴 줄 아는 아내는 분명 장미공주일 게다. 난 겨우 덩굴장미만 알 뿐 1,200여종이나 되는 장미를 심었다니 여름의 초입 5월이면 대단하겠단 생각밖에 못 했거든요.

구상나무, 소나무, 섬 잣나무들이 여전히 푸른빛으로 오늘은 눈을 시원하게 해주는 일등공신이었다. 황금바위 원은 의외였다. 황금산에서 가져다쌓아 만든 바위산이라고 하는데 규모는 작지만 산의 모든 것을 담고 있어 셔터가 저절로 눌러지는 곳이다.

어제는 엄청난 규모의 갈대숲에 주눅이 들었다면 오늘은 억새풀을 보며 번다한 마음을 잠시 쉬게 하는 매력에 빠졌다. 서해안 갯벌에서 자생하는 식물들을 모아놓았다는 염생식물원과 도서식물원. 그리고 모래언덕원을 둘러보며 봄을 기다리기로 했다. 우린 그렇게 수목원을 누비고 다녔다.

여행은 눈과 입이 즐거워야 한다지만 우린 몸을 적당히 괴롭혀야 여행의 맛이 난다. 지루한 줄 모르고, 사계절을 느낄 수 있는 그런 흔치 않는 여행지가 바로 여기가 아닐까.

안산 대부도 호텔마리나 503호

안산 호텔 마리나

안 양

안양 만안구의 밤거리　　　　　안양 예술공원
삼성산 안양사

안양 만안구의 밤거리

2018년 10월 19일(토)

　안양은 통과의례 같은 도시였다. 고2때(61년), 가을소풍을 관악산으로 온 적이 있다. 그때 깨끼 하나 물고 수원까지 걸었다. 꽁치통조림 하나면 세상을 다 가진 것 같던 시절엔 버너, 코펠 들고 몇 번 다녀간 적도 있다. 이렇듯 머릿속을 선점한 추억이란 녀석이 불쑥 튀어나올 것만 같은 시장, 그 시장 골목을 다니다보면 낙엽 같은 추억 하나 건질 것 같은 기분이다.

　남부시장은 벌써 하나 둘 문을 닫고 있다. 중앙시장은 야시장이다. 불빛도 환하고 오가는 사람들로 제법 북적인다. 근데 실속은 없어 보인다. 구경삼아 들어왔다간 우리처럼 휘 둘러보고는 실망스런 표정으로 나간다. 손님들이 5~60대 이상이다 보니 중후반. 소비를 주도하거나 의욕이 넘치는 세대는 아니다.

　외국이 재래시장을 관광산업으로 특별육성하고 있을 때 우린 뭐 했나. 포장마차의 메뉴가 호떡, 떡볶이, 어묵, 순대. 맛은 같은 공장 맛이라 쉽게 지갑을 열지 못하는 구조다. 특화된 똑똑한 포장마차 메뉴 하나 찾아볼 수가 없었다. 지붕이 생기고 깨끗해진 것은 바람직하나, 재래시장이 활기를 찾으려면, 아니 살아남으려면 시스템보다 먼저 상인들의 의식이 변해야 한다. 손님이 주인이어야 한다.

　큰길에서 건널목 하나 건넜을 뿐이다. 재래시장과는 다른 세상이 있었다.

거리가 불야성이다. 가게마다 개성이 뚜렷했다. 손님이 거리의 주인이었다. 가게들이 손님의 호기심을 자극하려는 아이디어 전쟁으로 후끈 달아올랐다. 옆집과의 차별화로 같은 메뉴를 찾아보기 힘들었다. 놀 곳, 볼 곳, 쉴 곳이 있는 신나는 거리다. 낭만로드는 퓨전음식으로 넘쳐났다.

우리가 구세대라고 입도 구세댈까. 그러며 거리 구경을 나섰던 것 같다. 말만 그랬지. 생소한 퓨전메뉴에 선뜻 호감이 가지 않는 건 사실이다. 배고픈 데도 선뜻 식당으로 들어가질 못하고 메뉴판만 훑어보며 다녔다. 익숙한 메뉴가 없나 골목을 뒤졌다고 보는 게 맞다. 마님이 메뉴판에 초계탕이라고 쓴 글씨에 필이 꽂혔다. 그런데 담아내는 그릇 디자인이 화려해서 일단 호기심을 끄는 덴 성공했으나, 입이 낯가림하더라고요.

풍요로운 밤이었는데 허전한 이유를 물으면 뭐라 그러죠. 내가 구닥다리라 그런가. 그럴까요.

안양 삼원프라자호텔 906호

안양 예술공원

2018년 10월 20일(일)

삼성산 일대를 예술 공원이라 한 것은 설치작가들의 작품 몇 개로 붙여진 이름만은 아니었다. 안양사와 함께 예닐곱 개의 암자가 가까운 거리에 모여 있으니 종교예술을 탐닉할 수 있는 곳이기도 해서 이름 붙인 것은 아닐까.

우린 삼성산의 '안양사'부터 둘러보는 것으로 계획을 세웠다. 특이한 작품들이 있어 눈길을 끄는 곳이다. 관광객의 인기도 많은 곳이다. 일본 작가 '켄고 쿠마'의 '종이 뱀'. 숲의 훼손을 막기 위해 플라스틱 재료로 만든 뱀 형상이었다. 작가 박 윤영의 8폭 병풍은 새로운 이야기를 만들어 내고 싶은 마음을 담았다. 불탑을 형상화하여 과거의 영적인 에너지를 현재로 돌리려고 했다는 미국 '마이클 주'의 '그림자 호수'는 무영탑을 보는 것 같은 착각이 들게 했다. 덴마크의 작가 '에페하인'은 '노래하는 벤치'와 '원형미로'로 그의 작품세계를 느낄 수 있어 좋았던 것 같다.

'108개의 거울기둥'은 순례자의 길과 안양의 풍부한 불교문화를 결합한 작품이라 볼 수 있다. 내려오는 길에는 등받이의 각도를 달리해서 '짐을 내려놓고 편히 쉬어가라'는 배려의 '낮잠 데크'에 살짝 감명 받았다. 편안한 쉼터. 작은 배려가 큰 행복을 가져다줌을 알았다.

우린 '무장애 나눔 길'로 들어섰다. 교통약자도 편리하고 안전하게 걸을 수 있다는 코스다. 데크에 사용한 자료가 모두 국산목재라고 한다. 명상의 숲길에 어울리는 동요를 들려주어 감명 먹었다. 상가를 둘러보면서도 그랬다. 똑같은 건물이 없고, 상점마다 특색이 있었다. 이런 걸 거리의 예술이라 한다.

유럽 어디에 내어 놓아도 손색이 없을 만큼 아름다운 상가는 걷고 있는 사람들을 예술가로 만들어 주었다. 예술을 사랑하는 사람들처럼 멋있어 보였다. 그럼 우리 부부는 ㅎㅎㅎ

삼성산 안양사

무장애 숲길을 걷다보면 안양사라는 절이 나온다. 바쁘지 않으면 들러 가라 권하고 싶다. 고려태조 왕건이 지나가던 날, 오색구름이 가득 피어올랐다고 한다. 이상하게 여겨 살펴보니 능정이란 스님이 계셨다. 그 자리에 사찰을 세우고 안양이란 이름을 붙였다고 한다.

안양이란 불가에서는 아미타불이 상주하는 청정한 극락정토의 세계를 말한다. 즐거움만 있는 자유로운 이상향이 안양이란 애기다.

거대한 이미타 불상이 큰 바위에 그린 부처 옆에 세워져 있었다. 사찰에는 대웅전이 있고 갖출 건 다 갖추었다. 그런데 대웅전 앞엔 탑신 기단이 없는 부도가 하나 있다. 불가에서 스님이 열반 후 사리나 유골을 모신 곳인데 누구 것인지는 모른다고 한다. 다 파괴해버린 것은 누구 짓이었을 꼬. 고려시대로 추정되는 거북머리를 용머리처럼 사실적으로 표현했다는 돌귀부(돌 거북이 머리)도 보고 가면 역사의 아픔을 조금은 느끼고 가지 않을까.

두레박으로 물을 떠서 한 모금 시원하게 마셨으면 돌아갈 시간이 되었다는 신호다. 칼국수에 전어구이 먹고, 녹두빈대떡에 능금까지 샀으면 되었다. 이제 집으로 갈 일만 남았다.

나만의 노하우로 풍족한 노후를 보내기 위한 불문율이 있다. 그건 바로 연금을 아낌없이 쓰는 겁니다. 내 나라에선 과할 정도로 풍족하게, 물 건너 간다면 자린고비처럼.

안양 삼원프라자호텔

안 성

엘로 카드는 제발 그만

2017년 8월 2일(수)

해가 갈수록 하루를 맞고 보내는 것이 숙제를 푸는 것만큼 어려운 일인 것 같다. 의지가 부족해서가 아니라 해가 다르게 달라지는 것 때문이다. 깜빡깜빡하는 것도 그렇고, 생리현상도 발목 잡는 것 중에 하나다. 이제는 가끔에서 종종이다. 그것 때문에 신경질적인 반응을 보일 때가 있다. 금방 후회하면서도 또 한다.

서로에겐 더 편하게 해주어야 하는데 반대로 갈 때가 있다. 그러면 상대방이 '엘로카드' 꺼내는 수가 있다. 진짜 신경 쓰이는 일이다.

"미리미리 좀 준비하시지. 자, 자 서둘러요 좀. 아직 멀었어요. 지금 몇 신데. 너무 짜증난다. 이젠 같이 못 다니겠네."

이랬다간 아시죠. 내 경험담이에요. 후회할 땐 이미 늦은 겁니다. 내 짝 나지 마시고 다그치지 말고 차분하게 기다리세요. 비행기 타고 떠날 일 아니라면 서두를 일 아니잖아요. 출발이 조금 늦는다고 어찌 되는 것 아니라면 느긋하게 기다리는 겁니다. 늦잠 때문에 투덜거릴 일은 없을 테니 탓하지는 마세요. 다 세월 탓이라 여기면 탈이 없어요.

여행하는데 시간은 중요하지요. 신경 안 쓸 수는 없는 이유는 되지요. 더구나 폭염이 연일 계속되고 있는 요즘은 한낮을 피하려는 마음임을 조금은 이해해 주었으면 좋겠는데. 우리가 오늘 그 사단이 났다는 거 아닙니까. 잠자리에서 일찍 일어나면 뭐합니까. 미적거린 이유는 얘기 안 할래요. 또 옐로카드 받고 싶지 않거든요.

안성 죽주산성 길

'비봉산 죽주산성'이 어릴 적 그리움을 조심스럽게 불러내었다. 유명관광지가 아니다보니 입구 안내판이 허술하다. 좁은 길을 따라 8부 능선까지 올라가야 주차장이 있다. 승용차 5대 정도 대고 나면 들고나기 힘들 정도로 좁긴 하지만 그런 적은 없었다고 하니 안심은 된다. 말이 주차장이지 성벽 아래 빈터를 이용한 것이다. 화장실은 A급이다. 우릴 무뚝뚝하게 맞아줄 줄 알았는데 남문이 활짝 웃으며 반겼다.

"이른 아침에 여길 어찌 알고들 오셨을까. 반가우셔라. 너희 이번 여행의 시발점이지 여기가. 우리도 첫 손님이 맞거든. 계단으로 올라와서 걸어보시오."

"뭐야 이 위는 신작로잖아. 차가 양방향으로 지나다녀도 될 만큼 너른데. 풀들도 말끔하게 머리를 깎았으니 곤충들은 뛰고 날기 좋게 되었구먼. 웬일이래."

유명한 관광지는 아니다. 그런데 비주얼은 조금도 뒤지지 않는다. 잘 깎인 잔디밭을 걷고 있다. 때까치, 풀무치, 방아깨비, 송장메뚜기에 이름 모를 벌레들까지. 그들이 발아래서 푸득푸득 날아다닌다. 어릴 적 고향에서 논두렁 밭두렁을 걸을 때면 발에 체이는 것이 풀벌레였다. 배추밭엔 흰나비, 연못엔 잠자리도 참 많기도 했는데….

동문을 지나 포루. 거기서 북문지까지 걸었다. 아쉽지만 이 산성은 여기까지다. 거 있잖아요. 어쩔 수 없는 생리현상 때문에 혼자 걸을 수밖에 없었던 사연. 북문지에서 멈추어야만 하는 것은 먼저 내려간 아내에 대한 배려었다.

몽고 난 때 죽주산성을 굳게 지켰던 송문주 장군 사당이 있는 곳으로 내려왔다. 잡초를 제거하는 분들이 묵묵히 땀 흘리고 있었다. 더위도 잊은 듯 정말 열심히들 일하고 계신 걸 봐서는 산성둘레길이 모두 이분들의 꼼꼼한 손길 덕분이란 걸 알 수 있다.

"장군님! 후손을 잘 두셨습니다."

산성 길을 완주하지 못한 아쉬움보다는 아내가 이 좋은 길을 함께 걷지 못한 아쉬움이 더 컸다. 산성을 따라 산책하듯 걷는 곳이다. 주변의 울창한 소나무와 참나무들이 그늘이 되어주고 풀벌레들이 길동무 해주니 외롭지 않은 곳이다.

칠장사

칠장사는 칠현산 기슭에 바짝 엉덩이를 붙이고 산허리의 따스한 햇살까지 맞으며 옹기종기 모여 있다 그 모습이 사찰보다는 시골마을 풍경을 연상케 한다. 고풍스런 사찰이 여름의 따가운 햇살에도 정겹고 포근함을 잃지 않았다. 인간의 손때가 덜 묻어 보여 마음에 쏙 들었다.

찬찬히 살펴봐야 할 보물들이 많다기에 둘러보고 갈 요량이었지만 대웅전에서 들려오는 성가(聖歌)소리에 혼이 나갔던 것 같다. 스님이 법문을 손자들에게 옛날이야기 하듯 들려주고 있었다. 법당 밖으로 흘러나오는 말씀이 우리의 귀에까지 또렷이 들린다. 이어진 스님의 독경은 산사의 신선한 바람이었다.

성당에서 미사를 드리고 있는 듯 착각했다. 문화적인 충격이 컸다. 오랫동안 앉아 있었다. 그 바람에 진흙 소조로 만들었다는 사천왕상을 보고 나온다는 것을 까먹었다.

눈과 몸이 풍요로웠으면 입도 그래야한다. 그래야 공평하다. 안성의 '솔

리건강밥상' 받으러 가는 길이다. 17가지 나물에 된장, 청국장찌게 남의 살은 눈을 씻고 봐도 없는데 맛은 있다. 그래도 아내는 무언가 부족했던 모양이다.

식사를 마쳤으면 농원의 산책길을 걸어야 한다. 2,000여 개의 장독대로 유명세를 탄 농원다웠다. 이 끝에서 저 끝이 보이지 않을 정도였다. 걷고 나선 식당 입구가 잘 보이는 '솔바람카페'에서 '아이스 아메리카노' 한 잔 시켜놓고 된장, 고추장 사러간 아내를 기다린 것이 농원에서의 마지막 시간이었다.

미리내 성지

미리내 성지에선 감히 범접할 수 없는 경건함에 지극히 작아짐을 느꼈다. 미리내란 하늘의 은하수란 뜻이다. 작은 영혼이 은하수의 별이 되듯이 죽은 사람의 영혼이 하늘의 별이 된다는 의미라고 한다.

촛불을 켜고 두 손을 모으는 가슴속엔 가족만이 아니라, 슬프고 가난한 사람들도 있었으면 좋겠다. 성모님 앞에서 아내가 성호를 긋는다.

"내가 성호를 그으며 연습 또 연습한 것은 평생 처음인 거 알죠?"

그 시절 그 우물도 그 자리를 지키고 있어 관광의 가치는 있겠으나, 너무 성스러운 곳이라 조심스럽게 둘러봐야 한다. 수녀님들의 수행공간이기도 해 발걸음조차 조심스러웠다.

성당을 짓기 위해 돌을 하나하나 쌓아 올렸다는 마르코 신부와 형제자매들이 이승의 마지막까지 천주님을 놓지 않았다고 한다. 그 신앙을 접하고 있으면 나는 신앙인인가 종교인인가를 되묻게 된다. 성모마리아와 요셉의 상에 이런 글귀가 적혀 있었다.

'행복한 가정을 바라는 모든 이에게 축복을'

안성허브마을 펜션

외기러기 친구 만나러가는 날

2017년 8월 3일(목)

안성은 저수지만큼이나 낚시터가 많은 도시다. 낚시인의 천국이라 해도 틀린 말이 아니다. 어제는 고삼저수지(호수)를 지나면서 좁은 길로 들어서기가 망설여져 숙소로 직행했었다. 2층 방 재스민.

물놀이장은 지금이 한창이다. 아이들의 웃음소리가 들리는 곳. 공기 좋고, 조용한 마을, 주황색 지붕이 이어지는 펜션이 동화마을 같다. 창문으로 보이는 시골 풍경은 가감 없는 그대로를 보여주어 더욱 정감이 간다. 어제는 인스턴트를 먹어도 배 안 고프겠다며 잠을 청한 기억밖에 없다.

오늘의 첫 일정은 원곡면 칠곡호수길로 친구 만나러 가는 날이다. 짝을 훌쩍 떠나보내고 그 외로움을 산수화로 달래며 사는 모습이 좋아보여야 하는데. 아내가 직접 계약하고 산 집이라며 집 구경을 시켜주며 하는 말.

이제 살만하니까 저렇게 떠나버리고 나니. 말을 잊지 못한다. 집이 너르고 고급스럽다 한들 그게 다 무슨 소용이란 말인가. 우린 상견례와 동시에 헤어져야 했다. 무릎이 아프다며 동행을 사양하니 어쩌겠는가.

안성허브마을 펜션

안성맞춤박물관

2017년 8월 4일(금)

6시에 눈을 뜨니 풋풋한 시골냄새가 난다. 수탉이 늦잠자지 말라는 알람 역할을 하고 있었다. 꼬끼오 꼬오옥. 뻐꾸기까지 꺼꾹 꺼꾹 울어대니 마님이라고 일어나지 않고는 배길 재간이 있겠소.

더 잤으면 좋겠다는 건 그냥 하는 입버릇이다. 자연이 속살 깊이 박히는 상쾌한 아침을 그냥 모른척하고 눈감고 누워있는 것이 더 곤혹스러울 수도 있다. 우린 이 멋을 피부로 누리고 있었다.

"11시 퇴실이니까. 천천히 나가지 뭐. 서두를 건 없잖아요. 어디 오란데 있어요? 그런데 뭐. 여기서 좀 더 쉬다가 배고프면 그때 나가면 되요. 우리 여름 피서 아니 푹 쉬러 온 건데 뭐. 짬짬이 시간나면 무언가 담아가기로 한 거 아닌가. 참 저기 먼 훗날 내 무덤에 와서 '나 용서해줘.' 그러지 말고 살아 있을 때 나한데 좀 더 잘해요. 물 한 잔 주실 라요? ㅎㅎㅎ"

"이건 또 뭔 소리에요. 싱겁긴. 우리 언제 나갈 건데요? 밖이 참 더워 보인다. 이런 날은 박물관이 제격인데."

동문서답으로 아침을 열었다. 안성맞춤박물관은 그렇게 방문한 곳이다. 흙에 생명을 불어 넣는 장인의 혼과 땀, 희생으로 일궈내는 유기의 모습을. 광내기까지 실물크기의 인형으로 재현해 놓아 이해가 쉽도록 애쓴 흔적이 보인다.

'방짜유기는 구리와 주석을 합금한 금속기법으로 놋쇠를 불에 달궈 매질을 되풀이해 얇게 늘려가며 형태를 잡는데 주문자의 기호에 딱 맞게 유기를 제작한다' 하여 안성맞춤이라 했다고 한다.

서민들이 사용하는 유기그릇은 '장내기'. 사대부들이 사용하는 유기그릇은 '모춤'. 2층은 안성의 농업과 향토사학 실이었다. 물지게, 장군, 무자위, 백통연죽 등 기억에도 생생한 물건들이 발걸음을 더디게 한다. 보고 또 봐도 그리운 물건들이다. 난 식기(그릇)만 맞춤인 줄 알았는데 엄청 다양하네요. 촛대, 악기, 노리개, 제기도 다 맞춤이더라고요.

안성 허브마을펜션

양평군

힐 하우스

2018년 6월 8일(금)

하얀색 드레스를 걸친 건물과 울타리. 그 울타리를 타고 흐드러지게 피는 붉은 울타리장미. 둘이 잘 어울리는 이런 집을 어떻게 무심하게 지나칠 수 있어요. 차에서 내렸으면 장미향도 맡아보고 잘 꾸며놓은 정원도 걸어봐야 한다. 그래야 될 것 같은 그림 같은 호텔이었다.

"뭐 여기 호텔만 있는 거 아니잖아. 레스토랑도 있고 야외카페도 있네. 당당히 들어가도 되겠다. 숙박 손님만 오는 곳이 아니니까."

'ㄴ루께'. 이름만 들어도 꽤 괜찮을 것 같은 레스토랑이다. 25년 전통의 불고기비빔밥이 별미란다. 점심에는 샐러드뷔페로 젊은이들의 마음을 사로잡은 것이 적중한 모양이다. 손님들이 많다. 카페는 병풍처럼 펼쳐진 남한강을 발아래 두었다. 우린 과일아이스크림 하나 시켜 놓곤 분위기까지 마시고 왔다. 본전 뽑고도 남았다.

여기도 괜찮은데. 우리 내일 여기서 하룻밤 자고 서울 올라가자고 했다는 거 아닙니까. 예약은 안했지만 전화까지 걸은 걸요. 그래 놓고는 다음날 서울로 직행했다. 낙엽이 지기 전에 꼭 다시 와서 두 밤 자고 가요. 아내와 약속까지 했다.

저녁은 블룸비스타 호텔 스카이라운지에서 주방장 추천요리 '매운 비스크 크림파스타'를 먹고 야경을 벗 삼아 긴 시간 산책하고 들어왔다. 어둠은 누군가에게 의지하고 싶어지는가 보다. 무섭다며 내 손을 꼭 잡고 끝까지 같이 걸어준 아내. 고맙기만 하다. 밤길 나도 무—섬 타걸랑요.

양평 블룸비스타호텔 1432호

용문사 은행나무

2018년 6월 9일(토)

조식뷔페가 괜찮았다. 배부르면 만사가 귀찮다며 마지못해 움직이는 일은 여행 중엔 흔한 일이다. 오늘도 그랬다. 10시면 해는 이미 중천이다.

26km. 주말이라 나들이 차들이 좀 있을 테고, 젊은 나이니 거칠게 모는 성향이 있겠지. 그 나이엔 나도 그랬으니까. 젊음이 부럽단 얘기지 나쁘단 말은 아니다. 내가 속도를 조절하면 되니까. 그랬다.

뜬금없이 뒷짐까지 지고 할배 걸음 한다며 타박하는 거예요. 발가락에 물집이 생겨 무의식중에 그랬나본데. 아이고, 남세스러워라 나 할배 아니거든. 톤이 좀 높았나보다. 의외의 반응에 놀라는 것 같다. 할머니치마라도 있으면 내가 한 말 주워 담고 싶었다.

용계계곡을 품은 용문산이 얼마나 높고 깊을지는 생각도 안 했다. 그냥 오늘 하루를 온전히 비워 놓았으니 어디는 못갈까. 졸졸졸 흐르는 도랑물 따라 여행 와서 함께 걸어주는 이가 곁에 있으면 그게 복이다. 불이문에서 950m는 맥문동 길. 내에선 도랑물소리만 들린다.

사천왕문을 들어서자 용문산 은행나무는 그 모습 그대로였다. 천년 세월을 살아왔으니 온갖 풍파에도 품위를 잃지 않는 방법은 터득했을 것이다. 은행나무를 보려고 올라온 행락객들이 엄청 많다. 전란 속에서도 불타지 않고 살아남은 나무라 하여 '천왕목', 세종 때는 정3품 벼슬까지 받았다. 나라에 변고가 있을 때마다 울었다는 설이 있던데 요즘 울었단 소리는 못 들어봤다.

은행나무 명성에 가려 용문사가 초라해 보이는 건 어쩔 수 없다. 절 구경이야 거기서 거기다. 계단으로 올라가면 여느 절과 마찬가지로 상석에 대웅전이 떡 버티고 앉아 지장전과 관음전을 거느리고 있다.

무수한 별이 하늘에 떠 있는 날이면 마당에 멍석 깔고 앉아 할머니의 옛날얘기에 잠이 들곤 했던 추억이 있다. 우리 할머니는 늘 피곤 하신데도 이리 온나. 그러시며 무릎 베고 누우면 보따리를 푸시곤 했는데 내가 이젠 할아버지가 됐다.

'아주 먼 옛날에 말이다.' 이런 이야기보따리를 풀 손주도 없으면서 지금도 할머니 옛날얘기 들으며 잠드는 꿈을 꾼다. 용문산 은행나무도 오늘 밤엔 하늘의 별들과 이야기하다 잠드는 꿈을 꾸겠구나.

용문산 숲 힐링

정상까지 올라갈 생각은 없지만, 용각바위, 마당바위까지가 1.9km라고 하니 욕심 낼만 하다. 그런데 난 발가락에 생긴 물집을 십분 활용할 타이밍을 찾고 있었던 것 같다.

"걸을 만해요?"

"그럼요. 어디 정상에 올라가야만 맛입니까. 걸을 수 있을 때까지 걸어봅시다."

산으로 방향을 틀었지요. 발가락은 그거 터지면 무지 쓰리다는 거 경험으로 알지만, 쉽게 터질 물건이 아니란 것도 안다. 얼마나 별러서 온 용문산인데요, 욕심 부릴만하지요. 바로 하산한다면 두고두고 후회할 것이다. 숲에 들어선 아내의 첫마디가 "어유 시원하다."

"거봐요 잘 올라왔지요? 더위 피하려면 산속으로 들어가면 된다니까. 마님! 계곡물에 발 담가 봐요. 온몸이 으스스 떨리면서 별을 딴 기분이겠구면. 등목도 괜찮은데. 그건 안 되겠지요?"

"그럼 우리도 다른 사람들처럼 요기 어디 개울물에 발 담그고 놀다 내려가면 되겠네. 어디가 좋은지 한번 찾아봐요?"

이 머슴. 그 말 떨어지기 무섭게 개울로 내려가고 있다는 거 아닙니까. 물에 손 한번 담가보곤 어! 시린데. 그러면서 슬그머니 양말 벗고 발가락을 꼼지락거리면서 발을 담갔다 뺐다 했다는 거 아닙니까.

올라가기 싫다는 얘기지요. 개울물에 발 담갔다 꺼냈다 하기만 했는데도 소름이 돋는 걸 느꼈다. 아내도 양말을 벗었다. 둘이 개울물에 발 담그고, 물장구치며 아이처럼 마냥 좋아하다 내려왔다.

계곡에 발 담가본지가 얼마만인가. 분명한 건 그날이 오늘만큼 행복하진 않았다는 것이다.

친환경농업박물관

농업박물관은 용문산관광지 안에 있다. 하산 길에 들르면 후회는 없겠으나 크게 기대는 하지 않는 것이 좋다. 양평은 용문산을 의지하고 호수를 베고 누운 고장이라, 그 자부심이 대단한 고장이다.

청동기시대의 유물과 선사시대의 생활상을 모형으로 표현하여 생동감은 살렸으나 신선감이 많이 떨어졌다. 구한말 최초로 의병활동을 한 고장이란 것과 1895년 을미의병, 한국전쟁의 명암을 가른 용문산 전투에 자부심을 많이 갖고 있는 것 같았다.

농업박물관은 할아버지 세대가 사용했던 농기구며, 암탉이 알을 낳는 달걀망태, 절구, 곰방메 등 볏짚으로 만든 생활용품을 보여주었고, 지금은 오리, 참게, 우렁이농법이며 미생물농법으로 토양의 힘을 키우는 새로운 농법에 양평군에서 적극 지원하고 있음도 알려주었다. 마을의 특작물인 참취, 산마늘(명이), 삼나물, 두릅, 고사리, 곰취, 참나물, 원추리며 쌈채를 알리고 양평이 산나물의 고장이라는 것을 어필하는 역할에 충실했다.

그참에 우리도 근처식당에서 산채된장정식을 점심으로 시켰다. 참나물, 고사리, 고춧잎, 취나물, 곤드레, 고들 베기, 비름나물. 추가까지 해가며 나물접시를 싹싹 비웠다.

'천년찻집' 에서 위로를

그날 우리 마님이 주차장에서 길을 잃고 헤맨 사건은 나에겐 충격이었다. 당황해서 순간 공간 착각을 일으켰을 수도 있다. 우리 색시 얼마나 당황했을까. 무서웠을까. 두려웠을까. 생각하기도 싫지만 늙는구나 생각하면 맘이 아플 수밖에 없다.

무사히 찾았으면 되었다. 다만 그날이 오늘처럼 소리 없이 곁으로 다가오는 날이 없었으면 좋겠다. 오늘은 별 탈 없었으니 감사하고 싶다.

걱정 끼쳐 미안하다며 방글방글 웃는 걸 보니 몹시 힘들었던 모양이다. 놀란 가슴을 진정시키는데 특효약은 호텔로 가서 푹 쉬는 거다. 우리 푹 쉬어요. 그 한마디면 된다. 우리 마님 너무 좋아하신다. 서너 시간 푹 자고나더니 말없이 주섬주섬 옷을 주워 입으신다.

초계탕으로 행복하단다. 그 기분에 찾아간 곳이 화려한 청사초롱의 '천년찻집'. 우리 색시 얼굴이 살짝 상기되는가 싶더니 소매를 잡는다. 민화로 멋을 살린 개량청사초롱으로 분위기를 살렸고, 연꽃으로 차분하게 마음을 가라앉힌 매력이 있는데 어찌 설레지 않겠는가.

정원이 보이는 곳에서 쌍화차와 장미차. 우린 무슨 수다가 그리 많았는지. 분위기 탓이었을 게다.

"힐 하우스는 다음에 가요. 내일만 날인가 뭐.", "좋으실 데로." 이렇게 아내는 의견을 내고, 난 따르고. 여행 중 이런 대화법이 우리 부부에겐 항상 있는 일이다.

양평 블룸비스타호텔 1432호

난 이런 여행을 꿈꿔왔다

2019년 10월 26일(토)

화담숲은 11월 3일까지 3주간 가을손님 맞을 준비를 마쳤다고 한다. 서울근교라 먼 길 발품 팔지 않아도 아침에 곤지암에 가서 소머리국밥 한 그릇 먹고 후딱 다녀오면 된다.

"가을이 가기 전에 우리 두어 밤 쉬다 오면 어떨까요. 어디 마음 가는데 있음 말해보세요? 저기, 양평 힐 하우스는 어때요? 전번에 간다고 해 놓고 안 가지 않았나."

"맘대로 하세요. 양평 힐 하우스 거기 괜찮을 것 같던데요. 그날 보니까 하얀 건물이 아담하고 참 예쁘던데. 우리 전번에 거기서 커피 한 잔 마시고 오지 않았나. 강물을 내려다보면 운치도 있고. 집 나가면 무조건 좋지 뭐. 이것저것 걱정 안 해도 되니까."

그리 떠난 여행이다. 금년은 봄, 여름, 가을 들꽃 찾아다니는 재미에 폭 빠진 여행이었다. 3월 충남 부안 내변산을 시작으로 고군산군도, 칠갑산을 향토별미 찾아 떠난다 해놓고는 들꽃과 사랑에 빠졌다면 딴 짓 하고 온 게 맞다. 그렇게 들꽃에 맛들이곤 태백산, 곰배령은 물론. 개울물에 발 담그고, 수박만 입에 물어도 그림이 된다는 여름에도 광릉수목원, 오대산, 주왕산, 팔공산, 운두령까지 다녀왔다. 금년은 들꽃과의 숨바꼭질에 세월 가는 줄 몰랐다.

추억이란 먼지 털기에 달렸다. 눈 내리는 아침이면 발자국 찍기, 눈사람

만들기. 동무들과 눈싸움하던 일을 떠올리고, 연날리기, 지불놀이, 종이탱크 굴리기, 썰매타기, 팽이 돌리기, 자치기, 초가집처마 뒤지기. 아직도 어릴 적 기억이 지워지기는커녕 새록새록 하니 신기하다. 그리움을 다발로 엮으면 어떨까. 그걸 못 잊어 태백눈꽃열차를 탄 적도 있다.

　사람들은 어느 날 훌쩍 집을 나서는 것이 여행이라고들 하지만, 난 다르다. 여행은 동반자를 배려하고 귀히 여기는 사람들의 행복 만들기의 한 과정이라고 본다. 자연 앞에 겸손해야 하는 건 기본이고, 풍경을 탐할 줄도 알아야 한다. 꽃에 취하면 아기가 되어야하고, 산에 취하면 콧노래 한두 곡쯤은 흥얼거릴 줄 아는 멋은 있어야한다. 자연에 안기면 가슴에 품고 싶고, 시 한 두 구절 읊고 싶은 마음이면 더 바랄 것이 있겠는가.

　여행에 먹-거리를 찾아다니는 재미를 빼놓으라면 속이 많이 상할 것이다. 여행의 꽃은 뭐니 뭐니 해도 입이 즐거워야 한다. 맛을 즐기는 것은 음식에 대한 예의다. 허풍도 제법 맛깔스럽게 할 줄 안다며 아내가 눈을 흘기던데. 칭찬인지 비난인진 잘 모르겠지만 중요한 건 기분 나쁘게 들리지 않는다는 것이다.

　어쨌건 나뭇잎 흔드는 바람소리, 철 잃은 매미울음소리. 어느 하나도 놓칠 생각이 없으니 가을 단풍여행도 욕심꾸러기가 될 것 같다. 체력이 닿는 한은 산과 사찰, 트레킹코스와 산책로를 열심히 찾아다닐 것이고, 그도 힘들어지는 나이가 되면 노을이 아름다운 바다, 겨울의 그리움이 녹아있는 시골을 찾아가겠지. 그도 힘들면 그땐.

양평 '쉬자 파크'

　68.2km 거리에 9시 입장. 7시 반부터 서둘러 달려갔다. 주말 단풍철이라는 것도 감안했다. 한 박자 빨리 움직이면 도로가 편하다는 것은 순전히 경험으로 터득한 것이다. 예상대로 주차장이 아직 여유가 많아 좋긴 한데 백

운봉은 접어야 할 것 같다.

구름이 잔뜩 낀 하늘에 빗방울까지 동반한 바람이 발목을 잡았다. 오늘 안으로 해 보기 그른 걸 보니 하늘이 도와주지 않는 날씨다. 얄궂다 못해 심란하다. 난이도가 있긴 해도 2.3km, 한 시간 남짓 걸린다는 '쉬자 숲길 탐방로'라도 걷고 가야 마음이 풀릴 것 같은데 우산은 들고 가야 하나, 말아야 하나.

산국이 산기슭을 따라 피는 걸 보면 가을이 무르익어가고 있다. 우린 가을산국만 보면 코를 갖다 대는 버릇이 있다. 나뿐이겠는가. 킁킁거리며 맡는 재미에 폭 빠지는 내 짝꿍도 마찬가지다. 국화향이 마음을 흔들어 놓을쯤, 울긋불긋 단풍까지 탐할 마음이 생긴다면 가을을 제대로 즐길 줄 아는 사람이다. 우린 욕심꾸러기다.

"자기야. 단추란 단추는 다 잠가요. 바람 들어가면 감기 들 수 있어요. 우리 마님 오늘 파이팅!"

관찰로를 따라 걷다가 하트로 관심 끌려 했는데 그만 산국이 선수 치는 바람에 아내의 관심을 빼앗기고 말았다. 국화향이 난다는 연분홍색의 구절초, 엷은 보라 '쑥부쟁이'도 반갑다. 쑥부쟁이 사형제가 이 골짜기에 다 모였다. 언니쑥부쟁이를 비롯해 까실쑥부쟁이, 미국쑥부쟁이, 는개쑥부쟁이까지. 원추 천인국은 또 어떻고. 개울 건너편에 몇이 자리 잡았다고 뽐내는데 그 옷이 어찌나 화려한지 한 눈에 금방 알아보았다. 연한 자주색 옷을 입은 '꽃 향유'는 벌들의 꿀단지였다.

오늘은 발동이 늦게 걸렸다. 꽃에 취한 탓도 무시는 못하겠지만 꿀렁한 날씨를 핑계대야겠다. 전망대에 올라서자 바람이 어찌나 거친지 몸을 가눌 수가 없을 정도였다. 치유숲길로 들어서는 순간 상황은 급반전했다. 상쾌한 자연바람 때문에 겉옷을 벗고 싶단 생각까지 했을까. 자연은 우릴 보더니 선물보따리를 아낌없이 풀어 놓았다.

그렇게 잊고 걷다보니 풍욕장 쉼터. 행복한 숲의 전초기지다. 화장실, 음수대가 있고, 치유전망대 3층에 올라가면 읍내의 전경과 아름다운 전원마을이 한꺼번에 펼쳐지는 곳이다. 풍욕장 쉼터에서도 아내의 잔소리는 진행형이다.

"숨 크게 들이쉬는 것 잊지 않으셨죠. 면역력을 높여주고 건강을 회복시킨다니까 수시로 해요. 자 한번 따라 해봐요. 숨 깊이 들이 마시고…"

'지금 여기 우리숲길'은 해발 400m에 있다. 사람들이 가장 평안함을 느낀다는 높이에 만든 숲이다. 맑은 공기, 계곡물소리와 친구삼아 걸으면 좋다며 손짓하지만 준비가 안 돼 있으면 쉬자 정원 숲속놀이터로 가는 것이 맞다.

우린 그랬다. 여기서부터는 마음이 바쁘지 않아도, 일행에 뒤처질까 마음 조이지 않아도, 시계 보며 걱정 달고 다니지 않아도 된다.

근심걱정을 숲에 버리고 오면 아이들의 웃는 얼굴이 보인다. 굳이 엔도르핀공장을 찾아 비행기 타고 다닐 필요가 없다. 잘 쉬다 간다. 일월도 8폭 병풍이 집에 없으면 어떤가. 산수화를 가슴에 담아가선 열두 폭 병풍을 만들어 가끔씩 꺼내보고 싶은 마음이 있지 않은가.

양평 힐 하우스

'더 그림'

<u>2019년 10월 27일(일)</u>

27km를 달려 소머리국밥 한 그릇 먹었다. 다시 49km를 달려 '더 그림'에 도착하는데 한 시간이나 걸렸다. 이 식당은 월요일마다 휴업이라고 하니 오늘을 놓치면 언제 먹으러 올 수 있을지 알 수 없어서였다.

먹을거리에 관한 한 우린 '미녀와 야수'다. 나는 뜨끈한 탕이면 뚝배기에 담건 상관 않는다. 그러나 아내는 음식은 담는 그릇에 따라 맛을 좌우한다고 믿는다. 렌즈를 들이대면 눈치 못 채게 얼굴을 뒤로 젖히는 야수와 아무렇게 찍어도 사진 빨 좋은 아내와는 영원한 동반자다.

"여기 사진 한 장 부탁해요. 저기요. 난 못났으니까요 대충 초점 맞추고요, 우리 마님만 예쁘게 찍어주시면 되요. 고맙습니다."

"자기가 어때서. 내 눈엔 멋진 사내다운 모습인데. 여기 사진 나온 거 좀 봐요. 괜히 젊은 여자만 보면 그런 농담하더라. 어디가 어때서 잘 나오기만 하더구먼."

"내가 찍히면 사진 버린다니까. 이 사진 봐요. 봄비 내린 날 땅 위에 뒹구는 벚꽃이지."

"우리 여기서 같이 사진 한 장만 찍어요". "고만 찍자 응." 티격태격하면서도 그 재미에 여행에 폭 빠져 산다.

'더 그림'은 그림보다 더 그림 같은 정원이란 뜻이라고 한다. 입구에서 보면 한눈에 들어올 만큼이니 손바닥만 하단 표현을 써도 괜찮을 것 같다. 웅장하단 표현보단 아기자기하단 표현이 어울리는 곳이다. 나무 한 그루, 풀 한 포기도 허투루 놓여 있지 않았다. 깔끔하고, 군더더기 없는 정원에 아담한 유럽풍 건물이 포인트였다.

드라마나 영화에 자주 등장하는 이유가 분위기에 있음을 알 수 있다. 걷다 어디든 초점만 맞추면 한 폭의 풍경화가 되는 곳. 앙증맞은 소품까지도 제자리에 놓여있다. 볼수록 신기하고, 귀엽고, 앙증맞고, 아담하고 거기에 아기자기까지 한 것이 동화 속에 들어온 것 같은 기분이었다.

경로우대가 없는 대신 음료서비스 교환권을 쥐어주니 공짜손님이란 딱지가 안 붙어 좋았다. 멋진 정원을 바라보며 차 한 잔의 여유를 즐기라는 배려다. 자리 뜰 생각이라니요, 가고 싶단 생각도 잊은 걸요. 멍 때리기 하기 좋은 곳이거든요.

한 두 땀 흘려 만든 정원이 아니라는 걸 알 수 있어요. 2005년 드라마의 촬영장소로 소문나면서 최근에는 사람들이 프로포즈, 이벤트 장소로도 이용하고 있다고 한다. 중년이 되어 아이들 손잡고 다시 오게 되는 매력이 있는 곳.

바라보고만 있어도 행복하고 마음은 따뜻해진다. 자리뜨기가 쉽지 않다. 까딱하다간 점심때를 놓칠 수도 있다. 여행의 패러다임을 바꾸는 단초가 될 수도 있다. 오늘은 힘들게 걷지는 않았지만, 기분 좋게 나른한 날이었다. 배고파요.

들꽃수목원

남한강이 흐르고 사시사철 청춘남녀들이 데이트하러 오는 곳. 들꽃은 봄이라는 편견을 깬 곳이 들꽃수목원이었다. 경로입장료가 6천원. 매표소를 지나면 손바닥정원에서 가을꽃이 모습을 드러낸다.

늦가을인데도 활짝 핀 꽃에 눈이 휘둥그레졌다. 입구에는 눈사람형제, 네 여인의 조각상이 이국적인 풍경을 자아내면서 '익소라'와 '프랜치 매리골드'에 가을벚꽃까지 가을꽃들이 합세해 화려한 옷으로 갈아입으니 이보다 좋을 수가 없다. 꽃에 팔려 진도가 통 안 나간다.

미로원을 지나 어린이 정원, 선착장에서도 가을의 황량함은 느낄 수가 없었다. 토종야생화들은 대부분 꽃을 접긴 했어도 분위기만은 접지 않았다. 우릴 가을풍경에 젖게 한다. 로즈마리로 아쉬움을 달래고 철 아닌 벚꽃이 화려하게 피어있는 모습이 신기했다. 봄, 가을 두 번 피는 벚꽃이라고 알고 있지만 자신은 없다.

토속적이면서도 이국적인 정취가 물씬 풍기는 곳. 그것이 빠져들게 하는 이유다. 벤치에 앉아 쉬다 가면 좋겠지만 우린 여유부릴 시간이 없다. 엄마 곰, 아빠 곰, 아기 곰, 곰 가족과 흑 곰, 고릴라, 다람쥐, 토끼, 숲속의 공주 등 동화 속 주인공들은 아이들뿐 아니라 우리들의 취향까지 확실하게 저격했다. 여심을 저격하는 것들은 모두 모아 놓은 것 같다.

봄이면 화사한 햇살과 눈 맞춤하는 봄꽃으로, 여름에는 싱그러운 태양과 이슬을 먹고 자란 풀들이, 가을에는 단풍과 가을꽃이 정말 잘 어울릴 것 같은 곳이다. 자연이 좋아서, 가을을 그리워할 줄 아는 사람이면 대 환영이다. 우린 그리움을 줍고 다녔다. 단풍이 살짝 비치는 그런 가을을 좋아한다. 붉게 물들어가는 단풍을 보면 마음이 괜히 쓸쓸해지고 세월이 야속해서 그런가보다.

물안개 공원

들꽃식물원을 들러 숙소인 힐 하우스를 가려면 반드시 지나가야 하는 길목이다. 양근대교 건너기 전에 있다. 갓길에 주차공간이 있으니 주차걱정은 안 해도 된다. 관광지라기 보단 오며가며 잠시 둘러 쉬다 가는 공원이다.

가슴이 후련해지도록 쏟아내는 인공폭포보다는 김종환 노래비 앞에 서서 버튼으로 '사랑을 위하여'를 듣고 싶은 곳이다. 노래를 흥얼거리며 길 따라 걷는다고 흉볼 사람은 없을 테니 걱정 안 해도 될 것 같다. 가수 김종환이 통기타를 들고 업소를 다니며 생계를 꾸려나가던 시절, 지치고 힘들었던 어느 날, 아내를 만나러가는 새벽에 이곳에서 물안개로 가득 한 강물을 바라보며 짓고 불렀다는 곡이다.

'이른 아침에 잠에서 깨어/ 너를 바라볼 수 있다면/
물안개 피는 강가에 서서/ 작은 미소로 너를 부르리./
하루를 살아도/ 행복할 수 있다면/ 나는 그 길을 택하고 싶다./
세상이 우리를 힘들게 하여도/ 우리들은 변하지 않아/
너를 사랑하기에/ 저 하늘 끝에/ 마지막 남은 진실 하나로 오래 두어도/
진정 변하지 않는/ 사랑으로 남게 해 주오

아내도 흥얼거릴 줄 아는 노래다보니 제대로 찾아왔다. 분위기에 젖다 보면 센티해지기 마련이다. 조금만 걸으면 한적한 길이긴 해도 강물이 넘실대고, 걸어도 될 것 같은 그런 넓은 길이 나온다. 차조심해야 한다. 걷는 사람을 위한 길이 따로 마련되어 있지 않다.

공원 끝에서 '떠드렁산'으로 가는 나무계단을 올라 고산정에 오르면 읍내는 물론 멀리 양수리까지도 한눈에 들어온다니 경치는 그만하면 나무랄 데가 없는 곳이다. 그러나 우린 해질 무렵 강물을 뒤덮는 물안개를 보러가야 한다.

　잠시 어깨 긴장을 풀고 운전대에서 해방되는 자유를 누리기 좋은 곳. '떠드렁산'에 올라 물안개 피는 모습을 보고 있으면 신선이 될지 모르니 두 마리 토끼를 동시에 잡는 행운을 얻을지 누가 알겠는가.

양평 힐 하우스

인생은 여행이다

<u>2020년 11월 8일(일)</u>

　"형부! 오늘 여행 떠나신다고 그러시지 않았어요? 어떠케요 큰 언니가…! 새벽에!"

　가을여행은 생각만으로도 행복해지는 매력이 있다. 그걸 알면서도 이런 저런 사정으로 날을 잡지 못해 애를 먹었다. 남들은 여행은 재충전이 필요할 때 떠나는 피로회복제 같은 것이라고 한다. 삶의 무게가 무겁다거나 고단할 때, 새로운 자극이 필요할 때면 집을 떠나 머리를 식히고 오는 것이라고도 한다.

　우린 단순한 일상이 무료하다 싶을 때면 보따리를 싼다. 어디 가서 좀 쉬다 오면 좋겠다. 어디가면 좋을까? 거기도 괜찮겠는데. 그럴까. 그러고 나면 의견조정은 끝. 떠나는 일만 남았다. 아내는 여행보따리를 싸고, 난 호텔예약과 간단하면서도 거추장스러운 내 짐을 싼다.

　이번 여행은 두물머리의 새벽 물안개를 보러가는 것으로 시작할 생각이었다. 컴컴한 시간에 서두른 이유다. 집을 나서는데 전화벨소리가 들린다. 수원 처형의 부음을 옥희 처제가 알려왔다.

　순간 고인에 대한 안타까움보다는 다시 짜야하는 여행계획을 걱정하고 있었다. 그분과 함께 했던 시간을 떠올리며 평정심을 찾는 데는 그리 오래 걸리진 않았다. 이렇게 우리 곁을 떠나시는구먼.

"얘들아! 연명치료는 정중히 거절한다. 아빠 지인에겐 나의 죽음을 알리지 마라. 납골당이니 공원묘원도 사양한다. 유골은 적당한 곳에 뿌려다오."

이번 설날에 아이들에게 유언처럼 남긴 말이다. 인생을 여행이라 했던가요. 그래요. 당황스럽고, 놀라고, 안타깝고, 슬픈 일이지만 앞서거니 뒤서거니 하며 따라나서는 먼 길이다. 이제 차례가 왔다는 신호다. 나뭇가지를 붙들고 안간힘을 쓰며 버티고 있는 단풍잎 같은 존재다.

수원으로 달려갔고, 동서와 처제들을 만났다. 서로 안부를 묻고 위로하다 보니 분위기는 금방 현실로 돌아왔다. 큰 걱정은 코로나다. 밥을 함께 먹어야 하나 어쩌나 고민해야 했다. 아무렇지 않게 상가에 머물고 있는 처제들의 모습이 당황스러웠다.

우린 초지일관 점심을 굶기로 했다. 꿀떡 몇 개만 챙겼다. 문상 온 우리 아이들 얼굴도 보았으니 오늘은 여기까지면 되겠다.

오후 3시에 양평 두물머리를 잠시 들렀다 가기로 했는데, 입구부터 코로나로 거리두기하며 살아가는 일상이 맞나 싶었다. 도로를 꽉 메운 차량행렬이 가다 서다를 반복하고 있었다.

호텔로 차를 돌렸다. 호텔식당 '미가연'에서 황태구이. 시장이 반찬이란 말도 거짓말이다. 입이 까칠하니 입맛을 잃었나. 그 좋아하는 온천은 거들떠보지도 않았다.

양평 쉐르빌 온천관광호텔 5층 6호 스위트 룸

양평 두물머리, 남양주 물의 정원

2020년 11월 10일(화)

오늘은 남한강과 북한강이 하나 된다는 두물머리. 아름다운 강과 강변의 갈대가 산수화 풍경 같다하여 관광객이 끊이질 않는다는 경기도 관광명소 중 하나다. 거기다 민족통일의 염원까지 담겨 있다지 않는가. 평일이니 서둘지 않아도 되겠다며 침대에서 뒹굴었다.

코로난가 뭔가 때문에 식당 가는 것에 신경이 많이 쓰이는 모양이다. 계획은 이른 시간에는 찾는 손님이 적을 테니, 삼거리 양평해장국거리에서 아침 먹고 출발할 생각이었다. 그러나 아내가 꺼림칙하다는 데야 방법이 없지요. 결국 아침은 사과로 대신했다.

사회적 거리두기가 시행되면서 달라진 것이라면 여행 중에도 맛집을 찾아가는 것을 꺼려한다는 것이다. 집 나설 때는 호기 있게 어느 맛집이며 기대를 걸지만 현지에 도착하면 마음이 바뀌곤 한다. 손님이 많으면 포장되나 확인하는 것이 먼저가 되었다. 코로나가 여행의 맛 하나를 훔쳐간 셈이다.

두물머리는 주말과 비교해 풍경이 달라도 너무 달랐다. 입구부터 한산하다. 조용하다. 우린 일요일의 악몽도 보상받을 겸 기어코 개인주차장에 차를 들이밀었다. 느티나무쉼터가 바로 앞에 있었다. 승자의 미소를 흘렸다.

쉼터보다 젊은이들 손에 들려있는 핫도그가 먼저다. 사과 한 개로 심이 찰리가 없지요. 허전하다는 얘기다. "그거 어디서 팔아요?" 손가락 가는 곳으로 눈을 돌린다. "한번 둘러보고 물을 걸 그랬나." 지근거렸다. 두리번거릴 것도 없다. 1분이면 걸어가서 줄 서고 주문까지 할 수 있다. 두물머리의 명물이라는 말 틀린 말 아니었다. 연한 맛으로 주문하고 차례를 기다릴 때가 제일 두근거렸던 것 같다. 어떤 맛일까? 뒤늦게 전화 받고 달려온 아내가 더 좋아한다. '두물머리 연잎핫도그'는 그렇게 시장한 우리 부부를 행복하게 해 주었다.

배가 든든하면 마음 놓고 걸을 수 있다. 소원쉼터며 물안개쉼터, 물빛 길을 걷기도 하고, 다양한 수변생물들의 화려했던 계절을 떠올리기도 했다. 늦가을이라고 삭막하다 할 것이 아니라, 날 닮은 친구들이 여기도 있다며 함께 걷듯 하면 된다. 봄이면 부활하듯 새 생명을 얻는 것이 나와 다를 뿐이다.

　여행은 거창한 것이 아니다. 명승지나 유적지를 구경하겠다고 하지만 실상은 공기 좋은 곳에서 아내의 거친 손을 잡고 함께 걷는 것이다. 오늘은 갈대숲까지 걷고 왔으니 되었다. 나선 김에 양주시 조안면에 있다는 "물의정원" 까지 들렀다 가기로 했다. 북한강을 낀 수변공원이다. 요즘 젊은이들 사이에 핫 하게 떠오르는 데이트 명소라고 한다. 두물머리에서 차로 2.7km. 잔디가 너르고 아름다운 공원이었다.

　대중교통이 없는 것이 흠이다. 시간이 별루 많지 않아 숙제하듯 그렇게 걷다 온 것이 못내 아쉬웠다. 내년 봄을 기약해야 할 것 같다. 점찍어 둬야겠다.

라마다 수원호텔 그랜드 룸 1507호

양평 블룸버스 타 호텔. 더 힐 하우스 양평. 쉐르빌 온천관광호텔

이 천

'호타루' 에서의 한 끼의 행복

2017년 2월 22일(수)

　여주에서 이천오는 길은 함박눈이 펑펑 내리는 날이었다. 설경을 보며 눈길을 달려왔다. 콧노래 불러가며 운전했다. 오늘은 행복해지고 싶은 날이다. 호텔에서 택시를 콜 했다. 기사도 모르는 호타루 식당 주소를 용케도 내가 기억해 냈다. 좋아죽는 시늉을 했다. 나이 들면 별것도 아닌 걸 가지고 감동 먹는다는 말 맞는 말이다.

　'호타루' 의 대기번호는 18번. 시간 반을 근처 커피숍에서 눈 내리는 이천의 밤풍경을 바라보며 기다린 보람이 있었다. 민어, 참 다랑어, 생새우, 광어, 연어뱃살, 새조개, 참치(붉은 살), 안심스테이크와 붕장어. 거기다 민물장어는 불 맛까지 입혔다.

　날치알 캘리포니아롤과 새우튀김에 입가심으로 우동까지. 아주 만족해하는 눈치라 행복하고 고마웠다.

　거리에 어둠이 깊어지면서 비가 눈으로 바뀌었으나 다시 비가 되는 거리를 걷는 건 무리라고 생각했다. 곁에 있어 행복한 사람의 잠든 모습에서 잔잔한 미소를 보았다. 피곤하기도 하겠다며 아가의 이마에 입맞춤 해주었다.

　당신이 웃으면 따라 웃고, 당신이 울면 따라 우는 남자. 당신은 나의 거울이요, 나는 당신의 머슴입니다. 오늘이 행복한 사람입니다.

호텔미란다 이천

생일상은 '임금님 밥상'

늦잠 잔 걸보면 어젠 많이 고단했던 모양이다. 눈을 떠보니 커튼 사이로 하늘이 어둠만 걷어낸 것이 아니라, 피로도 깔끔하게 씻어내 주었다. 커튼을 열었다. 일기예보 참 잘 맞는다. 어제처럼 눈 오는 날은 여행에 운치는 있겠지만, 운전대를 잡는 나는 이런 날을 좋아한다.

오늘은 우리 엄마 엄청 고생하신 날. 구름이 추상화를 그리고 있다. 구름이 그림 그리는 재주가 있단 소린 들었어도. 하늘이란 화판에 붓을 들고 흰색물감을 쭉쭉 뿌려대는 것을 보는 건 처음이다. 신기하고 재미있다. 오늘도 바쁜 아이들 번거롭게 하지 말자며 훌쩍 길 떠난 우리다. 그걸 군말 없이 따라준 마님이 고맙다. 오늘이 그래도 머슴 생일인데 아침상은 받아야 하지 않겠어요.

설봉공원이 어떤 곳이며 어디에 붙어있는지 슬쩍 간만 보고 아침 든든하게 먹고 다시 올 생각이다. 식당은 열시 반부터 손님을 받는다고 해서 서두른 감은 있으나 여유 부려 나쁠 건 없다 싶다.

'임금님 쌀 밥집'의 첫손님은 당연히 우리 부부. 황토 외관이며 깔끔한 상차림이 맘에 쏙 들었다. 동국여지승람에 '이천이 땅이 기름지고 백성은 많고 부유하다'고 했을 만큼 벼농사로 이름난 고장이다. 지방과 단백질 함량이 적어 밥맛이 뛰어나단 설이 힘을 크게 실어주었는가 보다.

"생일 축하해요. 서방님!"

"선물은 안 줘요? 생일축하노래는 불러줘야 하는 거 아닌가."

어리광 부리듯 했다. 그러다 둘이서 웃는다. 이 나이에 쑥스럽게 무슨. 메밀전병, 보쌈, 잡채에 감자전이 나오는 '쌀밥정식'이다. 꼬릿하고 구수하기까지 한 청국장은 내 입에 맞는다. 시래기, 통가지 찜까지 곁들였으면 생일 상차림으론 떡 벌어지게 차리지 않았는가. 깔끔하고 무엇보다 입에 들어가면 간이 강하지 않아 좋았고, 두어 젓가락씩 들락거리면 찬그릇이 싹싹 비

워지는 것도 재미있다. 기름이 잘잘 흐르는 이천쌀밥과 어울리니 건강밥상
이다. 고맙고 감사하게 생일상을 받았다.

생일상으론 이 이상 호사스러울 수는 없다. 상차림으로 나온 찬그릇이 다
비워서 나갔으니까.

설봉공원과 벽화마을

설봉산과 설성산이 아늑하게 감싸고 북하천과 청미천이 흐르는 땅. 건너
뛰면 안 되는 곳이 있다. 삼국시대부터 도자의 역사를 파노라마처럼 연결
해서 도자기예술을 각인 시킨 박물관이다. 때를 잘못 만난 것 같다. 오늘
은 문을 닫았다.

호수공원은 사람들이 찾아와선 아침 산보를 하는 길이다. 우린 두 바퀴
돌고 나서는 '이섭 능선'으로 들어섰다. 나무들이 옷을 벗은 계절이라 호랑
이에 쫓기는 어머니를 구하기 위해 삼형제가 동시에 절벽 아래로 뛰어내리
는 순간 세 덩어리의 바위로 변했다는 삼형제바위가 잘 보인다.

꽃보다 아름답고 돈보다 좋은 것은 내 곁을 지키고 있는 당신이라며 여행
객을 손짓하는 벽화마을은 호수공원 아래에 있다. 사람들이 찾을 것 같지
않은 외진 곳이긴 하나 꼭 둘러볼 가치가 있는 곳이다. 안 들리고 그냥 지나
치면 이천의 알맹이를 빼먹은 여행이 될 수 있다.

마을에는 잊고 있었던 우리들의 과거가 고스란히 벽화로 재현해 놓았다.
보고 있으면 그리움이 추억이 된지가 오랜데도 새록새록 떠오른다. 그 시절
을 살아온 세대가 아닌가. 제기차기, 고무줄, 자치기, 말 타기, 사방치기를
하며 동네골목을 뛰어다니던 어린 시절이 눈에 밟힌다.

당시는 광석라디오시대가 신세계였다. 우린 가끔 그런다. 그 시절을 철기
시대 다음이라고. 그를 경험한 노땅세대다. 벽화로 어릴 적 추억을 되살려준
주민들의 정성과 마음이 느껴진다. 골목길을 걸으며 잔잔한 미소를 흘리는

건 마을주민들에 대한 고마움에 대한 보답이다. 철길다리만 건너면 나눔으로 가는 길목에 설봉역이란 간이역이 있다.

'이곳은 당신의 힐링에 나눔의 행복을 더하기 위해 만들어졌다.'

이 글귀를 보고 나면 100원씩이 소외계층에 전달되는 기부금과 추억까지 쌓인다는데 건강기부계단을 걸어 올라가지 않을 수 없다.

설봉산 산림욕장에선 오미약수 한잔 마셨으면 천명대 약수터까지는 걷자고 했는데 그나마 끝까진 가지도 못했다. 산길이 응달이라 눈이 녹고 얼고 반복해서 그런가. 빙판길이었다. 부자 몸조심하랬다고 삐끗하는 날에는 알죠. 여행이고 뭐고 '도로 아미타불' 이라는 거.

오늘이 내 귀빠진 날이라고 저녁엔 수원갈비도 한 대 뜯었다.

옷을 입고 호텔을 나선 시간은 이미 땅거미가 진 어둑어둑한 거리였다. 미란다 이천 호텔방에서 내려다보면 보이는 안흥지와 애련정을 둘러보고 들어오자며 꼬드긴 것이 중앙로도 걷고 왔다.

이천의 밤길은 서울 촌놈 깜짝 놀랄 만큼 화려했다. 네온사인은 번쩍번쩍. 사람들도 제법 북적거렸다. 밤 문화의 화려한 모습에 놀라움에 부러움까지 얹었던 것 같다. 우리가 사는 동네는 정이 넘치는 은평구, 말하자면 서울 보통시다.

야참으로 설렁탕 한 그릇에 우리 영님 씨는 배부르다며 호텔방을 서성거리고, 난 오늘 일정을 퍼즐 맞추기하고 있었다. 기억력이 전만 못하다 보니 오늘 경험한 것들도 생소하게 느껴질 때가 있다.

놀라지 않는다. 우기지도 않을 생각이다. 전만 못해도 좋으니 내일이 오늘 같았으면 좋겠다. 오늘을 선물로 받은 날처럼 살겠습니다.

호텔미란다 이천

이천 신갈리 생선국수

"부탁해요. 저 우린 국수 양을 반만 주시면 안 될까요. 맛있는 거 남기면 속상하니까 그러지요. 아주머니 고생하면서 만드셨는데."

댓바람에 달려간 이천시 모가면 신갈리의 생선구수집이다. 주문하면서 부탁한 말이다. 주인아주머니가 빙긋이 웃는다. 재미있는 사람이네가 아니라 나이가 있으니 이해한다는 쪽이겠지요. 웃음은 만병통치약이라면서요. 웃음은 흘리는 사람은 물론이고 보는 사람도 행복해진다고 해요. 아마 엔도르핀이 팍팍 솟는다지요. 나는 마님이 웃는 모습은 생각만으로도 행복한 걸요.

생선국수 한 그릇 먹으려고 아침 댓바람에 26km라는 먼 길을 달려왔다. 미쳤냐. 누군가 나한테 손가락질 할지도 모른다. 그러나 나주국밥 먹고 싶다기에 이른 아침에 78km를 달려간 적도 있다. 후회라니요. 그 분이 맛나게 먹을 수만 있다면 어딘들 못가겠습니까.

예상대로였다. 백김치와 동치미의 맛에 대한 찬사다. 칼칼하면서도 시원한 맛이 혀에 착착 감긴단다. 생선국수도 이마에 땀이 송골송골 맺히게 드신다. 다 먹었다.

맛있게 먹는 모습만 봐도 나는 배부르다. 이제 용인 드라마세트장 갈 일이 남았다.

이천 호텔 미란다

의 왕

왕송호수 가는 날

2018년 7월 15(일)

바캉스 시즌을 피해 몇 군데 더 둘러볼 생각으로 날 잡았다. 여행의 시작은 짐 싸기란 건 아시죠? 그럼 됐어요. 부담 없이 떠나고 싶은데 의왕의 왕송호수는 어떨까. 나도 그 유혹에 넘어간 케이스이긴 하다. 우린 6시 반에 집을 나섰다. 서울의 북쪽 변두리에 사니까 39km나 되지만 강남권에 사시는 분들은 이웃 마실 다녀오듯 대중교통을 이용해도 어렵지 않다.

우면산 터널에선 아! 여기 굴 잘 뚫어놓았네 하다가도 2,500원, 800원을 후딱 뺏어가니까 도적놈! 소리가 그냥 나오데요. 어쨌든 딱 한 시간 투자하면 시원한 호수바람이 공짜 아닙니까. 우리 또래면 마나님과 데이트 겸 드라이브도 좀 하고 맛난 거 먹고 오면 딱 이겠네. 청계산둘레길과 왕송호수 중 골라잡으면 되겠네.

우린 캠핑장에 차를 대었으면 화장실부터 다녀와야 한다. 그게 다 나이 들었다는 표시다. 아이들은 뛰놀고 엄마는 아침 짓고. 밥 냄새가 굴뚝의 연기만큼이나 향수를 불러온다. 행복이란 거창하게 표현하는 게 아니다. 이런 작은 만족에서 시작하는 것이다. 분위기가 나쁘지 않았다. 우린 카라반, 글램핑에서 캠핑하는 사람들에 피해 주지 않기 위해 최대한 작은 몸짓으로 이곳을 빠져나가는 중이다.

스카이레일 탑을 보며 조금 걸으니까 왕송생태숲이 나온다. 굳이 찾으려고 애쓸 필요도 없다. 숲길을 즐기다보면 호수길에 닿게 되어 있다.

왕송호수 생태탐방로

의왕시 걷기 좋은 명소라면 왕송호수를 꼽는다고 한다. 수원시 권선구 반월면 입북동과 의왕시 월암동을 넘나들며 걷는 4.2km. 왕송 호수길. 호수에는 가래풀로 자신의 영역을 만들고 있는 논병아리, 쇠물닭, 꼬마물떼새에 눈길 주며 부러워해도 누가 뭐랄 사람은 없다. 고놈들 잠망질 할 때면 내 몸이 다 시원해지는 것 같다.

탐방로 주변에 핀 노란달맞이에 눈길 한번 주고는 계속 걸으면 된다. 논에 러브마크가 보인다. 생뚱맞다며 포토 존에서 사진 한 방 박았다. 그런데 러브마크가 배추흰나비, 쌀, 보리잠자리에 고추잠자리, 메뚜기 등 풀벌레란 풀벌레는 죄다 불러 모으는 것 같았다. 새소린가 매미소린가 헷갈리지만, 귀 열고 행복하면 된다.

'왕송 연꽃습지' 에는 늦둥이 백련, 홍련, 수련이 꽃을 피우는 모습이 곱다. 혹 알아요. 운 좋으면 연꽃에 앉아 지저귀는 이 연꽃단지의 귀빈 때까치라도 볼 수 있을지.

이곳 호수여행은 우리부부에게는 단맛 나는 여행지였다. 한여름 긴긴 해를 반나절 여기서 보내고도 아쉬웠다.

조류 생태과학관

조류생태과학관에는 5천만 년 전에 살았다는 화석 'Amia' 도 있고. 왕송

호수에서 자라는 물풀, 줄새우, 참붕어, 송사리에 대한 이야기도 들려주었다. 왕송전망대에 올라가면 우리가 걸어온 호수길이 한눈에 볼 수 있어 얼마나 좋았는지 모른다. 곁에 있는 아내가 대단해 보이고 내가 자랑스럽게 느껴질 때가 바로 이 순간이다. 그 길을 온전히 두 발로만 걸어왔다는 거 아닙니까.

"저 길이 우리가 걸어온 길이라는데, 보이세요? 자기 정말 대단한 여인이라우! 자기 없었으면 나 혼자 저길 걸을 생각을 하겠어요. 어림없는 소리. 엄두도 못 내지요. 고마워요. 건강하게 살며 날 꼭 지켜줘야 해요."

이건 멘트가 아니다. 진심이다. 그런 말 한다고 입에 부스럼 생기는 거 아니고, 귀에 딱지 않는 거 아닌데 뭐 어때요. 쓴 김에 인심 팍팍 썼다. 사실이니까. 계속 출발선으로 가다보면 의왕학습공원까지 걷게 되어 있다. 일곱 난장이와 백설 공주, 트랜스포머 로봇도 볼 수 있는 공원이다. 당당하고 싶으면 이곳을 찾으라. 권하고 싶다. 작은 생명체일지라도 허투루 사는 생명은 없다. 하나같이 소중한 생명들이었다.

의왕 철도박물관

잊어먹기를 잘한다. 오래전부터 어딜 가면 메모지를 준비하는 것은 그래서 생긴 버릇이다. 이젠 그 메모지 챙기는 것마저도 깜빡 깜빡할 때가 있다. 메모지와 볼펜이 없어 애 좀 먹었다.

1894년 6월 28일을 우리 철도건설의 시작으로 삼고 금년이 철도의 날로 부르기로 한 첫해라고 한다. 9월 18일은 경인선을 일본이 한반도 침탈을 목적으로 만들었기 때문에 변경했다고 한다. 그 바람에 '대한철도의 꿈' 이라는 특별전시가 8월 31일까지 열린다고 한다.

광복 이후 채 1년도 안 돼 우리 손으로 증기기관차 '해방자 1호' 를 만들었다. 그 저력으로 8년 전에는 국내기술로 개발한 고속열차 'KTX-산천'

이 운행하는 기쁨을 맛보았다. 이런 우리의 철도 역사를 모두 보여주겠다는 야심찬 특별전시였다. 대륙철도의 실현을 눈앞에 둔 시점이기도 하니 의미가 크다.

1899년, 최초로 증기기관차가 경인선에 도입한 모델은 모갈탱크 형이었다. 1942년생 파시증기기관차를 선보이게 되는데 우리나라 지형과 국내산 석탄 사용에 적합하게 개량했다고 한다. 일본의 기술이라도 이 땅에서 만들어지면 우리의 역사다. 어릴 적 추억에 있는 칙칙폭폭 하며 달리던 기차가 '42년생 파시증기기관차'였다. 그 후 1967년부터 디젤기관차로 바뀌면서 통일호, 비둘기호, 무궁화호, 새마을호의 멋스런 이름을 갖게 되는 시점에선 우린 아이들과 추억을 공유해도 될 것 같다.

박물관에는 비잔틴풍의 돔을 올린 르네상스식 건물양식의 서울역사며, 1897년 3월 22일 경인선 우각동역 터에서 철도 부설을 시작한 사진을 끝으로 박물관을 나왔다. 철도해설사와 함께 하는 철도여행은 아이들에게 양보하기로 했다.

오늘 반나절의 마침표는 바지락칼국수. 나는 전라도의 맛 팥칼국수, 마님은 서해안의 자랑 바지락칼국수를 시켰다. 팥칼국수의 구수한 토종맛과 수북이 쌓인 바지락의 깔끔한 육수와 겉절이에 반했나보다. 숟가락을 여기저기 담그다보니 구수한 맛도 깔끔한 맛도 다 잃어버렸다.

죽도 밥도 아닌 맛이었다. 이건 아니다 했을 땐 이미 늦었다는 거 아닙니까. 한 가지만 시키는 건데.

의왕 '청계산 맑은 숲 공원'

<u>2021년 12월 23일(목)</u>

대부도 '16호 원조 할머니 칼국수' 집에서 바지락칼국수로 아침을 든든하게 먹고 출발했다. 이 집은 깐 바지락을 넣어 끓이는 방식이라 골라먹는

재미는 없었다. 10시. 의왕까지 56km. 10여km의 방조제를 달리는 것으로 오늘의 여행을 시작했다. 달 전망대는 공사 중이라 '시흥하늘 휴게소' 에서 잠시 쉬었다 왔다.

'청계산 맑은 숲공원' 은 의왕시가 시민을 위해 무장애 개념을 도입해 마련한 산책공원이라고 한다. 삼림욕과 피톤치트로 활력을 얻고 내일을 준비할 수 있게 주민에게 돌려준 야심찬 계획이었다. 우린 널찍한 공용주차장을 지나치고 내비가 일러준 작은 주차장에 차를 세웠다. 그리고 말없이 걷기 시작했다.

누구나 와서 한 짐 내려놓고 가볍게 걷다 갈 수 있게 배려한 산책로의 매력에 폭 빠질 수밖에 없었다. 진입로부터 하늘을 찌를 듯 서 있는 메타쉐콰이어 숲이 매력이다. 힘들이지 않고 자연을 만끽하다 돌아갈 수 있는 것도 그렇고, 손 타지 않은 나무들은 모든 것을 아낌없이 돌려주고 쉬어 하는 모습이 보기 좋은 곳이다.

귀를 뻥 뚫리게 할 것 같은 계곡물소리는 또 어떻고. 바람소리, 해를 가릴 듯 서 있는 나무들, 힐링이란 걸 알아가는 데는 많은 시간이 필요하지 않았다. 무심하게 걷다보면 얻어가는 것이 많은 곳이다. 눈과 마음이 편안해지는 곳이다.

발이 편안하면 머리가 맑아진다. 맑은 숲 산책로는 그런 세심한 곳까지 배려한 흔적이 곳곳에 보인다.

버릇처럼 '청계산누리길' 입구에 서 있었다. 작년만 같았어도 두어 시간 거리라며 바로 산행에 들어갔을 것이다. 누리 길은 '이수 봉' 으로 이어지는 코스라 마음만 있으면 가볍게 산행을 즐길 수 있겠는데 우린 엄두도 못 내고 있었다. 속사정이 있다네요. 그게 무슨 소립니까?

의왕 청계사

바람, 숲, 계곡물소리, 새소리. 이런 것들이 힐링이란 걸 깨닫는 데는 많은 시간이 필요한 것이 아니다. 편하게 걷고 부담스럽지 않고 만족하면 그게 힐링이다. 30분이면 어떻고 1시간이면 어떤가. 꼭 긴 시간 걸어야 하는 것은 아니다. 그 날의 컨디션에 따라 가볍게 걸으면 되는 것이다.

우린 절을 반환점으로 삼기로 했다. 청계사는 통일신라시대의 것으로 전체적으로 웅장하기보단 전각들이 오밀조밀 모여 있는 느낌이 든다. 연꽃과 원숭이가 있는 돌계단을 오르면 지장전과 극락보전이 보인다. 1701년에 '사인' 이란 승려가 제자들과 함께 만들었다는 동종은 그 두 전각 사이에 종각까지 마련하고 모셔놓았다. 종의 꼭대기에 두 마리의 용이 앉아 있어 '쌍룡동종' 라 부른다. 당좌가 없는 것이 종의 특징이라고 한다. 일제 강점기 때는 전쟁물자 수탈을 피해 서울 봉은사로 옮겨 피신해 있었다고 한다.

산책로가 끝나는 지점에서 사찰 주차장. 그리고 주차장에 오면 목이 꺾일 정도로 올려다봐야 한다. 멋모르고 가파른 계단으로 올라갔다가 엄청 후회했다. 두 번째는 걸어 올라가지 않고 우회로로 들어서면, 금동와우불이 화려하게 꾸민 약사보살과 천불상을 거느리고 불자들을 미소로 맞아주었다.

풍경소리도 매력 있다. 정확히 어디서 들려오는 소리인진 모르겠으나 속세를 벗어났음을 알리는 소리 같았다. 귀가 번쩍 뜨였다. 그 소리가 오늘은 아가의 웃음소리처럼 들리기도 하니 별일이다.

속세로 내려오면서 윤동주 시인의 '새로운 길' 이라는 작품을 읽어보았다. '산사 가는 길' 에서 늦은 점심으로 비빔밥도 먹었다.

'내를 건너서 숲으로/ 고개를 넘어서 마을로/ 어제도 가고 오늘도 갈/ 나의 길 새로운 길/ 민들레가 피고 까치가 날고/' …. 이하생략

익숙하면서도 고즈넉한 분위기를 원한다면 여기 와서 머리를 식히고 가면 어떨까? 우리에게 청계사는 마음이 편안해지는 매력이 있었다. 숲과 절은 멍 때리기 하다 오기 좋은 곳이다. 시간 내서 또 한 번 다녀오고 싶다.

백운호수 산책길

　절실함이 없었다면 거짓말이다. 백운호수는 그런 마음으로 다시 들를 생각을 하고 있었다. 2018년 7월 어느 날. 이 저수지를 찾아간 적이 있었다. 당시는 데크길 공사가 한창 진행 중이라 뚝만 허용되어 엄청 아쉬웠었다.

　오늘은 공영주차장 화장실에서 계단을 이용해서 걸어 올라가기로 했다. 호수는 그냥 그 모습 그대로 그 자리에 있었다. 청계산, 백운산, 모락산이 둘러 서 있는 인공 저수지. 이곳을 탐방하고 남긴 글들을 보면 가을 단풍철에 와야 더 멋있다고 하는데 우린 철 지났다는 지금이 호수산책로를 걷기엔 딱 좋은 계절이었다.

　상상의 그날은 살포시 눈이 쌓이는 겨울 어느 날이거나, 봄비가 부슬부슬 내리는 날일 것이다. 바바리코트의 깃을 올리고 한쪽 호주머니를 내어준다. 팔짱을 끼고 걷는다. 이런 날은 찢어진 우산이라도 상관없다. 젊은 연인들이 다정하게 걷고 싶은 날은 이런 궂은 날일 것이다. 만약 우리가 걸었다면 주변 사람들이 그럴 걸요.

　"아이고 어르신 신관이 훤하십니다. 무슨 좋은 일이라도 있으십니까?"

　오늘은 건강을 뽐내고 싶은 사람들은 모두 나와 걷고 있는 것 같았다. 의왕시민들이 해질 무렵 찾아와 이 길을 걷고 집으로 가는 것이 일상처럼 보였다. 거기에 우리도 기꺼이 동참했다. 겉옷을 벗어 팔에 걸치면 더 멋있을 것 같은 그런 날씨. 걷고 싶어 몸살 날 것 같은 날씨다. 이런 날씨에 카페에 앉아 있다면 쪽 팔리지 않을까.

　우리는 건강하게 팔을 흔들고, 허리를 꼿꼿이 세우고, 적당한 보폭으로 걸음은 약간 빠르게. 내가 앞서 걸으려고 애썼다. 이는 흐뭇해하며 뒤따르는 아내에 대한 보답이라고 생각하기 때문이다.

　"오늘 보니 심간(心肝)이 편해 보이십니다. 보기 좋은 데요.". "그런 말은 매일 들어도 물리지 않는 듣고 싶은 얘기 1순위일 겁니다."

　백운호수는 3km의 산책로를 조성했다고 하는데 시골길을 걷고 제방을 걸으면 4km. 친구들과 술 한 잔하기 전에 걷는다. 4~50분이면 지루하지 않고 하루 운동량이 충분한 거리다. 요즘 같은 때는 마음의 치유도 된다고 하니 멋진 산책로라 할 수 있다.

"세상에 하나 뿐인 당신! 당신은 그 누구보다 소중한 사람입니다."

호수경치를 즐기며 하루의 피로를 풀고 싶다면 이곳 산책로를 걸어보라. 주말에 오면 사람이 붐빌 정도라는데 그 말을 입증이라도 하듯 오늘도 많은 사람들이 걷고 갔다. 평일인데도 찾는 사람들이 이렇게 많은 걸 보면 골치 아픈 일상을 잠시나마 잊고 싶은 사람들이 많은 거겠죠.

우린 백운호수도 맛보기로 다녀왔다. 흙길이 더 매력 있는 산책로다. 코로나의 재 확산으로 움츠려들었던 마음이 조금은 풀린 것 같고, 여유도 생겼다. 우린 마스크를 쓰고 걷는 사람들끼리 만이라도 서로 믿는 좋은 세상을 꿈꾸는 노인이다. "안녕하세요. 수고하십니다." 그런 인사말을 주고받으며 산책하는 그런 날이 하루빨리 일상이 되었으면 좋겠어요. 과욕을 부리는 거 아니죠? 오늘 12,867보 걸었어요.

의왕 컬리넌 호텔 502호

의왕 컬리넌 호텔

오 산

독산성
물향기 수목원
보적사의 가을

죽미령과 오산동 소머리국밥
금오산 지곶동 보적사

독산성

독산성은 성벽의 길이가 1.1km인 백제고성이다. 약수터주차장에 차를 세우고 첫 바람에 제법 가파른 산길을 올라야하는데 여기선 폭염을 마음 껏 비웃어도 된다. 비교 행복이 무엇인가를 확실하게 보여주는 곳이다. 피서가 별건가. 이렇게 피톤치드 마시며 걷다가 길가 바위 귀퉁이에 잠시 엉덩이를 붙이고 바람 쏘이면 이보다 나은 피서 있음 나와 보라고 해요. 그랬다.

마지막은 계단이랄 것도 없다. 길거나 힘든 코스가 아니다. 올라서는 순간 야외곤충박물관에 온 줄 알았다. 남문은 문루가 없어 좀 낯설긴 해도 여기가 독산성의 정문인 진남루라고 한다. 문루는 잿더미가 되어 성벽만 복원한 상태였다.

독산성 성벽길을 걷고 있으면 오산과 주변도시를 아우르는 경치가 볼만하다. 다만 쏟아지는 햇살을 친구처럼 동반하고 걸어야하는 것이 흠이긴 하다. 한여름이니 그런 건 덤이다. 그리 걷다 보면 암문까지 갈 수 있다.

세마대의 정자는 올라가야 한다. 오늘 같은 더위에도 "어 추워!" 그 소리가 저절로 나올 만큼 시원한 바람이 죽여준다. 염치 불구하고 영님 씨는 정자에 올라가더니 벌렁 드러누웠다. 세상 편한 자세였다. 누운 김에 한숨 자겠단다. 그러지요. 난 고추잠자리와 놀고. 우린 그렇게 세마대에서 피서를 즐겼다.

세마대는 도원수 권율이 왜군에 쫓겨 독산성으로 들어와 보니, 성안에 샘이 적어 오래 지킬 수 없을 걸 알았다. 이에 임기응변으로 적을 향해 말을 세우고 쌀을 물처럼 흩날리게 부어 말을 씻을 만큼 물이 풍부하게 보이게 하여 포위를 풀었다고 한다.

또 다른 암문 하나는 백제고찰 보적사와 연결되어 있다. 여기서 목을 축이고 고즈넉한 산길을 걷다보면 온 길로 되돌아가게 되어있다.

죽미령과 오산동 소머리국밥

6.25의 그날을 기억합시다. '스미스 특수임무부대' 가 오산 죽미령에서 첫 전투를 치루면서 180명의 사망 실종자를 낸 전투로 결국 유엔군이 참전하게 되는 계기가 되었다는 점에서 한국전쟁에서 큰 의미를 두는 곳이다.

당시 전투 현황을 시뮬레이션으로 현장감 있게 볼 수 있었다. 앞으로도 그들의 고귀한 희생정신과 평화의 소중함을 기억하게 되는 곳이었으면 좋겠다.

일이 꼬이니 배는 더 고프다. 아내가 소머리국밥이 먹고 싶다는 것이 발단이긴 했지만 내 준비가 부족한 탓이다. 알았다면 소머리국밥을 잘한다는 오산동의 '할머니집' 으로 갔지 뭡니까. 오산에선 4대가 대물림하는 집이라고 해서 모르는 사람이 없다고 해요. 그러니 안 가보면 서운할 것 같아서. 그런데 버스가 양방향으로 다니는 2차선 좁은 도로에서 골목에 식당이 있으니 차를 세울 수가 없었다.

혹시나 하고 한 바퀴 더 돌았고, 방법은 그래도 찾지 못했다. "국밥 한 그릇씩 하고 수육 한 접시 어때요. 생각만으로도 죽인다." 그걸 깨끗하게 포기했다는 거 아닙니까. 멍청이. 구 주변 주차장을 찾았더라면 수월했을 텐데 그 생각을 왜 못 했을까. 지금도 의문투성이다.

대안으로 떠오른 곳이 안성중앙시장. 거기서 점심 먹고 가면 되겠네. 초라하기가 오늘의 내 신세와 별반 달라보이질 않는다. 장터엔 국밥집이라도 있지만 중앙시장은 변변한 먹을거리는 물론이고 볼거리도 없다. 초라하고 퇴락한 시골시장이었다. 결국엔 떡볶이 1인분과 삶은 옥수수가 점심 겸 저녁이었다.

멋 부린다고 창문 활짝 열어젖히고, 에어컨 끄고 누우니 시원한 바람이 솔솔. 향긋한 나무와 풀냄새가 스멀스멀 기어들어오는 늦은 오후다. 스르르 감기는 눈꺼풀은 꽃잎처럼 가벼움을 오랜만에 느꼈을 것이고, 굳이 보탠다면 꿈나라로 모시는 잠자리 날개를 단 기분이 아니었을까?

안 먹어도 배부른 걸 보면, 폭염. 그 딴 거 썩 꺼져라 그래요. 배짱 한번 좋다.

안성허브마을 펜션

물 향기 수목원

2017년 8월 6일(일)

비 핑계되면 할 말은 없지만 관람로가 복잡해보이지는 않는데 선뜻 눈에 들어오지 않아 조심스러운 건 사실이다. 오늘은 비가 쏟아지는 것이 아니라 꾸준히 뿌린다. 우산을 받자니 불편하고, 거두자니 이슬비에 옷이 흠뻑 젖을 것 같은 날씨다.

비가 제몫은 톡톡히 하고 있네요. 느긋하게 숲을 들여다보면 눈치껏 꽃들을 불러내어 동행하듯 산책할 수 있다. 산은 정상을 밟아야하고, 휴양림은 산책로를 따라 걷는 재미에 푹 빠지면 된다. 수목원은 꽃과 나무와 교감을 나누는 것이 중요하다. 그러려면 마음에 평화와 느긋하게 코를 벌름거릴 줄 아는 여유가 있으면 무심히 지나치던 생명들이 오늘은 말을 걸어올 것이다. 어느 순간부턴 눈높이를 맞추고 있는 내 자신을 발견하게 된다.

"아! 저 꽃 이름이 뭐더라. 가만 있어봐. 어휴 신경질 나. 왜 입술에서 뱅

뱅 돌기만 하는데. 에이 모르겠다. 그냥 가지."

색시한테 저 꽃이 뭐라며 설명을 장황하게 늘어놓은지 얼마나 됐다고. 그새 까먹었답니까. 그래도 창피하지 않을 나이는 됐으니 걱정은 안 해요. 그러려니 해요. 그렇다고 없던 일이 됩니까. 갑자기 맹해지면 그 증상이 도졌다고 보면 되요. '능소 화' 가 그런 일을 종종 저지르곤 해요. 오늘뿐이면 좋게요. 가끔 날 놀래 키는 재미를 아는 녀석인 것 같다는 생각이 들어요. 그렇다고 어쩌겠어요. 감내해야지요.

금오산 지곳동 보적사

2021년 11월 5일(금)

궁평항에서 보적사는 48km를 달려가야 한다. 그 길에 남양 벌까지 방파제를 따라 뻗어있는 드라이브 코스가 있다. 이런 멋진 길이 또 있을까 싶을 정도로 한적하면서도 쭉 뻗은 도로다. 따스한 오후, 가을하늘에 미세먼지 NO. 우린 마중 나온 코스모스, 패랭이꽃 등 가을의 빈객들을 반기며 방파제를 산책하듯 걸었는걸요.

보적사 입구 공영주차장에부터는 고민을 해야 했습니다.

"그렇게 험한 길은 아닌가 본데. 주차장에서 바로 걸을 걸 그랬나. 계단이 나오거나 가파르면 죄 없는 내 무릎 보고 책임지라고 하지 뭐. 그런데 감당은 할 수 있을까."

1.2km는 당연히 걸어야 하는 거리다. 그 버릇 때문이다. 보적사를 600m 앞두고 차를 산 쪽으로 바짝 붙였다. 산책길이 좋아서도 이지만, 주변 경치가 차를 타고 휙 지나가기엔 너무 아까워서 그랬다. 우린 덩실덩실 춤을 추듯 걸었다. 정말 오랜만에 걸어본 산길인가. 기분이 좋을 수밖에 없다. 처음 200여m는 뒷짐까지 지고 걸었는걸요. 콧노래 불러가며 산책하듯 걸을 정도로 오늘의 산책은 끝내주었다.

그 산속에 너른 주차공간이 있을 거라곤 생각을 못했다. 등산객을 위한 지자체의 작은 배려라면 감동 먹어도 될 것 같다. 우리가 보적사로 방향을 꺾는 순간 의연한 척은 했지만. 근심걱정을 한 짐 지었다. 아마 아내란 이름의 동반자가 없었으면 돌아섰을 것이다. 그 작은 체구에도 여차하면 바로 등짝을 내줄 기세였기에 힘이 되었던 것 같다.

"아이쿠! 난 죽었다." 며칠 전만 해도 상상도 못했던 일이라 겁은 났지만 얼마 전 예천의 회룡포 전망대를 가기 위해 가파른 길과 계단을 걸은 경험이 있어 용기를 가질 수 있었다.

가파른 언덕길에 내 무릎을 내줄 마음을 굳혔다. 보폭은 작게 지그재그, 걸음은 천천히, 시간이 걸려 지루하긴 했지만 힘들었단 생각은 안 해봤다. 절에 도착해서 보니 주차장이 또 있었지만 절을 찾는 보살들을 위한 배려겠다 했지 별생각은 안 했다.

동문을 해탈문 삼아 들어서자 바로 대웅전과 석탑이 나온다. 백제의 아신왕이 전승을 기원하며 창건하였으며, 중생들에겐 무상보리의 진리를 터득케 한다는 약사여래를 모신 전통사찰이었다.

백제시대, 어느 노부부가 보릿고개로 끼니가 어렵게 되자 마지막 남은 쌀 두 됫박을 이 사찰 부처님께 공양하고 집에 돌아와 보니 곳간에 쌀이 가득 쌓여 있었더란다. 이렇듯 열심히 공양하면 보화가 쌓이는 신통력 있는 절이라 하여 보적사라 이름 지었다고 한다.

2017년 8월 독산성을 온전히 걸어 세마대에 올라 더위를 식혔던 당시 '보적사'를 무심하게 지나치는 바람에 기억에서 사라진 그날을 떠올리고 있었다.

보적사의 가을

절 마당에서 내려다보는 가을 산과 단풍. 단풍은 가을이면 나뭇잎의 색깔이 변하는 자연현상이라고 하지 않는가. 그들이 시들어 추하게 보이는 잎까지 감싸려 애 쓰고 있었다. 병풍을 두른 듯 산허리를 감고 도는 모습을 보고 있으면 나를 잊기에 충분했고 순간 인간이 범접할 수 없는 신선들의 놀이터 같단 생각도 했다.

나이든 노부부가 벤치에 앉아 망중한을 즐기고 있었다. 눈 아래 펼쳐지고 있는 자연에 넋을 잃고, 자연의 소리에 귀 기우리는 모습이었다. 얼마나 멋있어 보였으면 그 자리를 탐내기까지 했을까. 어깨까지 내주는 걸 보니 쉽게 일어날 것 같지가 않다. 그들은 서산에 해가 기울 때까지 일어날 계획이 없는 건 아닐까.

사회적 거리두기만 아니어도 앉을 수 있는 공간은 있었다. 선뜻 다가설 수 없는 분위기에 조금만 비켜주면 안될까요. 그 소리가 목구멍까지 나오는 걸 꾹 참았다. 그 부부의 감정을 아니까. 차마 입이 떨어지질 않았다. 코로나 때문이란 건 핑계였다.

화가들은 이런 자연의 서사시를 화폭에, 작곡가들은 화선지에 세월이란 흔적을 가을노래로 담느라 노심초사하겠지만 내가 할 수 있는 것은 고작 이 말 한마디였다. "가을 맛 제대로 느끼고 가는데."

자연은 여름 내내 준비한 가을교향곡을 연주하고 있었고, 우린 초청받지 않은 관객으로 계절에 순응하며 사는 자연에 물결박수를 보낸다. 다신 보러 오지 못할지도 모를 보적사의 가을을 넋 나간 듯 보고 있었다.

아담한 산에 자연의 큰 이치를 다 담아내다니 그 오묘함에 놀라 배고픈 것도 잠시 잊었던 모양이다. 내비는 오산 원동의 '백향목 옛날 만두집'에 두고 달렸다. '생활의 달인'에 나온 집이라고 한다. 맛을 기대하진 안았다. 테이크아웃해서 시장끼만 면할 생각이었다. 식당 손님과 마주칠 일도 없을 테니 코로나에 조금 더 안전하다는 이유 때문이다.

생각 없이 들렀다가 만두맛을 제대로 살린 집을 찾다니 이건 행운이었다. 냄새부터가 고급지다. 냄새에 끌려 포장을 뜯고는 딱 한 개만 했는데 한 팩을 들어번쩍 하고 말았다는 거 아닙니까. 맛이요? 옛날(60년대) 중국

집 앞을 지나가면 김이 모락모락 나던 만두. 두부니 숙주나물 그런 거 안 들어간 만두. 잊었던 그 맛을 입이 아직도 기억하고 있다는 것이 더 신기했다. 10,813보

오산 아너스 호텔 1014호

오산 아너스 호텔

여주

여주 신록사   천서리마을 비빔막국수
설경에 취한 여강   여주 폰 박물관

여주 신록사

2017년 2월 21일(화)

기억하고 있는 것만도 서너 번은 된다. 어느 날은 장충 교직원들이 여강 백사장에다 가마솥을 걸어놓고 천렵을 하겠다며 매운탕 끓여 먹던 70년대 초. 도자기 축제인데 우리가 빠지면 섭섭해 할 거라며 달려간 90년대, 당시 서울중부교육청 관내 과학 선생님들. 축제장은 건성이었고 젊은 혈기에 아마 식당에 앉아 술 푸며 미래의 과학을 논하느라 입씨름깨나 했었던 기억이 난다.

그러다 보니 신록사 경내를 둘러본 기억이 없다. 오늘의 여행은 그 신록사 경내 화장실에서 예쁜 마음을 본 것으로 시작했다.

"어! 도토리네. 멀쩡하잖아." 야생동물의 먹이로 뿌려 준 스님들의 이런 따뜻한 맴 뿐이었겠습니까. 봄볕에 언 땅을 뚫고 노란 꽃망울을 품은 꽃다지의 여린 모습은 또 어떻고요. 우리 부부의 입은 이미 찢어진 걸요.

명부전의 도명존가와 지장보살, 무덕귀왕은 표정이 없다. 저승길에 들어서는 불쌍한 중생들의 영혼을 맞느라 그런가. 초 공양 제단엔 이런 글이 있다.

"우리의 마음을 밝혀주는 것으로 성불의 씨앗이 되고, 지혜의 눈을 얻게 되고, 재앙을 물리치고 소원을 성취하게 합니다."

적멸보궁까지 둘러보고 나오니 발걸음이 알아서 정자가 있는 바위로 가고 있었다. 잊혀진 기억이 스멀스멀 기어 나오고 있는 기분이었다. "그래 여기

온 기억이 난다. 아닌가. 여기서 단체 사진 찍지 않았나. 글쎄.”

마포 광나루와 함께 한강4대 나루터의 하나였다는 여주 여강 조포나루터다. 그 나루터에서 안양초등학생 49명이 익사한 사건으로 여주대교가 개통되는 계기가 되었고, 나루터는 역사 속으로 사라졌다. 지금은 유람선이 관광객을 실어 나른다고 한다.

산책길에 하루살이 같은 작은 생명체들이 엄청 달려드는 걸 보니 이미 봄은 우리 곁에 와 있다는 것을 실감했다. 걷기 불편할 정도인데도 짜증나지가 않았다. 봄을 싣고 오시는 손님이라 반가웠던 것이다.

천서리마을 비빔막국수

여주박물관 입구에 쓰여 있는 ‘목은 이색의 싯 귀’ 한 줄로 시작할까 한다.

‘천지는 무궁하나 인생은 끝이 있으니 초연히 돌아갈 뜻 그 어디로 가야 하나. 여강 한 굽이에 산은 그림 같은데 절반은 단청 같고, 절반은 시와 같다네.’

우리 부부는 몸을 녹이러 들어간 건지, 뭘 보고 나오긴 한 건지 헷갈리는 곳이었다. 꼭 집어 말하긴 좀 그렇지만 너무 빈약하다. 학교사료관 수준이었다.

이럴 땐 천서리에 가서 비빔막국수 한 그릇 먹는 게 더 낫겠다며 달렸다. 이게 더 영양가 있는 방문이었다. 한번만 먹어본 사람은 없을 정도로 유명하다며 이구동성으로 같은 말을 하니 귀가 얇은 우리가 그냥 지나칠 수는 없다.

우리 부부는 매운 음식을 잘 못 먹는데도 젓가락을 놓을 수가 없었다. 인중에 땀이 송골송골 맺히면서도 자꾸 당기니 도리가 없다. 혀는 맛을 아는 만큼 반응을 했을 것이고, 수육도 맛집을 찾아다녀본 사람만 아는 맛이란다. 매운 거 못 먹는다며 걱정 많이 했는데 그게 다 허풍이었나 봅니다.

땀날 만큼 맵네. 그러면서 우린 비빔막국수 한 그릇 더 시켜 나눠 먹고 나서야 일어났다. 아내는 맛나게 먹었고 나는 행복했다. 입이 행복하면 몸이 피곤한 줄 모른다는 말 이럴 때 쓰는 말이다.

황포돛배유람선선착장을 곁에 두고도 신륵사와 여강이 내려다보이는 곳에 들어가선 나오지 않았다. 피로는 쌓이면 독이 된다는 것을 알기 때문이다. 행복이 뭐 별거랍니까. 마님이 그 집 참 맛나다. 그럼 그게 남자의 행복 아닌가요.

여주 썬밸리호텔

설경에 취한 여강

2017년 2월 22일(수)

여주 여강길을 걸을 생각에 엄두가 안 났다. 따스한 햇살이 얼굴을 내밀어주면 더 바랄 것이 없겠지만 피할 수 없다면 응달이건 잔설이 깔린 산길도 걸어 볼 생각은 하고 있다.

"느리게 걷다보면 계절의 변화와 아름다운 자연을 만끽 할 수 있는 길. 누군가와의 소통을 원하신다면 함께 여강길을 걸어보시라."

그 글을 읽고 큰 맘 먹고 찾아왔는데 뜻대로 안 되었다. 아침에 창문을 여는 순간 하늘이 펑펑 하얀 눈을 뿌려주고 있었다. 소리 없이 내리는 눈을 맞으며 흐르는 여강은 산과 함께 한 폭의 수묵화였다. 그 풍광을 어찌 말로 다 표현할 수 있을까. 마치 설경을 그려 넣은 8폭 병풍을 휘 둘러보며 서 있는 기분이었다. 글로 이 순간을 표현하겠다고 덤비는 것 자체가 죄를 짓는 일 같았다.

금년 설날 딸과 함께 서오릉을 걷던 중 펑펑 내리는 눈을 맞이한 이후 이렇게 아름다운 눈은 처음이라 정신이 혼미했다. 보고 있는 것이 아니라 취해 있었다는 표현이 적절해 보인다. 그러면서도 밖으로 뛰쳐나가 눈을 맞을 생각은 않고 객실에서 보고 있었던 것도 이해가 안 되는데 정신을 차려 보니 떠날 시간이 한참 지난 시간이었다. 이럴 땐 어찌 표현해야 할지.

여주 폰 박물관

10시를 훨씬 넘긴 시간, 눈이 눈비로 바뀌는 시간이다. 폰 박물관에 들렀다 갔다. "안녕하세요.", "고마우셔라." 우린 그렇게 서로 만남을 반겼다.

천천히 둘러보며 설명을 듣는 것이 이리 기분 좋은 것인 줄 몰랐다. 그러나 금방 까먹는 단점은 있었다. 조금은 일방적이다 보니 자유롭지 못한 것이 흠이었다.

눈비가 흩뿌릴 땐 우산을 받쳐야 하나, 접고 그냥 걸어야 하나 고민하게 만들더니, 나올 때 오늘 "운전 조심해야겠네." 가 먼저 뇌리를 스치는 현실주의자로 돌아왔다. 아내는 우산을 쓰고 난 모자를 꾹 눌러썼다.

내 핸드폰 어디 갔지. 혹시 누가 차문을 열고 집어간 건 아닐까. 그 방향으로 굳어지는 아내. 어디 갈 때 들고 갔는지 잘 생각해보자는 나. 결국은 깜빡 잊고 차문을 안 닫고 화장실 간 것으로 무게가 실렸다. 자동차문 깜박 잊고 안 잠근 건 내 잘못이다. 핸드폰은 그렇게 마님 손을 떠났다.

우린 여주에서 이천까지 함박눈이 펑펑 내리는 길을 달려왔다. 환상적이란 말은 이럴 때 쓰는 말이 아닌가 싶다. 호타루에 가서 초밥 먹고 싶은 생각뿐이었다.

여주 선벨리 호텔

용인

용인 MBC사극드라마세트장

용인 MBC사극드라마세트장

2017년 2월 24일(금)

생선국수 잘 먹었으면 MBC사극드라마세트장까지 달릴 일만 남았다. 미천한 신분에서 요리사이자 최고의 의녀가 된 장금이의 일생을 다룬 인기드라마 '대장금의 촬영장'을 이곳으로 통째로 옮겨왔다고 한다.

우린 오돌오돌 떨면서도 사극드라마세트장에서 반나절이나 보냈다.

"임금님은 하루에 다섯 끼에서 두 끼는 수라로 드신다. 이때 기본 찬이 12가지다. 밥, 탕, 신설로, 김치, 장, 찌개, 찜, 전골 등이고 그 외 12가지 특별 찬이 더 올라가는 12첩 반상이 수라상이라고 한다."

오늘은 세트장에서 인기리에 방영중인 사극 '역적'을 찍고 있었다. 스텝들이며 배우, 엑스트라들이 포목점, 주막 등 전통시장의 저자거리를 떠들썩하게 걸어가는 모습도 흥미롭고, 삼삼오오 모여 핸드폰을 두들기거나 눈감고 있거나, 잡담을 나누는 스텝들. 한편에선 숨소리 죽여 가며 바쁘게 돌아가는 촬영현장이 생동감이 있었다. 우린 얄밉게도 너무 냉정했던 것 같다. 쫓아다니며 구경할 법도 하겠구먼. 닭 쫓든 개 지붕 쳐다보듯 했다. 혹여 낯선 현장을 훔쳐보고는 황급히 자리를 뜨는 모습으로 비쳤을 수도 있겠다.

세트장이라고 대충 만들지 않았다. 동이의 감찰부, 선덕여왕의 미실 처소, 대장금의 혜민서, 이산의 규장각 등 사극에 나온 장면들을 추리하며 걷는 것도 재미가 쏠쏠했다. 거닐다 힘들면 바람막이가 되어주는 양지바른 곳을 찾아 적당한 곳에 걸터앉으면 된다.

이번 여행은 겨울의 끝자락을 붙들고 오는 봄을 마중 나온 것이니, 따스한 햇살을 보는 것만으로도 축복이다. 찬바람이 제법 있는 날이다 보니 공기가 차긴 했지만 시간여행 만은 잘하고 간다.

용인 리 디자인부티크호텔

용인 리 디자인부티크 호텔

평택

평택 평화공원　　　　　　　　평택호 예술관
농업박물관　　　　　　　　　평택향교, 입맛이 외출한 오후
송탄관광특구

평택 평화공원

2017년 8월 4일(금)

　미완성이 매력이라는 표현이 잘 어울리는 곳이다. 평화공원은 시에서 지정하고 개발 중인데 아직도 주민들과 협의가 끝나지 않아 개발진행형. 주민들의 꿈이고 먼 훗날을 내다보았으면 좋겠다.

　먼 항해를 떠날 것만 같은 작은 어선 한 척과 미완성 교향곡을 들려줄 것만 같은 피아노 한 대. 많은 언어가 필요 없는 장식물 하나하나가 바다 저 너머에 시선을 두고 있었다. 그늘이 없어 아쉬운 게 어디 푹푹 찌는 폭염 때문만 이겠습니까. 잠시 쉬며 여유부리는 멋도 넓은 공간만큼이나 절실할 거라는 생각이 들었다. 주민과의 협의가 끝내 이루어지지 않아 국공유림만으로 개발진행 준비 중이라니 안타깝다.

　서로의 주장 때문에 꿈의 프로젝트가 한낮 귀퉁이가 찢어진 종이배로 전락하는 수모를 겪게 되지 않을까 걱정된다. 아직은 미완성인 채로 남겨진 그 꿈이 누군가가 망가뜨릴지 아님 더 먼 곳을 바라보는 혜안의 눈으로 거듭 태어날지 기다려보는 것도 나쁘지 않을 것 같다.

평택호 예술관

'평택호예술관'은 삼각뿔의 건축물이 이색적이다. 입구 정원에 세운 조각품들이 이 건물의 성격을 잘 말해주고 있었다. 1층에는 조동준화가의 'emotion'. 작품 속에 노부부의 모습에서 나를 보고 있는 것 같아 발길이 오래 머물러 있었고, 평생 소녀이고 싶어 하는 아내는 피노키오를 등장시킨 '노마드의 꿈'이란 작품에 필이 꽂힌 모양이다. 오래도록 그 주변을 맴돌며 보고 또 보는 모습이 고왔다.

폭염 탓일 것이다. 그리곤 천안함 보러간다고 달리다가 라마다 호텔이 보이자 "에라 모르겠다. 우리 들어가서 쉽시다." 그랬네요. 저녁이요. 숙소 뒷길에 있는 '본래순대'에서 편육 한 접시 놓고 순댓국 한 그릇씩 먹었어요.

"돼지머리고기 한번 실컷 먹어봤음 원이 없겠다."시던 어머니의 그 원도 땅에 묻을 수밖에 없으셨을 사연을 잔잔한 톤으로 아내에게 들려주곤 끝맺음 했다.

이 나이가 되면 그리움이란 이렇게 뜬금없이 나타났다간 눈가에 흔적만 남기곤 소리 없이 떠나곤 하는 가 보다.

라마다 앙코르 평택

농업박물관

2017년 8월 5일(토)

전기코드의 위치가 애매하다며 겁도 없이 수면마스크를 착용하지 않고 잤다가 숨이 가쁘고 가슴이 답답해 잠이 깨고 말았다. 수면마스크를 착용하고서야 세 시간은 푹 잔 것 같다. 수면 무호흡증에 시달리는 나에겐 고마운 기계다.

김제평야만큼은 아니지만 평택평야도 너르다며 달려가는 길이다. 농업박물관에는 이 지방 선사시대사람들의 농경생활의 모습에서 무덤 재현에 이르기까지 한눈에 쏙 들어오게 전시하여 관람하기 좋았다. 추억을 끄집어내는 데도 도움이 되었다. 긁갱이, 쟁기 등. 소를 이용해 밭을 가는 농기구와 논과 밭을 고르게 펴는 써레, 거름과 흙을 담아 나르는 삼태기, 낮은 곳의 물을 퍼 올리는 용두레를 보니 시골에서 살던 내 어린 시절이 주마등처럼 스쳐갔다.

눈에 선한 물건들을 볼 적마다 아는 척하는 건 내 몫이고, 듣는 둥 마는 둥 무관심하면서도 귀를 빌려주는데 인색하지 않는 건 언제나 아내 몫이다. 오늘도 달라진 건 없다. 내가 좀 수다스러웠다고나 할까. 허긴 추억이 다르니까 어쩔 수 없다. 어쩌다 물으면 돌아오는 대답은 언제나 단답형이다. "글쎄요."

모든 사물은 관심 있는 사람의 눈에만 보인다는 말, 그거 우리 마님을 보면 틀린 말이 아니다. 관심은 달라도 시들지 않는 보존화처럼 추억을 먹고사는 세대는 같지 않은가. 이층에선 새마을 운동을 통한 4-H의 슬로건인 "실천으로 배우자" 의 활동상을 보여주어 우리의 삶의 풍요로움 뒤엔 어려움을 헤쳐나간 농민의 힘이 있었음을 일깨워주었다.

평택 향교, 입맛이 외출한 오후

평택향고는 문이 닫혔다고 그냥 가자니까 영님 씨가 잠깐만 하더니 문을 미니까 열리데요. 外3門이었다. 명륜당이 나오고, 그 뒤쪽에는 사당으로 가는 內3門이 있는 구조다.

우린 당시 강당으로 사용했을 명륜당에 걸터앉아 아무 생각 없이 한참을 시원한 바람 쏘이고 있었던 것 같다. 아니 잠시 영혼이 가출했었는지도 모른다. 멍 때리기 하고 있었던 모양이다.

나올 무렵쯤에야 교수들의 숙소에 갓과 옷들이 걸려있는 것이 보인다. 입고 쓰고 사진 한 장 박을까 했는데 고개를 잘래잘래 흔들며 배고프단다. 끼니때가 되었으니 얼른 앞장서란 무언의 압력이다.

오늘은 꼬리곰탕으로 무더운 여름 보신한다던 꿈은 '내부수리 중' 이라 물건너갔고, 택시까지 타고 찾아간 '영빈루' 는 간판도 안 보인다. 주변이 한산해 찾느라 애를 먹었다. 그런데 안은 전혀 딴 세상이었다. 손님들로 꽉 들어차 있었다. 메뉴도 손님이 많아 오늘은 군만두와 짬뽕만 주문 가능하단다. 돼지고기짬뽕이 맛있는 집이라고 한다. 만두가 맛있다면서도 둘이서 5개 밖에 못 먹고 손들었다. 진범은 여름 더위다. 우리 더위 먹었나 봐요.

오늘은 입맛이 외출한 게다. 배가 고플 시간인데도 짬뽕은 국물만 마셨다. 동네 짬뽕집 국물 맛이네. 그랬을 걸.

송탄관광 특구

송탄관광특구도 버스로 몇 정거장이면 되는 것 같은데 그 거리를 택시를 타고 이동했다. 더위에 장사 없다지 않습니까. 더운 날씨에 뜨겁고 매운 짬뽕국물을 들이마셨으니 목마르는 건 당연하다.

Cafe C.F에 들어가 아이스 아메리카노와 딸기 스무드. 분위기가 이국적이라 놀라기도 했지만, 카페 안이 조용한 것이 여느 카페와 분위기가 달랐다. 담아내온 찻잔도 희한하게 생겼다. 흘러나오는 음악과 실내장식에 이르기까지. 여긴 작은 이태원의 아주 특별한 카페였다. 여기 드나드는 손님들의 면면을 보니 알 것 같다. 소란한 우리의 카페와 비교되는 곳이었다.

'송쓰 버거' 는 아들이 꼭 먹고 오랬다며 아내가 앞장선다. 찾는 거야 어렵지 않았다. 이집은 삼대천왕에서 소개된 소문난 집이다. 크기가 좀 작아 보이긴 해도 개당 4천원이다. 거기다 고기를 어찌나 잘게 다져 넣어 양념을 했는지 이가 필요 없을 정도다. 목 넘김뿐만 아니라 입 안에 도는 향도 달랐다.

우린 운이 좋았다. 버거집 탁자에 앉아 들고나는 손님들을 바라보며 여유 부리며 먹고 나올 수 있었다. 더위 먹은 거 다 날려 버렸다.

'철길관광'은 우연히 찾아낸 케이스다. 인터넷에서 본 것처럼 가슴에 와 닿지는 않는다. 가슴이 무뎌서가 아니라, 철길에 포장마차들이 즐비하게 늘 어서 있긴 한데 아직 오픈할 시간이 아니라 분위기가 썰렁해서다.

오늘의 화려한 외출은 지열과 쏟아 붓는 태양열과의 한판승부를 막판의 뒤집기로 멋지게 이겨낸 하루가 아니었나 생각된다. 정말 더운 날이었다. 옷 을 짜면 물이 나올 지도 모른다. 기진맥진해도 무사히 돌아왔으면 날씨와 싸워 이긴 거다.

라마다 앙코르 평택

라마다 앙코르 평택

화 성

우리 꽃 식물원

2017년 8월 6일(일)

오늘은 아침부터 하늘이 꾸물꾸물하다. 그동안 폭염으로 얼마나 고생했습니까. 그렇다고 먹구름으로 배경화면을 만들고 음향효과까지 필리핀에서 모셔 올 것까지야 없었는데. 그루루웅 그르르릉, 우르르르르! 천둥소리와 후드득 후드득 빗방울 떨어지는 소리는 내 귀에는 피아노 음반 두드리는 소리로 들렸다.

먼 곳에서는 번개도 치는 모양인데 문제 될 것은 없다. 요 며칠 폭염에 시달린 탓에 비가 반가웠다. 날씨가 궂어도 8시에는 출발해야 한다. 오늘은 수원 형님과 점심 약속이 잡혀있는 데다 광명시까지 가야 할 일정이 잡혀있으니까 서둘러야 한다.

화성의 '우리 꽃 사계절 관' 부터 찾았다. 습지에서 바위틈을 비집고 살아가는 식물들에 이르기까지 우리 것들뿐이니 정겨울 수밖에 없다. 온실 안에는 오대명산까지 만들어놓고 그곳에 자생하는 식물들을 모다 심어 놓았다. 오늘 눈이 호강했다.

꽃동산을 거닐다 정상까지 가고 싶으면 다리 하나만 건너면 된다. 거기엔 탐방객을 위한 '솔숲쉼터' 가 있고 걷기 좋도록 '산책로 우리 꽃길' 도 만들어 놓았다. 쉬어갈 것인지 계속 걸을지는 맘먹기에 달렸다. 비에 젖어 솔숲 쉼터에 앉을 수 없다면 그냥 걸어도 그만이다.

산을 등지고 푸른 숲속 물가에서 자라는 꽃들을 보고 있으면 어느 꽃 나라 저자거리를 둘러보고 있는 건 아닌가, 그런 생각이 들곤 한다. 장터의 물목만큼이나 넉넉한 우리 꽃들의 잔치마당을 보고 있으면 그곳에 서 있는 것만으로도 행운일 수밖에 없다. 봄, 가을에는 또 어떤 모습을 하고 있을까. 걷는 길이 훨씬 정겹고, 걸음이 가벼웠던 것은 눈에 익은 풀꽃들 때문이었을 것이다. 계단을 따라 걷다 보면 전망대까지 가야만 할 것 같은 충동을 이기긴 쉽지가 않다.

오늘은 우산이 톡톡히 제몫을 할 것 같은 슬픈 예감 때문에 동선을 넓히지 못했다. 비를 피하려고 초가지붕의 쉼터에 걸터앉았다. 걸어온 길 이름이 매발톱길, 금낭화길, 초롱꽃길, 상사화길, 산수국길, 모란길, 돌단풍길. 이름도 정말 예쁘게 지었네요.

이곳이 느림과 여유가 함께하는 예쁜 우리 꽃들의 나라라면 우린 숲길을 더 걷다 와야 하는데. 아쉽다. 봄에 한 번 더 다녀가면 되겠네.

제부도 모세거리

2018년 8월 8일(수)

짜증부리는 횟수가 늘었다. 나도 왜 짜증을 부렸는지 모를 때가 있다. 그걸 웃으며 다 받아주는 사람이 있다. 밤낮으로 계속되는 폭염에 열대야까지 겹친 때문일 것이다. 금년 여름이 오죽 더웠어야지요. 짜증 날만도 해요. 그러니 우리도 덥다고 방구석에 처박혀 있지 말고 드라이브 겸 하룻밤 호텔여행이나 다녀옵시다. 그리 떠난 1박2일 여행이었다.

"이 펄펄 끓는 폭염에 어딜 또 가시려고 인터넷을 뒤지시나요? 친구들이 걱정 안 해요."

"이런 날씨에 온열병에라도 걸릴까 조심조심하다 다른 잡병들이 잡아먹겠다고 대들면 어떠케요. 대책은 세워놨어요?"

제부도는 하루에 두 번씩 바다가 갈라져 길이 생기는 한국판 모세의 기적을 볼 수 있다는 환상의 섬이다. 피서가 절정기일 텐데 우리까지 보태면 이거 미안해서 어떠누. 지금쯤은 해수욕장으로 피서 온 젊은이들로 발 디딜 틈도 없겠다. 그러니 우린 젊은 애들이 아침 해먹고 바다로 뛰어들기 전에 백사장을 걷다 오면 되겠네. 바닷길이 열리는 시간이 오늘은 4시전이라니까 서두를 건 없다고 했다.

6시 10분에 시동 걸었다. 78km라 여유 있었다. 송산포도휴게소에서 잠시 쉬고, 내친김에 기적의 길로 들어서려는 순간 브레이크를 밟았다는 거 아닙니까. 멈칫한 거죠. 바다안개가 자욱한 바닷길이 너무 환상적이었어요. 평생에 한 번도 보지 못한 뷰에 정신 줄을 놓아버린 거죠. 감정이란 녀석이 불쑥 나타나선 눈시울을 붉히게 만드네요.

조심스럽게 차를 몰고 가니까 이번엔 붉은 갯벌식물들이 숨바꼭질 하자고 합니다. 새로운 경험에 재미있고 신기했어요. 이럴 땐 수다스러울 정도로 아는 척해야 해요.

"자기야! 저거 함초 아닌가? 고 녀석 갯벌에 있어야 하는데 왜 여기 와 있지. 우리 마중 나온 건가."

신비로울 밖에. 이 길이 좀 전까지만 해도 바닷물이 넘실대는 바다였을 테니 말이다. 그냥 내빼듯 달리기엔 서운하다며 속도를 늦추었다는 거 아닙니까. 참 좋네. 잘 왔네. 분위기 죽인다며 차를 몰았다. 차가 한 대도 안 보였다. 그래서 이었을까. 왜 생뚱맞게 전설의 고향에서 망자가 등을 보이며 저승으로 걸어가는 그 안개가 앞에서 아른 거린답니까.

화성시 제부도

어디다 차를 세운다. 머리 굴리느라 정신이 없었다. 그런데 의외로 제부도 음식문화시범거리 뿐만 아니라 차댈 곳은 많았다. 처음엔 아직도 한밤인 줄 알고 곤하게들 자나 그랬다. 차를 대기 좋아 좋긴 한데 어째 분위기가 그랬다. 꼭 한여름 장사를 마친 8월 말 분위기 같았다.

우린 '말머리'에서 산책로 따라 선창의 붉은 등대까지 1km거리를 입 꾹 다물고 걷기만 했겠습니까. 안개가 한치 앞도 볼 수 없을 정도로 낀 풍경에 넋도 나갔을 걸요. 하늘과 맞닿았을 바닷물은커녕 썰물로 빠져나간 갯벌도 모습을 드러낼락 말락 할 정도로 해무가 낀 자연의 신비로움에 익숙한 표정을 짓고 있었다.

"우리 해무 속에 갇히고 말았다. 어쩐 디야. 아무것도 안 보이는 디. 저 산자락에 핀 노란 꽃이 내 눈에는 갯나리 같은 데 원추린가. 원추리는 꽃말이 '사랑하는 사람을 기다리는 마음' 그거 아내를 기다리는 내 맘이네 뭐."

엉거주춤 앉게 만든 서서의자뿐이겠습니까. 하늘의자, 조개의자, 둥지의자. 의자마다 앉아보며 하얀 안개바다에 취해 걸었다는 거 아닙니까. 의자마다 개성이 있어 우리 나이 또래에겐 딱 이던데요. 안개바다를 보면 어쩔 줄 몰라 하는 우리나, 고양이 울음소리를 낸다하여 이름 붙여졌다는 괭이갈매기가 날개 접고 있는 폼이나 안개에 맥 못 추긴 매 한가지였다.

그렇게 귀만 열어놓고 붉은 등대까지 갔다 왔다는 거 아닙니까. 매미울음소리가 들리니까 귀에서 귀뚜라미도 따라 우는 거예요. 더위 때문에 기력이 떨어져서 그러나. 어쨌건 우린 안개바다만 보고 간다.

궁평항

이른 시간에 출발했는데 '궁평항 ○○초가집'에서 청국장을 먹고 여행을 계속할 생각에 기분은 좋았다. 오늘 내비의 첫손님이다. 부스스한 얼굴로 나와 "아까 전화하신 분이세요?" 묻곤 찬을 내놓는데 음식이 몽땅 찬 걸 보니 방금 냉장고에서 꺼내온 것들인 것 같다. 청국장은 두부 몇 알 더 넣고 대충 끓인 재탕 맛. 한 시간 전, "청국장 먹으러 갈게요." 전화까지 했는데. 아무리 코로나 때문에 장사가 안 된다지만 문을 열었으면 손님에 대해 좀 더 진정성이 있었으면 좋겠는데.

"일 만들지 말고 그냥 가요." 그냥 삭인 분은 '궁평항 갯벌'을 보는 순간 안개처럼 사라지고 말았다. 조용한 어촌으로만 알고 왔다가 입이 떡 벌어질 정도면 상상 그 이상이었다는 얘기다. 넉넉한 주차장에 시원한 갯벌 풍경.

때 맞춰 온 것도 아닌데. 궁평항의 너른 갯벌까지 민낯을 드러내고 있으니 오늘 운은 좋은가 보다. 날씨까지 받쳐주니 더할 나위 없었다. 바람 한 점 없는 따뜻한 가을 날씨. 화성 제부도에서 멋진 인생사진을 남기고 온 추억도 있으니, 오늘은 궁평항 방파제부터 걸으며 따스한 가을볕과 갯벌 분위기를 몽땅 가슴에 쓸어 담아가야 할 것 같다.

갯벌 풍경에 빠지면 약도 없다는데 괜찮을라나. 가긴 뭘 정자 한 귀퉁이 빌려 갯벌이나 바라보며 멍 때리기 하다 가지. 그랬던 것 같다. 지평선 아니 수평선이 보일 듯 말듯 한 모습에 갯벌에 풍당 빠질 수밖에 없었으니 어찌 안 그렇겠습니까.

주인과 객들이 잔치 집 분위기를 살려주어 더 좋았다. 갈매기울음소리, 물새들의 수다는 또 어떻고. 이럴 땐 어깨춤이라도 추어야 하나. 그러면서도 마음은 바빴던 게다. 궁평항 방파제 산책을 뱃길을 안내해 준다는 하얀 등대를 목적지로 삼고는 아무 생각 없이 뚜벅뚜벅 걷고 있었다.

여행을 하다보면 궁금한 일이 가끔 생기기 마련이다. 궁금할 때 그냥 지나치면 그것이 버릇이 되고, 그것에 익숙해지면 보이는 것에 대한 흥미가 반감한다. 모르면 물어 해결하는 것이 빠른 방법이지만 그럴 수 없어 미적거리다가 때를 놓치면 이번엔 궁금했던 것이 뭐였는지조차 까맣게 잊고 만다.

그래도 아직은 호기심과 무심함이 공존하고 있는 수준이다. 오늘은 갯벌에 그물을 치고 썰물 때 고기잡이 하는 것을 뭐라 그러던데. 머리에서 가물거리지도 않았다. 정말 몰랐다.

궁평항에는 수산물시장에 '행복장터'라는 이동식 점포가 있다. 고작 3~4개 점포만 문을 열고 튀김을 팔고 있다. 입가심용으로 1만원이면 지갑을 열기 쉽지 않겠는데 했다.

우린 '수산물시장 B44 진희네'서 꼴뚜기와 전어회를 사들고는 양념코너로 가질 않고 햇살 좋은 공원 벤치에 자리를 잡았다. 고소하고 씹히는 맛이 좋다며 들어번쩍 했던 전어 회처럼 궁평항에서 가졌던 따스한 햇살과 맺은 좋은 기억들만 가져가기로 했다.

화성 융·건릉

2021년 11월 6일(토)

여행하려면 몇 날 며칠을 일정을 짜는 고통의 즐거움을 아는 사람이 몇이나 될까. 어딜 다녀올 것이며, 어디서 뭘 먹는다. 피곤하면 어디서 쉬지. 열심히 계획했는데 현실은 그렇지 못할 때가 왕왕 있다. 서량저수지가 그랬다. 아너스 호텔에서 나와 융·건릉으로 달려가기 전, 잠시 들러 차 한 잔 하고 싶었다. 저수지를 바라보며 여유를 부리다 가고 싶었다.

미덥진 않았지만 산책길이 만들어져 있다니 가볍게 아침 산책이라도 하고 갈 생각이 있었다. 생태산책길이 차창 밖으로 스쳐지나가긴 했는데 차를 세울 생각이 없어졌다. 우선 주차장이 안 보인다. 식당과 카페도 있긴 한데 문을 닫은 건지, 폐업한 건지 분명치가 않았다. 허긴 언뜻 봐도 커피 한 잔

하고 갈 분위기는 아니었다. 차로 이동하면서 찬찬히 농촌의 늦가을 풍경에 흠뻑 빠져본 것이 유일한 낙이었다. 추수를 끝낸 들녘의 모습, 널브러진 논바닥은 또 다른 볼 거리였다.

융·건릉에 도착한 시간은 10시. 간발의 차로 주차자리를 고를 정도로 한가했던 공영주차장은 화장실 다녀오는 사이에 반전이 일어났다. 차들이 꼬리를 물고 들어오는가 싶더니 어느새 주차공간이 동났다. 늦게 온 차들은 근처식당으로 자리를 옮기고 있었다.

주말이라 가을 단풍 구경 나오는 사람들로 북적거리겠다는 예상이 틀리지 않았다. 바람 한점 없는 날씨에 따스한 햇살까지 있다면 끝내주는 가을이다. 아내는 썬크림 발랐으면서도 얼굴 탈까 그늘을 찾아다니고, 나는 햇빛에 얼굴 내미느라 정신이 없다. 그런 우리는 손잡고 걷는 젊은이들이 부러웠는지, 아니면 몸이 불편해 보이는 노부부가 손잡고 건널목을 건너는 모습에 감동 먹었는지, 우리도 깍지 끼고 걸었다. 환하게 웃는 아내의 주름이 오늘따라 곱다.

'융·건릉 역사문화관'을 둘러본 후 관람로를 따라 융릉으로 가다가 산책로로 들어설 생각이었다. 그런데 4거리에서 마음이 바뀌었다. 사람들이 많이 다니지 않을 거란 생각에 직진. 낙엽이 수북이 쌓인 길이다. '들꽃마당'에는 융·건릉의 사계를 렌즈에 담아 전시했다. 솔직히 말하면 우린 작품품평회보단 산책을 좋아한다. 3번 숲길이 정상으로 가는 길이고, 2번(돌무지)은 숲길이다. 어찌나 조용한지 바스락거리는 낙엽 밟히는 소리까지 들을 수 있는 흔치 않은 길이었다. 마님은 바람이 불면 낙엽이 흩뿌려지는 소리까지 놓칠 생각이 없는 가 보다.

바람에 낙엽이 흩날리는 모습이 대단하다. 건릉(정조대왕)으로 가는 길에서 본 놀라운 광경이었다. 건릉은 잎을 떨어뜨려야만 봄을 기다릴 수 있는 활엽수다. 정조도 죽어서는 서인(노론 벽파)의 국정농단에 속수무책이었음을 보는 것 같아 가슴이 답답했다. 주변에 소나무 한 그루 볼 수 없다는 건 너무한 처사가 아닌가. 그가 죽자 선비들의 귀향 낙향도 모자라 유배길

에 오르거나, 장용영마저 해체했다면 국방력을 강화하려했던 정조의 야심
찬 계획도 수포로 돌아갔다는 얘기다.

정조는 아버지 사도세자의 능인 융릉을 수은묘에서 영우원으로 바꾸었
으나, 릉으로 격상하는 덴 실패했다. 그 안타까움을 봉분에 모란과 연꽃을
조각한 병풍석을 두르는 것으로 위안 삼았다고 한다. 또 있다. 현릉원을 완
성한 후 만들었다는 여의주를 형상화 한 융릉 앞의 곤신지. 정작 본인의 릉
에는 소나무는커녕 병풍석마저 쓰지 못했는데.

점심은 '황도칼국수'. 맛이 손님 수와 무관한 것 같지 않았다. 땀흘려가
며 맛나게 먹었다. WITH(위드) 코로나가 시작되는 첫 주말이라 그런가. 사
람들의 표정에서 자유를 만끽하고 있었다. 우리도 들뜬 마음을 주체할 수
없어 온종일 붕 떠서 다니긴 마찬가지였다. 이래야 여행할 맛이 나지. 식당
이 차들로 붐비는 모습을 보는 것만으로도 행복이었다.

보통저수지 혜경궁 베이커리

보통저수지를 내비에 걸고 열심히 달려갔는데 정작 도착한 곳은 '혜경궁
베이커리'였다. 여행 중에 이런 일은 종종 있는 일이니 놀랄 일도 아니다.

'70년대 후반. 풋풋한 새내기시절. 청소년적십자 지도교사 여름세미나를
보통저수지로 온 기억이 났다. 당시 보통저수지가 보이는 연수원 뜰에 모닥
불을 피워놓고 통기타 반주에 맞춰 젊음과 밤을 하얗게 밝혔던 기억을 떠올
리는 것은 어렵지 않았다. 다만 그곳에서 그리움으로 남아있는 그날의 추억
을 찾을 수 있을까. 그런 소박한 기대를 갖고 있었다.

"어머. 누구 좋아하는 사람 있었나보네."

솔직히 그 한마디가 '혜경궁 베이커리'로 바꾼 계기가 되었을 수도 있다.
건물에 붙여 주차하고는 우린 베이커리 입구를 찾고 있었다. 경비원이 어리
둥절하고 있는 우릴 도와주었다.

"혜경궁 찾아오신 거면 정문으로 들어오세요. 저-기 보이는 기와집 건물 있지요. 그리 가시면 됩니다."

놀란 것은 기와집 건물이 아니라, 어림잡아 300여대는 동시에 주차할 수 있는 규모의 주차장이었다.

"차들 좀 봐요. 엄청나네. 우리도 차를 끌고 들어와야 하는 거 아닌가."

그러면서 건물 쪽으로 걸어갔다. 묻는 것도 쪽 팔릴 것 같았다. 사람들 뒤만 졸졸 따라가기로 했다. 일부는 건물 뒤쪽으로 가지만, 건물 안으로 들어가는 사람들이 훨씬 많았다. 우린 오늘도 건물 앞에서 인증사진 박는데 성공했다.

"어머나! 베이커리 맞네. 이게 무슨 일이래. 뭘 고르지." 줄 서서 이동하고, 기웃거려봤지만 빵은 그다지 종류가 많아 보이진 않았다. 먹으러 갔건, 구경하러 갔건 일단 줄을 섰으면 뭔가를 골라야 할 것 같은 분위기였다. 빵 이름 외기도 어려운데 고르기까지는 무리라고 봐야 한다. 그냥 대충 익숙한 몽불랑과 소보로, 팥빵을 하나씩 담았고 눈치껏 엘리베이터로 3층까지 올라갔는데 거긴 파스타를 파는 곳이라고 한다. 볼일 없으면 2층. 음료를 주문하려고 했더니 주문은 1층, 받아가는 건 2층.

"그냥 가면 안 될까. 빵은 포장해 달라고 하고. 빵은 어디서 먹을까." 그걸 물어본다는 걸 깜빡했네요.

그렇게 건물을 빠져나왔다는 거 아닙니까. 여기선 원하는 장소를 찾아가는 자유인이 아니라 한 방향으로 움직이는 로봇인형놀이 같단 생각을 했다. 10,126보.

신라스테이 동탄 1704호

동탄 센트럴파크에서 반석산 에코스쿨

  '뉴욕 맨해튼의 센트럴파크'는 버림받은 습지를 개발해서 도심 속의 쉼터로 만들었다고 한다. 뉴요커들에게는 오아시스와 같은 곳으로 여기서 운동하고, 데이트도 즐기고, 휴식, 산책 등 일상 속에 없어서는 안 될 존재로 사랑받고 있다.

  화성시가 동탄 신도시를 개발하면서 바로 뉴욕의 센트럴파크를 옮겨다 놓을 생각을 했던 모양이다. 동탄이 자랑하고 시민들이 사랑하는 공원. 여행객이면 한번쯤 들러 보고 싶은 공원이다. 반석산까지 이어지는 근린공원들을 아우르는 공원들까지 둘러보며 온전히 하루를 보낼 생각이다.

  아침은 호텔조식뷔페. 호텔직원이 일러주는 대로 오른쪽으로 100여m 쯤 걸어갔더니 지하1층으로 내려가는 승강기가 보였다. 다리를 건너면 바로다.

  '빌딩숲 텃밭정원'을 비롯해서 녹색거리로 만든 길을 걷다 보면 커다란 광장이 나온다. 짜임새 있게 꾸민 휴식공간으로 한여름에는 더위를 식혀주는 수경시설도 마련돼 있었다. 이곳은 지하통로를 활용한 휴식공원으로 센트럴파크로 이어지는 공간이었다.

  분수와 폭포도 있고, 정조가 그렸다는 흑백의 국화도와 파초도도 볼 수 있는 곳. 공원의 매력은 좋은 시설과 경관보다는 접근성과 편리함이었다. 공원벤치에 앉아 있거나 공원을 걷기만 했는데도 힐링이 된다.

  좁은 공간에 여러 갈래로 산책길을 만들어 산책하는 사람들이 지루하지 않게 한 것도 돋보이는 아이디어였다. 우린 시냇가를 따라 곱게 물든 공작단풍에 필이 꽂힐 수밖에 없었다. 아름다움도 흔하면 지루한 감이 들기 마련이다. 그런 단조로움을 만회하기 위해 애기단풍에 공작단풍을 접목하는 방법까지 동원하여 다른 볼거리를 주었다. 지루한 줄 몰랐다.

  물놀이시설로 가면 한 여름에 물을 뿜으면 아이나 끼를 주체 못하는 젊은 엄마들이 물세례를 맞으러 뛰어드는 광경이 보는 듯 선하다. 오늘은 아이들이 꼬마자전거나 킥보드를 타며 해맑게 웃는 얼굴을 보며 벤치에 앉아 있었다. 시간가는 줄도 몰랐다.

인공하천은 바싹 말라 있었다. 정겨운 냇가, 아니 개울을 표현하려 했던 것 같다. 시냇물, 개울물, 또랑물 등 우리의 예쁜 이름이 많은데 왜 굳이 '계류시설'이란 표현을 썼을까. 난 그게 지금도 풀리지 않는 수수께끼다.

공원에 있는 '노노카페'에서 커피 한 잔 마셨다. 벤치에 앉아 마셨는데도 눈치 보인다. 마음이 편치 않다. 위드 코로나로 간다고 타인에게 불편을 끼쳐서는 안 된다는 데는 변함이 없다. 위드 코로나. 이웃을 배려하는 건 각자의 몫이라 치자. 어디까지가 용인되는 행동일까. 아는 사람 있음 설명 좀 해 주면 안 되나요.

우린 낙엽이 가을비처럼 내리는 숲에서는 낙엽을 온 몸으로 맞았다. 추억을 줍고 밟으며 말없이 걷기도 했다. 왕복을 멋지게 끝내고 연결도로를 따라 체험중심 '시립 반석산 에코스쿨'에선 아이들의 웃음소리가 들렸다.

다음은 무장애길 왕복 1.2km를 걷는 일이 남았다. 걷다보니 무릎에 자신감이 생겼고, 반석산 팔각정까지 올라가서 복합문화센타로 내려오니 어둠이 깔리기 시작할 시간이었다.

큰길 건너 '도깨비교자만두' 집에서 늦은 점심으로 메밀소바 한 그릇씩. 저녁은 당연히 포장해 간 포자만두(고기만두)로 해결했다. 코로나가 맛집 찾아다니는 즐거움을 앗아간 것에 분노하기 전에 내 몸 건사가 먼저니 어쩌겠습니까. 여행 중 저녁을 간편식으로 바꾼 것이 어제 오늘 일이 아니잖습니까. 일 년 반이나 됐어요. 여행은 몸과 눈도 중요하지만 무엇보다 입이 즐거워야 여행 할 맛이 나는 데 말입니다.

위드 코로나라고 하니 우리 집에도 자그마한 변화라도 있었으면. 여행 중에 자유롭게 맛집을 드나들 수 있는 그런 날. 하루 빨리 왔으면 좋겠네요. 12,836보

신라 스테이 동탄 1704호

신라 스테이 동탄

하 남

미사리 경정공원   이성산성
팔당원조 칼제비 칼국수

미사리 경정공원

2018년 6월 6일(수)

오늘은 현충일. 까마귀가 깨우고 참새들이 떼로 몰려다니며 아침인사를 한다. 푸른 숲 넓은 호수를 자랑하는 미사리경정공원이 오늘 우리의 반나절 놀이터다. 시간이 일러 그런가. 공기뿐이 아니다. 물도 향긋한 냄새가 난다. 코가 호강하고 있다.

주차장에서 아주 잠시 망설였을 뿐이다. 방향감각을 살려내려면 주변부터 살펴야 한다. 800m 자전거로드를 따라가면 경정장, 즉 카누의 출발선임을 확인했다. 카누를 즐기려는 젊은이들로 활기가 넘쳐난다는 곳이다. 그룹끼리 출발선에서 출발신호와 함께 힘차게 노를 젓는 모습에서 힘과 뜨거운 열정을 느낄 수 있다. 핫 둘, 핫 둘. 노 젓는 모습을 보면 기를 받는 느낌이 드는 모양이다. 우리 부부는 그 착각에 팔뚝도 만져보고 다리도 흔들었다.

수십 대의 카누들이 한꺼번에 몰려나와 힘차게 노를 젓는 모습은 그야말로 장관이었다. 물을 치는 소리와 구호가 마치 그들의 심장소리만큼이나 크게 들린다. 레이스를 보는 내내 긴장하느라 손이 땀에 젖을 정도다. 설마 그럴라고. 내 어깨가 자꾸 힘이 들어간다. 카누를 젓고 있는 걸로 착각하고 있는 건 아닐까. 변변한 취미 하나 없이 살아온 우리 세대에겐 꿈같은 일이 벌어지고 있는 현장을 보며 놀라고 있었다. 호수가 바라다 보이는 잔디밭은 아이들과 함께 온 엄마아빠들로 가득 찼다. 5km의 자전거 하이킹 코스도

스트레스를 한방에 날려버리고 싶은 이들이 페달을 밟으며 달리는 모습이 부러웠다. 이륜, 사륜자전거에 페달을 돌려봐. 그건 그냥 해본 소리다. 야! 젊음이 정말 부럽네.

이성산성

아침 먹은 지 얼마나 됐다고 그새 입이 궁금하다. 우린 영월 서부시장으로 달려갔고, 재빨리 '미탄 집'으로 달려간 아내의 손에는 메밀전병이 들려 있었다.

"잘했지요? 메밀전병이 산더미처럼 쌓여 있더라고요. 따끈할 때 먹으면 더 맛나다고 하던데. 어서요. 한입 물어야 나도 먹지. 궁금해 죽겠네."

"됐네요. 그만하면. 아니 차 돌리라면 돌릴 수 있어요. 또 가라면 가지 뭐. 맛있으니까. 하지만 더 먹으면 저녁은 어쩌고."

먹는 데는 5분도 채 안 걸렸다. 보드랍고 칼칼한 맛이 입에 댕기니 한입에 털어 넣을 밖에. 아내가 또 사 올 수 있다며 눈치를 주는 것도 무리는 아니었다. 그러나 차를 돌려서까지 또 먹을 필요를 느끼지는 못한 것 같다. 그것이 실수였음은 '이성 산성'에 도착해서야 알았다. 코앞에 주차장이 있어 좋긴 한데, 문제는 컨디션이 바닥이라는 것이다. 배는 허전한데 고프지는 않고, 식당은 보이는데 들어갈 생각이 없다. 발이 무겁다보니 100m도 안 되는 거리를 너 댓 번 가다 쉬다를 반복해야 했다.

'이성 산성'은 백제가 처음 축조하였고, 그 후 신라나 고구려가 보축하여 사용했을 것으로 추정되는 산성이다. 산성둘레는 1.9km. 1차 성벽은 무너졌고, 2차는 이 성의 주인이 강북의 적으로부터 침입을 방비하기 위해 다시 성벽을 쌓은 것으로 보이나 밝혀진 것은 없다고 하니 궁금한 것이 많은 산성이다.

성벽의 모양은 사진에서 본 그대로였다. 옥수수알갱이 모양으로 성벽을 쌓은 걸 보니 정성들인 흔적이 보인다. 성안 계곡 아래에 석축을 쌓고 사용할 물을 가두는 형식으로 만든 저수지를 복원한 것이며 건물터와 성문터를 발견한 것은 고고학의 성과라 치자. 그러나 우린 3km라는 '위례역사길'은 관심만 많을 뿐 걸을 생각은 전혀 없었다.

실감콘텐츠체험이라고 '이성 산성'을 이곳저곳 둘러보며 설명을 들을 수 있게 한 것인데 QR코드를 찍고서도 사용할 줄 몰랐던 것이 걸을 생각을 포기한 이유일 수도 있어요. 만약에 사용방법을 알았다면 그냥 있었겠어요. 어떻거든 걸으며 성능을 시험해 보았겠지요.

팔당원조 칼제비칼국수

다음날 아침은 '매생이 만득이 칼제비'를 먹었다. 솔직히 부지런을 떤 덕에 20분쯤 일찍 갔더니 1등. 종업원이 미리 들어와도 된다고 한다. 까다로운 방역절차를 마치고 자리를 잡고 앉았더니 001번.

만득이는 오만 곳에서 난다 하여 오만둥이, 혹은 오만득으로 불리며 매생이와 함께 겨울이 제철음식이라고 한다.

여행은 이번처럼 오래도록 수많은 겹으로 상상이 쌓였던 곳을 찾아다니며 호기심을 자극하고 그때마다 꼼꼼하게 확인하고픈 욕망이 꿈틀거리는 내 모습을 볼 때가 가장 행복하다. 이번여행은 소확행이 무엇인가를 보여준 여행이었다. 9705보

하남 그랜드윈저 호텔 706호

그랜드 윈저 호텔

경기북부

가평군

자라 섬
축령산 잣 향기 푸른 숲에서 국지성폭우
가평 수목원
가평 '오하브'의 매력

가평 쁘띠 프랑스
피난처가 된 '75숯불닭갈비집'
아침고요수목원
운악산 현등사

자라 섬

2017년 7월 1일(토)

"내일 아침은 늦은 시간까지 여유부리는 거 어때요. 주말이잖아요. 경주용 차들이 굉음소리를 내며 달리는 걸 보다가 뷔페에 들르면 10시. 그때 출발해도 늦지 않을 것 같은데. 안 그렇습니까?"

그리고 잠들었는데. 새벽부터 경주용 차들의 굉음소리가 시끄러울 정도로 요란한 거예요. 핸들을 잡아보고 싶은 욕심이 왜 없겠어요. 분수를 아니까. 거기다 누구나 쉽게 도전할 수 있는 취미생활은 아니잖아요. 차량구입비며 드는 비용에 일반인은 엄두도 못내는 분야라고 알고 있는데.

그래요. 욕심나면 지는 거라고 했어요. 저들은 굉음을 울리며 속도에 심취하면 되고, 우린 저들을 부러운 눈으로 바라봐주고. 그걸로 퉁 치는 걸로 하면 되겠네.

빗줄기가 오락가락하는 날은 많이 걸을 생각이 아니라면 여행하기 좋은 날이라고들 하지요. 그래서인지 몰라도 선뜻 길 나서지 못하고 있네요. 생각 따로 맘 따로. 머리로는 계산이 되는데 가슴이 따라주지 않는다는 얘기죠. 오늘이 바로 그런 날인가 봐요. 그냥 호텔방에 벌렁 누워 빈둥거리다보면 저녁이었음 좋겠다는 생각을 하고 있었던 것 같다.

그도 잠시. 우린 시간표대로 움직이는 열차처럼 플랫폼을 출발했다. 120km를 달려 가평에 있는 오토캠핑장에 도착했다. 재즈페스티발축제로 젊음을 들뜨게 한다는 캠핑의 천국, 자라 섬이다. 어제는 레포츠의 메카 인제의 내린 천을 다녀왔고, 새벽엔 자동차 경주장에서 경주용차의 달리는 모습과 굉음소리까지 들었다. 지금은 경기도 가평에 와있다. 북한강에서 떠내려 온 모래와 흙이 쌓여 된 땅, 마치 생긴 모양이 자라를 닮았다 하여 이름 붙인 자라 섬이라는 곳이다.

'자라 섬 재즈 길'은 섬 한편에 긴 터널을 만들어 한여름 더위를 식히게 한 아이디어가 돋보였다. 고민할 것도 없었다. 햇볕이 따가워 우리는 터널로 찾아들어갔다. 화들짝! 화초호박도 놀라운데, 포도가 주렁주렁 달려 있지 뭡니까. 놀랄 수밖에요. 발상의 전환이 만들어 낸 기적의 현장을 보고 있지 않습니까. 젊은이들의 놀라운 시민의식이 힘을 보탠 결과물일 겁니다.

터널을 지나 캠핑 촌에 발을 들여놓았다. 산책길 옆으로 젊은이들의 야영 준비하는 모습을 보니 멋있고, 부럽고 그렇더라고요. 다리를 건너면 또 다른 캠핑 촌. 자라 섬은 멋진 캠핑풍경이 계속되는 것이 캠핑의 낙원처럼 보였습니다. 가평군에서 마련한 캠핑카를 이용해도 좋고, 마니아라면 직접 자기캠핑카를 끌고 와도 되고요. 주말이라 그런가. 일찌감치 자릴 틀려고 땀을 흘리는 마니아들의 모습이 엄청 부러웠다.

그들의 손길이 바쁜 만큼이나 섬은 더 행복한 공간이 될 테고 우린 부러움이 섞인 어조로 한마디 하고 가겠지요. "좋---을 때다."

가평 쁘띠 프랑스

　별, 꽃, 꿈을 그리워하던 한 프랑스의 어린왕자가 북한강의 매력에 흠뻑 빠져 '생텍쥐페리' 의 친구들을 불러들여 가평에 놀러 앉았다.

　드나드는 차량들로 후문주차장은 너무 복잡해 주차 할 엄두도 못 냈다. 좁은 공간을 비집고 들어가 젊은이들과 경쟁하듯 차를 대는 것은 피하고 싶었다. 자신감이 떨어진단 얘기다. 그들에겐 아이들이 있지 않은가. 내가 조금 더 걸으면 된다. 좀 떨어져 있긴 해도 주차공간도 널찍한 데다 강바람을 쐬으며 걷는 즐거움까지 주니 나쁘진 않았다. 이왕이면 젊은 엄마아빠에게 아이들 손잡고 들어가라는 배려라 생각하기로 했다.

　여기서는 아는 척하는 것 보단 아이와 함께 온 젊은 엄마를 따라 다니는 것이 실속 있을 것 같다. 우린 포토라인에서 포즈 한번 잡고는 두 아이의 엄마 뒤에 붙었다. 서구의 화려함을 신비주의로 바꿔 놓은 모습에 나도 모르게 빠져들었다. '갤러리 꼬뜨다쥐르' 는 프랑스 남부의 정취가 느껴지는 그림과 벽난로, 그리고 앤티크 가구들로 꾸몄다. 별장의 유럽풍 거실. '쌀레드 쎄루즈' 는 유럽인의 고풍스러운 생활모습을 잘 보여주었다. 엄마들은 꼼꼼히 들여다보며 웃음이 끊이질 않는데 아이들과의 교감엔 실패한 것 같다. 엄마는 엄마 눈으로 보고 있는데, 아이들은 관심 밖이었다.

　'앤티크 도자기 전시실' 에 들어가서야 아이들이 관심을 보이기 시작했다. 간간히 웃음소리가 들린 것은 인형모양의 도자기들이 귀엽고, 화려하고, 앙증맞아 그랬던 것 같다. 우리 영님 씨도 허리 굽혀가며 들여다보고 있었다. '유럽동화 의상 체험실' 은 마치 싸움터 같았다. 옷 입혀 사진 한방 찍어주려는 엄마와 이를 거부하는 아이들과의 실랑이는 구경거리였다. 누가 이기게요. 당연히 엄마. 재미있는 볼거리는 아니었다.

　인형과 소품들로 가득 찬 '인형의 집' 을 둘러보고 나올 쯤 되면 아이나 엄마나 혼은 반쯤 나가 있다. 분수광장에서 인증사진 한 장 박고 자리 잡고 앉아 숨 좀 돌리기로 했다. 지금부턴 각자도생. 너무 많은 것을 짧은 시간에 눈에 다 담으려다 보면 머리에 쥐가 나는 것 같다.

이런 날은 자릿값이라도 해야 한다며 매점에서 떡볶이와 딸기스무드를 시켜놓고 오가는 사람들 구경하고 있었다. 야외원형극장에서는 무언극을 보며 손뼉 치고 아이들처럼 환하게 웃는 내 자신을 보게 될 줄은 꿈에도 몰랐다.

아내에게 그랬다고 해요. "하루만 여기 더 있다간 동화 속의 요정이 되어 있을지도 모를 걸."

가평설악관광호텔

축령산 잣 향기 푸른 숲에서 국지성폭우

2017년 7월 2일(일)

아침은 호텔식 아메리칸 스타일. 큰 접시 하나에 담아왔는데 우유를 선택한 아내가 탈이 났다. 경험한 일이지만 몇 차례 화장실을 들락거리고 나면 진이 빠진다. 이제 되었다며 옷을 입는데 그때가 이미 10시가 한창 넘은 시간이었다.

수상레저의 메카답게 수상스키, 제트스키, 플라워보트를 즐기려는 젊은이들의 차량들로 청평호 주변의 길을 가득 메웠다. 표정을 보면 발랄하다. 웃음소리를 듣고 있는 우리 부부도 그랬다. 그들의 열기를 온몸으로 받으며 신 청평대교를 건너 26km길을 더 달려가야 한다. '가평 축령산 잣 향기 푸른 숲'을 찾아가는 길이다.

숲은 안개비와 피톤치드를 앞서 보내 우릴 맞아주었다. 아내는 우산을 돌돌 말아 어깨에 턱하니 둘러메고 앞서 가는데 좀 전과는 달리 걸음걸이가 가볍다. 조금씩 빨라지고 있었다. 부지런히 걸은 것 같지도 않은데 어느새 그 품안에 들어 있었다.

물안개까지 보탠다면 이곳에 신비주의를 입힌들 넘친다고 할 사람은 없을 것이다. 자연이 있는 그대로를 보여주니 하는 소리다. 우린 걷고 싶어 안달이 났다. 걷는 게 직업이니까 무조건 앞으로 가자며 이번엔 내가 앞장섰다.

화전민마을까지는 단숨에 왔다. 60~70년대 이곳 축령산에 살았다는 화전민들의 사는 모습을 재현했다고 한다. 우물정자 모양으로 통나무의 귀를 맞추어 지은 통나무 귀틀집, 황토로 두른 숯가마, 참나무껍질로 지붕을 이은 너와집. 이 모두 산골풍경을 원형에 가깝게 되살려내려고 애쓴 흔적들이다. 비를 보며 정자에 넋 놓고 앉아있었다. 그새 굵어진 빗줄기가 약해지기를 기다리기로 했다.

사방댐 전망대까지만 가는 것으로 계획을 급히 수정했다. 가는 길에는 풍욕장과 쉼터도 있고 경관이 아름답다고 하니 구미는 당기긴 하나, 꾸물거리는 하늘의 속을 알 수가 없었다. 비가 더 내리기 전에 다녀올 생각이었다.

처음 비가 내릴 때만 해도 우산 쓰고 커다란 나무 밑에 서 있으면 피할 만했다. 비가 붓는 것 같더란 건, 생각도 경험도 해본 적이 없는 우리다. 그런데 이게 뭔 일이래요. 빗줄기가 좀 굵어지는가 싶더니 아예 양동이로 쏟아부었다. 순식간에 벌어진 일이라 당황할 새도 없었다.

길바닥이 개울이 되었다면 나무 아래서 피해볼 수 있는 비의 한계는 이미 넘어섰음이다. 모두들 겁에 질려 당황하고 있었다.

"무조건 아래로 뛰어! 일행은 일제히 내달았다. 개울을 어떻게 건넜는지는 기억도 안 난다. 잔뜩 겁을 먹은 채 첨벙첨벙."

화전민마을에 도착하니 언제 그랬냐는 듯 비가 얌전하다. 우린 젖은 김에 주차장까지 그러며 달렸던 것 같다. 한숨 돌리긴 했는데 정신이 하나도 없다. 멍한 채 차 밖을 내다보고 있었다. 몸도 마음도 몹시 지쳐 있었다. 국지성호우, 그 엄청난 위력. 경험했다고 어떻게 말로 다 전할 수 있겠어요. 공포 그 자체였다니까요.

피난처가 된 '75 숯불닭갈비집'

숯불닭갈비에 밥공기를 보니 그제야 놀란 가슴이 진정되는 것 같았다. 겁나게 많은 사람들에다 닭갈비 익어가는 냄새까지 더해지니 분위기를 먹는다는 표현이 더 어울린다. 놀란 가슴을 진정시키느라 한동안 얼굴을 마주보며 웃기만 했다는 거 아닙니까.

길이 물로 덮이면 건너온 내가 넘칠 것이고, 그럼 산에서 고립되는 건 시간문제. 서둘러 하산하는 길 뿐이라며 뜀박질 하듯 달리던 겁먹은 우리 모습이 떠오른 것이다. 아내가 바지를 손으로 올리고 뛰는 모습이며, 우리 부부가 내친김에 폭우를 뚫고 쉼터까지 왔는데 앉을 때가 없어 난감했던 순간까지.

지글지글 익어가는 닭갈비가 입에 들어갈 때 마다 우린 개선장군이 된 기분이었다. 우린 무얼 어떻게 먹었는지 기억도 없다. 난리통에 밥한 술 뜬 듯했나 보다. 배가 따뜻해지니까 긴장이 풀리는 걸 알았다. 우리가 자리를 뜰 쯤 함께 산행하다 하산한 일가족이며 젊은이들이 흠뻑 젖어서 들어왔다.

젊은이들과 달리 우린 대처능력이 떨어지니 미리 더 안전한 곳으로 대피해야 한다며 달렸는데, 그들은 화전민마을에서 숨 좀 돌리고 온 모양이다. 적진에서 전우를 만난 기분이었다. 눈인사를 나누는 건 당연하고 안부 인사말이 오가야 험난한 길을 함께한 동지라 할 수 있다.

"힘드셨지요? 좋은 여행 하세요. 우리 먼저 갑니다."

집까지 67km거리니 오늘의 추억을 곱씹어보기 위해서라도 다시 오겠단 약속은 해야 할 것 같다.

가평 수목원

비가 잦아들었다. 서라산 자락에 있는 '가평수목원' 의 입장료가 경로 4

천원이면 무언가 보여줄 것이 있다는 얘기다. 가감 없이 있는 그대로를 보여주려고 애쓴 흔적을 찾아보기로 했다. 천천히 코스를 따라 걸었다. '숲 체험 코스' 안내책자가 도움이 되었다.

이슬비에 옷 젖는다고, 거추장스럽지만 우산을 가지고 다녔다. 적송(赤松)군락지에 들어서자 '잣 향기'의 악몽은 잊은 듯 숨쉬기운동하고 가자고 한다. 아무 말 없이 따라했다. 실은 악몽에 시달릴까 봐 걱정했거든요. 애기나리자생지, 벚꽃자생지, 야생화단지까지 볼 것이 많다며 뛰어다니더니 우리 마님 기분이 좋아졌어요. 나도 이 정도면 했는걸요. 한 시간 정도 걸었으면 지붕 없는 벤치에라도 앉아야 하는 거 아닌가요.

원추리는 이른 봄에 새싹을 된장에 조물조물 버무리면 맛난 나물이 된다. 숲속의 공주라 불리는 꽃창포는 베토벤이 사랑하는 연인을 만나러갈 때면 꼭 들고 나갔다고 한다. 까마중, 달개비, 명아주, 담배나물은 우리 주변에 흔한 풀들인데도 볼 적마다 반가워 친근감을 표현하고 싶은 풀들이다. 까마중, 명아주 잎은 소꿉놀이하던 내 어릴 적 그리움이 담뿍 들어있다.

수도승의 옷을 염색하기도 하고, 다린 물로 먹을 갈아 글씨를 쓰면 천년이 지나도 색이 바라지 않는다는 물푸레나무, 단군설화가 있는 자작나무, 호랑나비가 즐겨 찾는다는 산초, 풀숲에서 달팽이까지 얼굴을 내밀면 기분이 끝내준다. 이름이 가물가물 하는 잡초들은 또 얼마나 많은데요. 모처럼 자연교과서를 열심히 들여다보는 기분을 내보았다.

아이의 손을 잡고, 여기 저기 핀 꽃의 이름을 기억해내느라 진땀도 흘렸고, 새소리에 귀 기울이다 보면 비 그친 뒤끝이라 멀게 가깝게 들려오는 개구리울음소리까지 보태었다. 완전 자연의 오케스트라였다. 한동안 그 소리가 계속 귀에 남아 있는 건 자연을 그리워하는 우리 마음이다.

아침고요수목원

많은 식물들로 꾸며놓은 이곳은 들어서는 순간 하늘다리를 먼저 건널까, 교회까지 걸어 올라갔다 내려오면서 건너는 것이 더 나을까. 잠시 행복한 고민을 하게 된다. 누구나 그랬던 기억은 있을 것이다. 그때 젊은이가 입구에서 사진을 찍고 있기에 우리도 인증사진 한 장 부탁한 기억이 있다.

초창기에 두어 번 다녀간 기억을 되살리는 즐거움이 나에겐 있고, 아내는 이 많은 것들을 이 너른 산에 일일이 심고 가꾸었다는 것이 믿기지 않는 모양이다. 초가집 한 귀퉁이 화단 옆에는 장독대도 꾸며 놓았다. 이거 얼마만이야! 옛날 채송화도 있는데. 그러며 잠시 쉼표를 찍자며 벤치에 앉아 쉰 것이 전부였다.

교회까지는 야외무대를 가로질러 아침광장을 가로질러 갔다. 빗방울이 후드득 떨어지기에 달빛정원까지 단숨에 뛰다시피 했다. 그런데 꼬마 예배당에서 인증사진 한 장 박고 가자고 하는데 내손에 핸드폰이 없다.

"아니- 어떻게 된 거지 안 가지고 들어왔나? 들어올 때 우리 분명 사진 찍지 않았나. 그리곤 어떻게 된 거더라. 내가 초가집 벤치에 앉았다가 그냥 놓고 온 거면 잃어버린 거네. 그래도 찾아는 봐야지. 미안해요 색시. 나 핸드폰 또 잃어 버렸나봐. 벌써 네 번짼가 몇 번째야. 정말 나 왜 이러지 치맨가."

나는 되짚어 내려가며 살폈다. 심증이 가는 벤치에는 다 가 보았지만 없었다. 포기했지요. 바로 그 때였어요.

"은평에서 오신 임득호님! 분실물 찾아가세요."

"근데 어떻게 이름을 알았지. 아! 핸드폰에 복지카드가 끼어 있잖아요. 다행이긴 하다만 혹시 누구 아는 사람이 이 방송 들은 것은 아니겠지. 아유. 쪽팔려. 어떡하지 흔한 이름이 아니니 금방 알아들을 텐데."

"아니 자기가 왜 쪽팔려. 내가 잃어버렸는데. 참 별일이셔. 이제 어디 있는 건 알았으니까 맘 편히 구경하고 내려가면 되겠네. 안 그래요."

야생화정원에 오더니 우리 마님 호기심이 발동한 건가 아님 짓궂은 장난 끼가 또 도진 걸까. 꽃을 보면 기억이 가물거리거나 입에서 뱅뱅 도는 것만 꼭꼭 짚어서 물어보는 거예요. 그만 물으랄 수도 없고 아주 곤욕을 치렀답니다.

초창기엔 꽃마다 이름표가 붙어 있어 읽어보는 재미로 꽃밭을 둘러보는 기분이었다면 오늘은 수목원에 들러 힐링하고 가는 기분이다.

가평설악관광호텔

가평 '오하브' 의 매력

2019년 6월 22일(토)

연인, 가족과 함께 분위기 있는 베이커리 카페에서 맛있는 빵과 커피를 즐긴다. 그래요. 아름다운 정원을 바라보고 있으면 없던 분위기도 생기겠지요.

'오하브' 는 요즘 젊은이들에게 핫 하게 떠오른다는 새로운 형태의 로맨틱이벤트파크라는 곳이다. 후회할 일은 날짜와 시간대를 잘못 잡았다는 것이다.

계획은 이랬다. 어제 저녁에 여기 들러 분위기 잡다가 리조트에서 자고, 아침에 명지쉼터에 들러 가볍게 잣 국수 한 그릇 먹고 서울로 올라간다. 어그러진 이유는 비 때문이었다. 비가 그치면 다시 숙소에서 나와서 '오하브' 에서 저녁 먹고 커피 한잔 마시며 늦게까지 놀다 들어가잔 약속. 하늘과 마님, 아니 나까지. 누구도 도와줄 생각을 않으니 방법이 없었다.

매일 빵을 굽는다는 이곳은 아기자기한 소품들이 예쁘고 많다고 한다. 우리가 고작 한 일이라곤 아침 먹으러 간 김에 빵 몇 개 사들고 나오는 거였다. '지름-신' 이 내리면 방법 없지요. 우리 밀로 만들었다는 식전마늘빵, 두부과자 맛만 보고 오긴 너무 면이 안 섰나 보다. 마님이 참느라 애쓰는 표정이 역력했다.

오하브는 정원 너머 하얀 건물을 펜션으로 운영하고 있었다. 베이커리는 1층. 이미 점심예약으로 매진됐다는 2층은 레스토랑. 어쩔 수 없이 정원이 가까운 1층에서 난 오일 파스타, 아내는 등심 스테이크.

황당한 일은 멋진 정원풍경에 빠져 그랬다는 것이 아니라, 음식이 나오자 갑자기 입맛을 잃었다는 것이다. 너무 배가 고파서, 아니면 피곤이 쌓여서 그랬을 수도 있다. 결국 입을 즐기려다. 눈만 호강하다 가는 꼴이 되었다.

가평 연인산 온천리조트

운악산 현등사

2020년 5월 1일(금)

춘천가도는 차가 줄을 서는 진풍경을 연출한다. 오랜만에 맛보는 생활 속 거리두기의 첫날, 그 효과라고 볼 수 있다. 언제 코로나가 있었냐는 듯 연휴를 즐기기 위해 젊은이들이 쏟아져 나오는 모습이 마냥 부러웠고, 마음마다 들떠있었다.

"강릉에 사는 함씨 총각이 부처님과 너는 인연이 있는가보다 그러니 절을 고치고 3년 동안 스님을 모셔다 놓고 글을 닦으란 어머니 말을 따랐더니 과거에 급제했다."

이를 알게 된 영조가 현등사에 '대전급세사' 란 편액을 써주었다는데 신라 법흥왕 때 창건한 절이다. 수백 년 동안 폐허로 버려졌다가 고려 때 보조국사 지눌이 운악산 중턱에서 불빛이 비치기에 찾아가보니 석대 위에 옥등이 달려 있더란다. 그곳에 절을 중건한 것이 지금의 현등사다.

바위에 새겨진 운악산 현등사가 잔뜩 멋을 부렸다. 산사는 물길이 알아서 길을 만들고, 산바람은 물길 따라 바람 길을 열고 있는 모습이 여느 산사와 다를 것이 없었다. 한적함과 고즈넉함 그 자체였다. 자연은 변함없이 그 자리에서 우릴 반기는데 다시 방콕 하는 사태만은 일어나지 말았으면 좋겠다.

길고 지루했던 사회적 거리두기를 잘 이겨냈기에 그 보상으로 봄의 끝자락이라도 붙들 수 있었다. 산바람을 즐기며 타박타박 걷다보니 폭포가 마중 나와 주었다. 물 떨어지는 소리만 들어도 뱃속까지 시원하다. 우린 욕심을 버리고 자연에 순응하며 늙어가는 법을 배우고 싶어 산길을 찾아다닌다. 들꽃에 눈길 주며 엷은 미소를 흘리는 아내, 산새와 귀 맞춤하고 싶다며 귀 기우리는 나. 아내는 아이가 되어가는 내 모습에 반하고, 난 으스대는 아내의 눈빛에 취해가고 있었다.

절에 와서 부처님의 사리 5과를 넣었다는 사리삼층석탑까지 보고 가니 되었다. 우린 산방보살님이 끓여주는 커피는 다음으로 미루어도 되지만, 살맛나는 세상은 기다리게 해서는 안 된다. 낯선 사람도 반가워하며 사는 사회, 보통사람들이 꿈꾸는 행복한 세상이다.

가평 설악관광호텔, 가평 연인산 온천리조트

고 양

행주산성역사공원 누리길
일산 호수공원의 밤

행주산성역사공원 누리길

2021년 3월 18일(금)

봄만 되면 일본은 없는데, 우리만 찾아오는 것이 있다. 반갑지 않은 손님, 황사다. 중국 북부에서 강한 바람을 타고 고공으로 올라가선 상층의 편서풍을 만나 한반도 부근에서 하강하는 모래먼지다. 요 며칠 우릴 개–무시 하듯 찾아오는 중국 발 황사로 인한 외출자제로 일상생활이 여간 힘들지 않았다.

좀 잠잠하다 싶어 여행 떠나기 전에 몸 풀기 드라이브라도 할 겸 장어나 먹으러 가자며 꼬드겼다. 집에서 그리 멀지 않은 행주산성역사공원이다. 봄바람이나 쏘이며 손님이 적은 시간대를 골라 먹고 오자며 나선 길이다.

홍제에서 내부순환도로를 타고 자유로. 행주산성으로 들어서면 멋져 부려가 저절로 나오는 드라이브코스가 나온다. 숲길 너머로 한강유원지와 주차장도 있다. 너르고 무료라 주차걱정 없고, 새벽부터 연중무휴. 언제나 환영이다.

우린 말없이 따스한 봄볕의 유혹에 이끌려 고양 행주산성누리 길로 내려섰다. 순간 늘어진 버들가지마다 연두 빛 눈을 틔우고 있는 모습과, 봄풀사이로 제비꽃이 무더기로 피어나는 모습이 우릴 숨 막히게 했다. 난 서울제비꽃 같다며 너스레를 떨었고, 보라색꽃잎이 너무 곱다며 눈을 떼지 않는 마님은 쪼그리고 앉아선 꿈쩍도 안한다. 환한 웃음을 흘리기만 한다. 편안하게 시간을 보냈다.

완도에선 '개 불알 풀'이 봄의 전령사더니, 집에 오니 '서울제비꽃'이 그 역할을 대신하고 있었다.

"꽃방석이 정말 예쁘구먼. 날씨도 참 좋네."

그 몇 마디면 되었다. 우린 공사로 어수선한 행주대교 밑을 지나 제법 멀리까지 아무생각 없이 걸었다. 따뜻한 바람에 마스크를 써서 그런가. 황사도 인지 못할 정도로 걷고만 싶었고, 들풀에 눈길 주기 바빴다.

한강변을 산책하러 오면 자연의 소중함을 알게 되고, 역사이야기도 담아 갈 수 있는 곳이다. 쌈지공원의 돌탑, 행주산성, 행주나루의 고기잡이배가 들려주고픈 이야기도 엄청 많을 것이다. 우린 '행주나루터3'에서 장어 2마리에 된장찌개가 곁들인 돌솥 밥을 먹었다. 맛 평가에 인색한 아내가 장어도 엄청 크다며 좋아한다. 9만 2천원이면 싼 편은 아니다. 난 묵은 지를 지져 놓은 것이 으뜸. 아내는 깻잎 식초장아찌에 필이 꽂혔나보다. 가끔 주말에 와서 워밍업하고 맛있는 거 먹고 가면 딱 이겠네.

일산 호수공원의 밤

2018년 7월 6일(금)

저녁이 있는 여행. 저녁 8시에 호텔에서 택시를 타고 일산호수공원 제2주차장에 내렸다. 길만 건너면 특별한 거리가 있는 곳이다.

파리에 '샹들리에거리'가 있다면 일산엔 '가로수길'이 있다. 포도주나 맥주대신 여긴 소주나 막걸리다. 음미하는 것이 다를 뿐이다. 카페와 술집거리, 분위기는 달라도 흥에 취하는 멋은 같다. 젊은이들이 낭만과 고단함을 녹이기 위해 잠시 쉬어가는 거리기 때문이다.

땅거미가 지고, 인도에 테이블이 들어서면 분위기 깰까 조심스러운 곳도 여기다. 불판에선 지글지글 고기가 익는다. 매캐한 연기 속에 주거니 받거니 하루의 시름을 푸는 직장인들이 눈에 띄기 시작한다. 보통 사람들이 누리는 공간이요, 보는 이도 더불어 행복해지는 길이다. 한잔 어때. 슬쩍 운을 띄우는데도 꿈적도 않는다. 고개만 잘래잘래 흔든다. 술 안 먹는 거 오늘처럼 후회해본 적이 없다. 눈요기만 하는데도 취기가 느껴진다. 우리의 술 없는 안주는 회냉면과 판 메밀.

호수공원으로 들어가기만 하면 길이야 훤하지 했다. 서너 번 다녀간 경험을 십분 살릴 생각이었다. 이른 봄, 늦은 겨울. 호수건너편까지 훤히 보일 때에 왔었다. 오늘은 한여름이라 울창한 숲에 가려 길을 잃으리라고 생각을 못했다.

걸으며 도란도란 얘기도 나누고, 야경에 흠뻑 빠지면 된다. 벤치에 앉으면 자연스럽게 이어폰을 한 줄씩 귀에 꽂고 흥얼흥얼. 그렇게 분수광장에 들어서면 호젓한 공원이 아베크족의 데이트천국이었다. 밤 경치며 조용해서 분위기가 끝내주는 곳이다. 어둠과 분위기는 이런 날 어울리는 말이었다.

밤 11시. 방향감각을 잃었을 때 친절한 T맵으로 길을 찾아가면 되는데, 왜 그 생각을 못했을까. 마음이 곱기만 한 아내와 의욕만 넘치는 선 머슴아가 오늘은 후회하는 밤이었다. 우린 밤보단 낮이 취향인가 보네.

경치를 처음 볼 때 와! 다음은 오! 그 다음은 여전히 그대로네. 그러다 무덤덤해 진다. 의미를 부여하면 다르게 보인다. 그것도 시들해질 나이다. 매사가 귀찮아질 텐데. 그리 늙어 가면 속상해서 어떠케요.

고양 앰불호텔

고양 앰블 호텔

구 리

고구려대장간 마을
동구릉 탐방 '왕의 숲 가는 길'

고구려대장간 마을

2018년 6월 7일(목)

　거물촌의 대장간마을은 고구려 철기문화를 보여주기 위해 아차산 4보루에서 발굴된 간이 대장간 시설을 바탕으로 만들었다고 한다. 거물촌이란 고구려의 청룡, 백호, 주작, 현무의 四神중 玄武를 숭상하는 마을이란 뜻이다. 이름만으로도 고구려군인과 가족이 살던 곳이란 걸 알 수 있다. 당시 현무는 거북과 뱀의 형상을 하고 있어 무인의 기질은 어떠해야 함을 잘 보여주고 있다.

　사목회모임에서 한 번 들른 적이 있는데 그때와는 마을이 많이 변했다. 한번 와 본적 있다며 아내한테 자랑하려고 했는데 꼬리를 내렸다. 눈에 익은 듯 낯선 모습, 아니 기억력의 한계에 당황했다. 당시는 대장간마을이라며 대충 보곤 마을을 빠져나갔던 것 같다.

　'담덕채'. 고구려에선 온돌을 이렇게 부른다. 방안에서 불을 지펴 일부분을 데우는 '쪽 구들' 형식이다. 고구려인들은 입식생활을 선호했음을 보여주고 있었다. 공간 구분은 벽이 아닌 장막을 쳐서 한 것이며, 쉴 공간과 접대의 공간이 나뉜 건 유사시 전쟁터로 달려가기 쉽도록 가옥 구조를 단순하게 만들었다. 지붕은 너와지붕.

　걸어봤자 약수터까지다. 햇볕은 뜨겁게 내려쬐지요. 땀은 비 오듯 하지요. 이럴 땐 더위 먹기 전에 그만 내려 가야해요. 무늬만 산행이었다.

　이런 더운 날, 해 떨어지면 더위도 한풀 꺾일 것이고, 그럼 거리 구경 할 만하겠다. 구리 갈매면도 신도시라 건축물의 전시장 같은 곳이었다. 처진 어깨의 노인이 주눅 들지 않고 빈체로 갈매점에서 파스타에 피자 한 판 때리고 나왔다는 거 아닙니까. 후식은 석류주스. 공짜가 좋긴 좋네요.

구리갈매퍼스트호텔711호

동구릉 탐방 '왕의 숲 가는 길'

2018년 6월 7일(목)

　새벽에 한강 미음나루에 가서 물안개 피는 정경을 보고 싶다고 한 건 늦잠 자는 바람에 물 건너 갔다. 퇴계원 IC 판교방면으로 들어서자 출근 시간대와 겹치면서 서울 방향은 러시아워에 갇혀 옴짝달싹 못하는 교통지옥까지 경험했다. 그렇게 도착한 곳이다.

　'미음나루' 는 '음식특화거리' 로 변모했지만, 오래전엔 한강을 오가던 배들의 중간 쉼터였다. 뱃사공을 위해 방을 내주며 살던 마을이었다. 이른 시간대라 자전거도로를 따라 걸으며 강변경치로 위로 삼을까 했는데 자전거 라이더들의 구리 빛 꿀벅지에 그만 주눅이 들어가지고 강변길로 바꾸어 걷고 왔다.

　동구릉은 번잡하지 않은 시간대에 도착했다. 홍살문의 살이 엄청 많다. 좌우로 9개씩 있고 가운데 긴 창살을 세운 것이 구릉이란 이름과 절묘하게 맞아 떨어진다. 홍살문은 왕릉의 들머리임을 알려주는 것이라고 한다. 예로부터 홍살문을 지날 때는 몸가짐은 물론 경건한 예를 갖추라는 말이 있다.

　우린 홍살문을 들어서면서 약간 당황하기 시작했다. 아니 두리번거렸다는 표현이 적절한 것 같다. 햇살이 이렇게 따가울 줄은 예상 못했거든요. 푹푹 찌는 날씨에 적당한 숲이 없나 찾느라 바빴다. 이런 날씨에 뜨거운 길바닥을 걷는 건 생각도 하기 싫었다. 숲길만 한 곳이 있겠어요. 해를 가리니 좋고, 상큼한 풀 향기도 맡을 수 있고, 산림욕으로 스트레스도 날리고, 덤으로 피부도 좋아진다잖아요.

개천에 걸려있는 다리를 건너자마자 숲의 입구를 찾아냈고 그곳에 들어가는 순간 나도 모르게 "어! 시원하다." 그랬다고 한다. 여기선 이름 모를 새들이 조잘거리는 소리에 혼이 한번 나갔다 와야 한다. 그 길은 바로 '왕의 숲 가는 길'이요, 우리의 목적과 딱 부합되는 길이었다.

숲속의 교실은 아이들을 유혹하는 곳이다. 화살표 따라 가다보면 궁금한 걸 어떠케요. 용빼는 수 있나요. 없어요. 숲속의 교실이 아주 잘 돼 있거든요. 이름도 예쁘다. 동그라미교실, 네모교실. 꽃과 날짐승을 보고 배우는 공간이다. 통나무를 걸으라고 하면 걸으면 되고, 물속생물에서 버섯 나비까지 없는 게 없다. 놀며 배우며 가는 숲이다.

민속놀이 장은 또 어떻게 그냥 지나갑니까. 뭐한 김에 쉬어가랬다고 한 게임씩 해보고 가야지요. 내기하면 재미는 무조건 두 배. 화살을 손으로 던져 통 안에 던져 넣는 투호, 상대비석을 쓰러뜨리는 비석치기. 돌을 던져놓고 마지막 칸까지 다녀오는 사방치기와 공기놀이 그리고 고누까지 우리는 2:2. 결승으로 오목이 남았는데 골 아프다고 싫다며 무승부 하제요. 맛있는 점심은 자기가 산다나.

구릉에는 중국에는 없어 당나라 유학 가는 신라 유학생들이 잣을 한 짐 메고 갔다는 잣나무, 흉년이 들면 껍질을 벗겨 먹던 60년대의 보릿고개가 기억나는 소나무가 많은 것이 특징이다.

구릉을 돌아보느라 시간가는 줄 몰랐다. 1)영조의 원릉, 2) 헌종의 경릉, 3)현종의 숭릉, 4)경종의 혜릉. 그리고 되돌아 걸어도 그리 멀지 않은 곳이다. 첫 번째 만나는 것이 5)태조 이성계의 건원릉, 6)선조의 목릉, 7)5대 문종의 현릉, 8)24대 현종의 아버지의 추존 묘인 수릉, 9)그리고… 다 둘러본 것 같은데 어딜 빼먹었는데.

구리 갈매퍼스트호텔

남양주

홍릉·유릉   남양주 봉선사
다산 정약용 유적지   프라움 악기박물관

홍릉·유릉

26대 고종과 명성황후를 합장한 홍릉, 27대 순종과 황후 민, 윤씨를 동봉삼실로 한 조선왕실 최초의 합장릉, 유릉.

황제의릉으로 조성하여 신도 어도를 따라 문석인과 무석인에 기린, 코끼리, 사자, 해태, 낙타, 말의 석상이 있는 것이 우선 다르고 낯설다. 일 자각 침전까지 있는 것이 역대의 능과 다른 점이다. 이곳에 영친왕과 왕비, 황세손 이구, 의친왕, 덕혜옹주까지 있으니 황실의 마지막 가족무덤이라 할 수 있다.

조선 왕릉은 죽은 자가 머무는 성(聖)의 공간, 죽은 자와 산자가 함께 하는 속(俗)의 공간, 능 관리와 재래준비를 위한 공간으로 나누었고 우리의 독특한 건축양식과 자연이 어우러진 문화유산이다.

계절로 봐선 산딸나무의 하얀 꽃잎이 퇴색 할 때쯤이니 뱀 딸기와 산딸기가 붉은 열매를 맺을 시기다. 씀바귀, 고들빼기, 개망초와 괭이밥이 한창 다투어 꽃을 피어내고 있는 숲을 걸을 수 있다는 것도 고마운 일이다.

조선의 왕릉에는 능참봉이 있듯이 여기에선 '수복방' 이라 부른다. 능에서 화제나 부정한 일이 일어나지 않도록 수복이란 벼슬아치가 머무는 방이 있다. 그 수복방 뒤뜰에 아름드리 밤나무가 밤꽃을 피웠다. 밤은 싹이 틀 때 자기를 잉태해준 밤 껍질을 땅속에 두고 싹이 올라오는 모습이 유교사

상과 일치한다고 들었다.

자연적으로 싹이 튼 나무일까? 아니면 수복이란 벼슬아치가 긴긴 겨울 밤 입이 궁금할 때 먹으라고 심어준걸까. 모르는 것이 어디 유교사상뿐이 겠습니까. 이 나라는 임금의 나라도 아니요, 백성의 나라는 더욱 아닌, 선비의 나라라면서요. 그 선비들이 나라를 말아먹었는데 책임지는 선비는 왜 없답니까?

남양주 봉선사

2019년 6월 11일(화)

삼세번 만에 얻은 행복이다. 예약하는 날마다 비가 오는 바람에 날려버린 뒤라 그런가. 너무 너무 고맙고 행복했다. 한 시간 거리도 안 되는 광릉수목원을 간다며 6시 좀 넘어 출발했다는 거 아닙니까. 싱그러운 녹음에 하늘엔 뭉게구름이. 그러니 설렐 만하지요. 정말 눈 깜작할 사이에 여름이 무르익었다. 우리 부부 오늘 광릉수목원에 다녀왔거든요. 행복, 소소한 변화가 주는 기쁨이 이리 큰 줄 오늘 새삼 느낀 하루였습니다.

하루가 멀다 하고 미세먼지가 찾아와선 말도 없이 스멀스멀 코로 기어들어 오는 찜찜한 봄을 보내고 이틀 비 온 뒤끝이다. 공기가 풋사과를 한입 물은 것 같이 상큼하다. 풋풋한 풀냄새도 나는 것 같고. 그래 그런가. 공기도 달다.

"저 하늘에 뭉게구름 좀 봐요. 날씨 죽인다. 예약 기가 막히게 잘했구면. 이리 날 잡기 쉽지 않은데 그지. 우리 마님 모시고 서울 빠져나오길 잘했네. 어때요. 오늘 제대로 날 잡은 거 맞지요? 콧노래 부르며 달려왔더니 '운악산봉선사' 다."

성인 둘이 안아도 너끈할 것 같은 두께의 무게감을 자랑하는 화강암 돌기둥 네 개가 떠받치고 있는 일주문을 걸어서 들어갔다. 사찰 연못에 이르자 뻐꾸기가 제일 먼저 마중 나와 주었다. 뻐꾹 뻐꾹. 들판의 잡초들은 제 자리를 찾아가는 모습이고, 개구리와 풀잠자리의 주 무대가 되는 연못에는 때 놓친 노란창포와 예수님 벌레라는 별명을 가진 소금쟁이가 판을 치는 등 수생생물의 놀이터였다.

새벽구보를 하는 20여명의 템플스테이 식구들, 아침 일로 하루를 시작하는 스님들의 따스한 미소까지 보태면 여기가 극락이라는 곳이다.

봉선사는 우리 역사만큼이나 아픈 상처가 많은 절이다. 6.25전쟁 때 잿더미가 된 것이 마지막이길 바랄 뿐이다. 법당으로 들어서면 세조대왕의 비 정현왕후가 선왕을 위해 발원하여 제작했다는 봉선사 동종은 두 마리의 용이 발톱으로 여의주를 소중하게 받들고 있는 모습이었다. 정현왕후가 심었다는 느티나무가 500년의 역사를 말해줄 것 같은 분위기였다.

큰 법당, 봉선사, 약사여래부처를 보고 절을 나서다보면 다시 한 번 둘러보게 되어있다. 여긴 승려들이 머무는 사찰이라기 보단 벌레들을 보듬어 키우는 생명의 요람이란 생각이 들었다.

"승과명터" 라는 곳이 있다. 여기서 전국의 승려들이 몰려와 승과를 치렀다고 한다. 서산대사, 사명대사도 승려 과거를 보았다는 장소다. 이른 아침 시간의 사찰나들이는 또 다른 분위기가 있어 좋았다.

다산 정약용 유적지

때가 때인지라 자전거라이더들의 성지라 불린다는 팔당초개국수집은 자전거가 문전성시를 이루고 있었다. 한강변을 달리는 자전거라이더들이 진을 치고 있으니 차대기도 만만치 않겠지. 순전히 내 생각이었다.

"신은 지금 나아가도 있을 곳이 없고, 물러나도 돌아갈 곳이 없습니다. 미천한 백성들과 함께 살면서 죽기까지 전원에서 여생을 쉬며…."

정조 임금에게 정약용 선생이 보낸 편지 내용의 일부분이다. 유형원, 이

익과 함께 3대 실학 사상가로 기중기를 고안하여 화성행궁을 짓는데 큰 족적을 남겼다. 어떻게 백성들의 삶을 행복하게 할 수 없을까를 늘 고민했다는 다산 정약용이 태어나고 생을 마감한 고향을 찾아가는 길이다. 여유당에 이런 글이 있다.

'용기는 있으나 일을 처리하는 지모가 없고, 착한 일을 좋아하는 하나 선택하여 할 줄을 모르고, 정에 끌려서는 의심도 아니 하고…누구의 눈에 들기는 힘들어도 그 눈 밖에 나는 건 한순간이다.'

당파 짓는 나쁜 버릇 깨부술 날이 없구나. 한사람이 모함을 하면 뭇 입들이 차례로 전파하여 그 말들이 사실처럼 되니 정직한 자 어느 곳에 둥지를 틀랴. 올곧게 살고 싶었던 한 늙은이의 푸념이 아니라 이 나라에 사는 사람이면 같은 마음이었을 것이다.

우린 감나무집에서 민물매운탕을 시켰다. 그리고 어둠이 깔리기 전에 예약한 숙소에 도착해야한다. 수도권에 이런 큰 신도시가 개발되고 있다는 게 놀라웠다. 하천을 사이에 두고 구 도심권과 신도시가 잘 어울릴 것 같은 도시개발이었다. 상점마다 소비재들이 넘쳐나고, 도시기능을 충분히 소화하는 듯 보였다. 우린 서울 은평구에 사는 서울 보통시민이라는 알겠다.

남양주 호텔나인 특실

프라움 악기박물관

음악을 안다. 좋아한다. 즐긴다. 무슨 차이가 있을까. 나는 과연 악기 이름을 몇 개나 알고 있는 걸까. 여기에 이르면 자신이 없다. 그래 큰맘 먹었다. 그냥 트로트나 발라드 몇 곡, 오카리나를 조금 불 수 있다고 음악을 안다고 할 순 없다. 다 늙은 나이에 무슨. 그럴지 모르나 숙제가 참 많네요. 먼저 눈에 띄는 건 피아니스트 임은정, 윤소담이 기증한 피아노가 눈에 띄는 곳이다. 악기를 보면 연주자의 개성을 가름할 수 있다고 한다. 열정적이면서도 성격은 단순할 것 같다.

고전주의 음악은 기악곡, 2중주, 실내악, 교향곡, 관현악의 시대로 하이든, 베토벤, 모차르트가 중심인물이다. 후기낭만주의는 악극, 교향시가 주류를 이루는 음악으로 푸치니, 바그너가 그 중심이다. 그것이 20세기에 들어오면서 드뷔시, 브리튼 같은 작곡가들이 무조음악이라는 장조, 단조에 얽매이지 않은 음악의 영역을 개척했다고 한다. 쉽게 말하면 장조는 찬송가, 단조는 유행가. 간단하지요.

2층으로 올라가면 더 재미있다. 많은 악기들을 한 곳에 모아 놓았다. 눈이 휘둥그레질 정도로 종류의 다양함에 눈이 휘둥그레졌다. 팀파니, 탬버린, 봉고, 심벌즈 같은 타악기. 클라리넷, 플룻, 오보에, 바순 같은 목관악기. 하프, 비올라, 바이올린, 첼로 같은 현악기에 스트라디 바리우스라는 거장이 만들었다는 바이올린도 보았다.

오르간. 피아노도 종류가 되게 많았다. 업라이트피아노, 스퀘어그랜드 피아노, 9피드 그랜드 피아노가 위용을 자랑하고 전시실에선 요한 스트라우스의 음악이 잔잔하게 깔리는데 정말 내가 이런 음악을 들으며 눈을 지그시 감을 자격은 있나 했다. 그러면서도 관객석에 앉아 영상으로 보여주는 관현악곡을 세곡이나 들은 걸요. 곡명은 모르지만 감히 예술이란 걸 느낄 수 있었다고 말할 수는 있을 것 같다.

한국의 슈베르트라는 이흥렬의 일대기를 덤덤하게 서술해 놓은 부스도 있다. 유품인 피아노, 친필 악보, 라디오, 레코드판을 전시했다. 자장가, 섬집아기, 진짜사나이는 귀에 익은 곡들이다. 입속으로 웅얼웅얼 불러보기까지 한 걸요.

바로크음악이 현대음악을 대표하고 있는 시대에 우린 살고 있다고 한다. 특징은 가수가 무대의 주인인 시대다. 악기는 반주일 뿐 목소리가 주인이란 얘기다. 노래를 들으며 따라 부르는 대중음악의 황금기가 열린 것이다.

매주 수요일 12시에 '브런치 콘서트'가 열린다는데 관심 있는 사람들이 의외로 많다고 한다. 난 멜로디와 가사를 음미하며 노래를 부르고 악기가 반주해주는 바로크 음악에서 유행가가 더 좋긴 한데.

남양주 호텔나인

동두천

소요산 등반기 소요산 천년고찰 자재암
동두천 자유수호박물관 소요산 삼림욕장
왕방계곡 배꼽다리

소요산 등반기

2018년 6월 1일(금)

여름의 시작. 유월 초하루, 5시 반이면 해가 빠꼼이 얼굴을 내미는 시간이다. 거 뭔가 거시기는 그대로 거기 있을라나. 동두천으로 길을 잡은 이유다. 구름에 숨은 해가 맴이 들더구먼, 요 며칠 인정사정없이 내리쬐는 땡볕이 한 여름 못지않았다.

금년은 등 떠밀리듯 봄이란 계절이 듬성듬성 징검다리를 건너오는 것 같아 속상했는데 5월 중순부터는 아예 쫓기듯 달아나버린 그 자리에 여름이 꽈리를 튼 형국이다. 햇살이 따가우면 피부암이 걱정된다는 아내의 목에 힘이 실리는 계절이다.

"그래서. 나 이번 여행에선 자기가 열심히 선크림 발라준다면 얼굴 맡기고 있을 테니까 걱정 말아요."

이번 여행은 구경하고, 먹고, 놀다가 기분 좋으면 몇 자 긁적거리다 그도 싫증나면 그냥 푹 쉬다 올 생각이다. 서두른 이유는 이른 시간에 산을 타면 더위도 피할 수 있고, 시원한 골바람을 만날 수 있으리란 기대가 있었다.

여름 산은 번잡하거나 시끄럽지 않다. 계곡에 들어서면 물소리, 바람소리에 몸속 깊은 데까지 시원함을 느끼는 계절이다. 피곤하면 새들이 지저귀는 소리에 내 귀에선 풀벌레 우는 소리로 화답할 테니 기분 좋은 산행은 예약된 거나 다름없다.

연리지문에서 원효대사와 단풍미인 요석공주가 웃고 있다. 녹음이 우거진 계절. 요석공원에는 요석공주를 꼬시기 위해 썼다는 원효의 글이 있다.

'누가 자루 없는 도끼를 빌려주겠는가? 나는 하늘을 떠받칠 기둥을 만들겠다.'

그가 소요산에 머물고 있을 당시 요석공주가 아들 설총을 데리고 들어와 이곳에 별궁을 짓고 머물렀다는 별궁 터가 있다. 무지개다리를 건너면 원효와 요석공주의 사랑이야기로 가득한 원효굴과 시원하게 쏟아지는 원효폭포가 보인다.

소요산 천년고찰 자재암

108계단을 걸어 올라가면 보인다. 원효스님이 정진 중에 지친 심신을 달랬다는 '원효대'가 바로 옆에 있다. 아마 거기서 이런 글을 남기지 않았을까.

'먼 훗날이 아닌 바로 지금 이대로 우린 누구나 부처다. 좋고 나쁜 것은 없다. 서로 다른 것이 있을 뿐, 차이를 알 되 차별하지는 말라.'

숲에 안겼다 생각 드는 순간 짠하고 자재암이 모습을 드러낸다. 산은 오르지 않아도 잠시 쉬어가면 된다. 오늘은 아내의 컨디션이 변수다. 자재암에서 공주봉까지는 1.3km. 그게 다 꽝 됐다. 계단 폭이 클 뿐만 아니라, 가파른 데다 끝도 없이 이어지는 것이 문제였다. 실족하면 어쩌려고. 결국 백운대에서 돌아섰다. 중간에 포기하고 앉아 산에 취해 쉬고 있는 젊은 여인이 현명한 사람이었다.

자재암의 대웅전은 원효스님이 살던 낡은 집터에 지은 것이고, 떨어지는 폭포소리와 소가 어우러져 멋진 풍경을 일궈낸 바위에 감탄하다 보면 천불부처님을 모신 나한전 앞에 서있게 된다. 기암괴석이 절묘하게 어울리니

만물상이요, 계곡의 정취와 단풍의 아름다움으로 경기의 소금강이라니 부언할 필요는 없다. 소요산의 청량폭포에 물안개가 피어오르는데 무슨 말이 필요할까.

올라갈 땐 보이지 않던 원효샘이 내려올 땐 보였다. 원효 스님이 자리를 잡는 절터마다 석간수가 솟아올랐다고 한다. 1300년 전 이야기를 벌컥벌컥 마시고 있었다. 물맛이 시원--하다. 얼른 배낭부터 풀어야겠다.

동두천 자유수호박물관

초계탕은 식초와의 절묘한 조화가 맛을 좌우한다고 한다. 서울 촌놈이 동두천에서 시원한 백김치동치미와 초계탕에 퐁당 빠졌다. 더는 배불러 못 먹겠다고 밀어낸 막국수 한 그릇이 자꾸 눈에 아른거렸다.

자유수호박물관 앞에는 떡하니 버티고 서 있는 문인석이 있다. 성종이 어등산에 올라 사냥을 하던 중 장군 어유소가 날아가는 솔개를 맞춰 떨어뜨리자 그 궁술에 감탄해서 이 동두천 일대의 땅을 하사하고 문인석을 세워준 사패지의 표식이었다는 설도 있고, 풍수지리설에 복이 나가는 것을 막기 위해 마을 입구 양쪽에 세웠다는 설도 있다는 문인석이다.

어쨌거나 박물관에 들어서니 1층은 소요산의 사계를 시작으로 시대적 사실을 12개로 표현했고, 2층은 중공군의 대공세를 막아 전세를 역전시킨 '지평리 전투'를 모형으로 연출한 것이 볼만했다.

야외전시장에는 6.25전쟁부터 최근까지 사용했던 군사장비들을 전시했다. 8mm곡사포, 48A전차, 장갑차, 지휘용 전차, 6.25때 사용했다는 함포도 있다. 참전 기념탑에는 베트남전에 참전한 맹호, 백마, 십자성, 청룡, 비둘기, 은마, 백구, 그리고 주월사에서 전사한 장병들의 명단이 적혀있다. 노병이라면 한번쯤 둘러보고 벤치에 앉아 군대얘기로 꽃을 피울 만하다. 잊혀져가는 6.25와 자유를 지키겠다는 의지를 갖게 하는 곳이 이곳 박물관이다.

전시실은 승전포라 불리는 4개의 총구가 있는 대공포를 둘러보는 것으로 시작했다. 출구에는 달구지가 있었다. 소나 말이 끈다 해서 우마차라 부른다. 한국전쟁 당시 평야가 많은 남쪽지방에서는 바퀴 4개 달린 달구지, 산악지역이 많은 북한에서는 바퀴2개 달린 달구지를 전선에서 요긴하게 사용했다고 한다. 지게와 달구지로 전선에 탄약과 식량을 공급했던 노무부대의 고생과 활약상도 보여주었다.

평화를 사랑하는 모든 분들의 마음을 전하는 것은 좋은 일이나, 이념에 얽매여 우리 민족끼리 서로 감싸 안는 큰마음을 잃지는 않을까 그걸 걱정하고 있었다.

소요산 삼림욕장

2021년 7월 3일(토)

출근할 나이엔 시간적, 경제적인 자유를 즐길 수 있는 날이 오기만을 손꼽아 기다리고 있었다. 그런 우리가 시간과 장소에 구애 받지 않고 국내여행지를 섭렵하겠다는 욕심을 낸지도 어느덧 8년차. 조금씩 종점을 향해 달려가고 있다.

내일부터 본격적으로 장마라고 한다. 금년 장맛비가 일주일 늦었다지만 장기예보를 믿고 여행을 준비한 우리로선 걱정을 안 할 수가 없다. 며칠 전, 힘찬 빗소리와 덜컹덜컹 창문을 흔드는 바람소리에 잠이 깨는 바람에 베란다 물청소까지 마쳤다. 장마가 아니라 주로 밤에 내리는 소나기였다.

이번에는 후드득 늦은 밤부터 뿌리는 비가 금년 장마의 시작이다. 많은 양의 비를 뿌릴 거란 예보까지 내린 상태다. 그렇다고 계획한 일을 뒤로 미룰수가 없어 강행하기로 하고 잠을 청했지만 밤잠은 설친 건 사실이다.

노쇼(no show)란 말은 내 사전엔 없다. 그걸 좌우명으로 삼으며 여행계획을 짰고 실천에 옮기는 걸 자부심으로 여기며 여행을 다녔다. 아침에 눈을 뜨니 비는 뚝. 소요산 삼림욕장에 도착한 시간은 9시 10분. 여기도 어젯밤 내린 비로 산책길이 촉촉하게 젖었다. 비에 흠뻑 젖은 꽃, 바람 불면 후드득 떨어지는 꽃잎. 물방울소리까지 낯설지가 않았다. 엉거주춤 벤치에 앉아 애꿎은 돌부리만 걷어 차다보니 아침 먹는 걸 깜빡했다. 첫 일정을 소요산 먹자골목에서 시작하는 꼴이 되었다. 아직도 그 집의 초계탕 맛을 잊지 못한다고 해서 찾아 나섰는데 없어졌다.

소요산단팥빵 집에 들러선 단팥빵을, 그리곤 이 동네 터줏대감인 춘하추동의 가마솥해장국집. 된장베이스라 구수하고 느끼하지 않아 좋았는데 건더기는 주방장의 기분에 달렸나보다.

이번 여행도 피톤치드나 많이 받자며 나선 길인데 마음만 바빴던 것 같다. 몸이 나른하다보니 벤치만 보면 앉고 싶어진다. 여행에서 절대 놓쳐선 안 되는 건 숨을 할딱거리며 함께 걷는 것이다. 그런데도 오늘은 쉬는 시간이 더 많았던 것 같다.

엄청 쏟아 부을 것처럼 잔뜩 찌푸린 날씨다보니 우산부터 챙겨야 했다. 소망정원에서 출발했다. 멍석 길 따라 야영장을 끼고 걷다보면 데크길. 그 길을 따라 걸었다. 숲이 하늘을 가려 걷기에는 좋았다. 동네사람들까지 모여들어 흐뭇한 산보였다고 자평하고 싶은 날이다. 다만 기온과 습도가 높아 금세 땀이 나고 등짝이 끈적끈적한 것이 흠이었다. 상상어린이 놀이터, 상상공작소. 오늘은 여름방학숙제 몰아하는 기분이었다.

왕방계곡 배꼽다리

열심히 산 당신 즐겨라. 그 명령에 충실하고 싶다. 동두천시에서 출렁다리를 만들면서 배꼽다리로 이름을 지었다고 한다. 배꼽다리란 토정비결을 지었다는 이지함 선생이 이쯤이 동서남북의 중간쯤이 아닐까 하고 동두천 광암동 동정마을 입구에 임각문 표시를 한 것이 있어 붙여진 이름이라고 한 다. 배꼽에 해당할 만큼 중요한 곳이란 의미라고 한다.

배꼽다리는 떠올리는 그리움이 있는 곳이다. 어릴 적 미운 짓하다 할머니 한테 혼날 때면 네 엄마가 다리 밑에서 주어왔다는 소리를 듣고 자랐다. 우 린 곧이곧대로 믿었고, 한동안 의기소침해 한 적도 있다. 지금 생각해봐도 우린 모두 다리 밑에서 주워온 녀석들이니 말이다.

자연에 둘러싸여 있어 한적한 시간엔 동두천드라이브로도 손색이 없을 정도로 좋은 길이었다. 문제는 배꼽다리에 도착하면서였다. 오늘밤 폭우가 내릴 거라는 예보와 함께. 바람 한점 없더니 부슬부슬 내리기 시작하는 빗 방울이 문제였다. 우산부터 챙겼으니 걱정은 안 했다. 배꼽다리를 둘러보 고 한여름엔 자리다툼이 치열할 것 같다는 생각에 피식 웃기까지 했다. 등 산도 할 수 있는 곳이니 매력덩어리임엔 틀림없어 보였다. 폭우예보 때문에 너무 한산했다.

떡갈비전문점 송월관은 손님이 많은 건 아닌데 코로나 때문에 대기번호 33번을 받기까지 절차를 밟아야 했다. 들어가선 갈비탕 한 그릇 먹고 왔다 는 거 아닙니까. 누가 갈비탕 엄청 좋아하거든요. 난 꽝이던데 마님은 국물 이 깔끔해 좋았다니 되었다.

저녁은 호텔 앞에 있는 할매우동집에서 할매우동과 떡 만두국. 우동은 우 동발이 쫄면이라 실망했지만 국물이 칼칼하고 시원해서 먹을 만 했다. 떡 만두국은 대 만족. 포장해간 고기만두는 들어번쩍 했고, 김밥 한 줄은 내일 아침을 위해 냉장고에 곱게 모셔두었다.

계곡물 흐르는 소리와 새소리, 벌레소리 시원하게 들려오는 바람소리 오 랜만에 느껴본 자연의 소리였다. 장마철이긴 해도 나오길 잘했다. 주변경치 는 눈에 담아가면 되고, 그도 힘들면 사진기가 제 역할을 하면 된다. 호텔 에선 안마의자가 효자였다. 컨디션이 바닥인 나를 일으켜 세운 것이 안마 의자가 아니었을까. 9352보   동두천 시마호텔 806호

동두천 시마호텔

양 주

양주 두물머리

　오늘의 하이라이트는 두물머리를 산책하고 나서 배다리를 건너 세미원으로 들어가는 것이다. 12시가 다 되어서야 출발했으니 배가 고생 좀 할 것 같다. 문제는 한 30분이면 너끈하다기에 홀가분하게 나섰는데 그게 아니었다.

　물소리 1코스는 느티나무가로수 길을 이르는 말이다. 그늘이 있어 더위까지 잊게 해주는 고마운 길이다. 편한 마음으로 걷다보면 계절의 전령사를 자주 만나게 된다. 하얀 파 꽃, 토끼풀 꽃에 보랏빛이 아름다운 백리향도 눈에 띈다.

　느티나무쉼터에 가면 400살은 되었을 할배느티나무 한그루가 있다. 두물머리 고인돌덮개돌의 바위구멍은 북두칠성을 의미하는 것일 거라고 하는데, 넉넉한 그늘로 오가는 사람들의 쉼터가 되어주는 건 어미의 마음인 건 같다.

　남한강과 북한강이 합쳐지는 두물머리에서 배 타고 유람하며 그렸다는 '두강승유도'라는 그림 한 폭이 있다. 나는 새벽에 배 띄워 고기 잡는 어부의 모습이었으면 어땠을까. 개미와 베짱이의 이솝우화가 떠오른다. 소원을 비는 부부느티나무 중 할매는 안타깝게도 수몰되었으니 할배는 홀아비가 되었네요.

　물안개쉼터까지는 아침 안개가 특별히 아름다운 곳이다. '두물머리 나룻터'는 금계국이 꽃길을 열어주어 힘든 줄 몰랐다. 남한강 스토리텔링산책로. 여기부터는 진짜 꾼들이 찾는 길이다. 한적해서 머리를 비우기엔 최적의 장소라 그늘이 없어도 분위기 하나 만으로도 걸을 수 있는 일명 죽여주는 길이라 할 수 있다.

두물경은 갈대풀이 지천으로 깔렸다. 가을이면 갈대축제가 열리는 곳이다. 오늘은 개망초, 금계국 갈대숲이 환상의 색으로 갈아입고 축제준비에 한창이었다.

현실에선 두물머리 '가람'에서 쉬어가야 한다. 우린 망고 스무디와 애플파이로 시장기만 면한 상태다. 이래도 살 안 빠지기만 해봐라. 마음을 비우지 않으면 그게 다 무슨 소용이냐고요?

배다리와 세미원

배다리를 건널 때는 다산 정약용이 떠오른다. 정조가 화성능행 때 많은 사람이 한꺼번에 강을 건널 수 있는 방법이 없을까 해서 정약용이 생각해낸 방법이 배다리라고 한다. 건너면 세심로가 있다. 이 길을 걷는 이는 강바람과 물소리에 마음을 깨끗이 씻어내란 뜻으로 길바닥에 빨래판을 깔았다.

세미원은 연꽃이 아름다운 곳이다. 우린 연꽃망울만 보고도 좋아 죽는다. 탄성이 절로 나온다. 화려한 꽃잎을 자랑한다는 온대수련연못, '페리슬로컴'이 개발했다는 기증 연꽃을 키우는 연꽃단지와 아마존의 거친 환경을 이겨낸 연꽃들의 보금자리 빅토리아 연못에 가면 거대한 연잎만으로도 마음이 넉넉하다.

"우리 여기 세족대에 발 담그면 시원하겠다. 그지. 자기야! 어때. 우리라도 양발 벗어, 말어. 여기서 하면 온몸이 시원해지고 몸에 안 좋은 것들이 빠져나간다는데." 저만치 물러서서 못들은 척하고 있다. 입만 바빴다. 연꽃박물관은 호기심이 많은 사람들이 볼 것이 있는 곳이다. 특히 연꽃은 깨끗하고 순수한 이미지가 있어 누구나 쉽게 가까워질 수 있지만 박물관에 가면 또 다른 연꽃세상을 만날 수 있다고 한다. 마치 오랜 번뇌에서 깨달음을 얻은 수행자의 모습이라고 한다. 3층에는 연꽃의 향기라는 민화전이 열리고 있다.

우리 정치인들, 반의 반 만 연꽃을 닮았더라도 진흙탕 싸움을 벌이지는 않았을 것이다. 연꽃을 닮을 마음이 없어 그러는 걸까. 본인이 연꽃이라 착각하고 있는 건 아닐까.

사람과 자연은 하나라는 의미의 不二門을 지나면 '물과 꽃의 정원'이다. 시원한 나무그늘에 도랑물이 졸졸. 징검다리는 성큼성큼 건너면 된다. 이렇게 한복 입은 여인과 잘 어울릴 것 같은 백련지가 나온다. 조심스럽게 일심교를 지나면 연잎냄새도 맡고 꽃망울을 찾느라 우리 눈은 바빠진다.

홍련지에서의 풀잠자리의 군무는 또한 장관이다. 철부지처럼 같이 놀다보면 시간 가는 줄을 모른다.

추사 김정희가 유배생활 중 본인의 심경과 제자 이상적에 대한 고마움을 표현했다는 '세한도'라는 그림이 있다. 더 놀라운 건 그 그림 속 소나무가 오늘도 약속의 정원에 그 모습 그대로 서 있다는 것 아닙니까. 사랑의 연못을 지나면서 슬쩍 떠 봤지요. "한번 던져봐. 말—어.". "던지긴 뭘 던져요. 그냥 가요. 배고픈데."

양주시립 장욱진미술관

2018년 7월 7일(토)

동화 속에 살다간 까치화가 장욱진미술관의 작품들을 보면서 안 일이지만 그는 해, 나무, 아이, 집, 동물과 같은 일상적인 소재를 즉흥적으로 표현하기를 즐겼다는 것으로 봐서 공원도 그의 예술세계를 표현하려한 일부분이 아닐까 생각했다.

공원에 들어가면 부모는 그늘이 될 만한 곳에 자리를 펴고, 아이들은 마음껏 뛰어놀면 된다. 나무는 제법 시원한 그늘을 만들어 줄 테고, 아이들의 말간 웃음소리는 엄마의 미소를 만들겠지. 조근조근 얘기를 들어주는 젊은 엄마의 모습은 해 넘겨도 계속될 것 같은 진지한 분위기였다.

장욱진은 "산다는 것은 소모하는 것, 나는 고요와 고독 속에서 까치를 그리는 사람이요" 이 말이 작가의 정신세계를 새롭게 재해석하는 계기가 되었다고 한다. 달나라에 옥토끼를 형상화 한 작품같이 장난 끼 많은 아이의 방 벽에 아무렇게나 그린 그림 같지만, 그의 작품을 보고 있으면 어린이고 싶은 세계가 있다.

흑백으로 표현한 정자와 탯줄을 나타내기 위해 끈으로 생명의 탄생에 대한 신비를 표현한 기법은 정말 기발한 아이디어로 신선하게 느꼈다. 난 우리 색시한테 자랑하듯 느낀 대로 설명한 걸요. 너무 주제넘은 짓 한 건 맞아요.

1, 2층은 작가의 삶과 예술세계를 들여다보는 공간이었다. 눈길을 끄는 것은 평상만 한 그의 작품 실이었다. 소박한 그의 생활의 단면을 보여주려고 한 것 까지는 좋았는데. 저 공간에서 이런 작품들이 정말 가능했을까. 원고지 쓰는 일도 아니고.

그의 대표작인 '황금방주' 를 보면 자신만의 공간에서 추구해온 삶의 방식이 누군가는 부러워하는 환경일 수도 있다. 그의 작품을 통해 유유자적하며 살아온 그의 소박하고 서민적인 삶을 들여다 볼 수 있어 좋았다.

가나아트파크 조각공원

2018년 7월 8일(일)

'내일 아침 가볍게 뷔페 준비했으니까 8시부터 1층 레스토랑으로 오시면 되요.'

양주 에버그린 관광호텔에서 보내온 메시지였다. 가볍다니요. 따로 조식

값을 받는 것도 아니고 호텔요금에 포함인데 14가지 반찬은 생각도 못했다. 황당하고 고맙고. 하룻밤 더 자고가야 하나 망설이게 한다. 맛없으면 가짓수 많은 게 무슨 소용 있어요. 우린 골고루 배 터지게 먹었다.

'가나아트파크'는 경로는 무료. 개방하는 시간이 있으니 찬찬히 조각공원 부터 둘러보시다가 문 열면 들어오시랍니다. 네 감사합니다. 그랬지요. 우리가 1등.

조각공원에 들어섰더니 일단 색의 화려함에 눈이 행복해지는 걸 알았다. 블루는 피카소 어린이미술관, 레드는 기획전시실, 옐로우는 아동의 균형감각에 도움을 준다는 에어포켓, 그리고 트리오의 목마로 상징성을 살린 놀이터, 공방, 쉼터. 야외공연장까지 한눈에 다 들어올 만큼 동선이 크지 않았다. 관람코스를 어린이들이 지루하지 않게끔 배치한 것이 한눈에도 놀이터처럼 친근한 조각공원이란 걸 알 수 있다. 부르델정원에는 20세기 초, 근대조각의 거장인 부르델의 작품세계가 눈길을 끌었다. 주로 그리스로마신화를 소재로 했는데, 어두운 색으로 표현했다. 그의 대표작 '웅크린 욕녀'는 풍요로움을 상징하였으며 인체의 선에 대한 연구가 가장 아름답게 구현된 작품이라는 평을 받고 있다고 한다.

'폴란드 서사시'는 정의의 검을 들고 독립을 갈구하는 강인한 모습의 천사를 표현하려 했다는데 나는 강인한 힘이 느껴졌다. 그의 여섯 작품을 다 둘러보고 필립 페리의 'Hand', 최종태의 '서있는 여인', 강대철의 '생명의 나무' 백현욱의 '피리 부는 소년', 지용호의 폐타이어로 만든 '코뿔소'를 보다 보면 작가들의 고뇌가 느낄 수 있을 것 같았다. 임옥상의 '어머니' 류인의 '급행열차의 군상'들이란 작품에서는 큰 감명까지 받은걸요.

어미의 깊은 사랑과 고단했던 나의 삶까지 되돌아보는 계기가 되었다.

어린이 미술관

마크 퀸의 작품 '5계절' 은 꽃을 원색으로 표현해서 화사하다 못해 눈이 부실 정도였다. 작가는 계절이 없는 꽃을 통해 죽음의 세계를 알리려 했다고 한다. 원색으로 사후세계를 표현한 이유가 더 궁금했다. 왜 그랬을까?

"콩 심은데 콩 나고 팥 심은데 팥 난다.". "자식이 지 애비 애미 닮지 누굴 닮나. 그러니 콩이니 팥이니 하지마라."

제4전시실에 있는 노세환의 작품이다. 작가의 설명은 이랬다. 완두콩과 팥의 그림과 그들을 싹 틔운 화분들을 진열했다. 내 눈엔 그것이 그것이라 정말 구별 못하겠던데, 그걸 보여 주려 했던 건 아닐까.

제5전시실에는 이수진의 '내일은 도둑갈매기의 씨앗을 훔쳐 소나기의 바다로 떠날 것이다.' 라는 주제가 있는 방이었다. '매듭' 과 '유닛' 만을 사용해서 자연소재를 통해 식물이 생을 다하고 소멸하는 존재임을 표현하려 했다.

중국의 미식문화를 알리려고 글자와 음식을 조합한 그림을 그린 '리 진' 이란 중국작가, 유명작가의 그림을 바꿔 그리기를 좋아했다는 피카소의 방. 신기하고 호기심 넘치는 작품들이 많던데 내 수준으론 너무 난해해서 당황스럽던데 아이들 눈에는 어찌 보였을까.

나에겐 그것이 풀 수 없는 숙제로 남게 되겠지만 아이들에겐 먼 미래를 내다보는 혜안을 갖게 되는 계기가 되었으면 좋겠다.

양주 에버그린 관광호텔

연 천

숭의전의 느티나무
연천 선사박물관
고구려 성 호로고루

숭의전의 느티나무

2018년 6월 3일(일)

숭의전은 고려태조 왕건의 위폐를 모신 곳이다. 임진강 건너편에서 보면 누에의 머리처럼 보인다 하여 잠두봉, 배산임수인 곳에 자리 잡았다. 숭의전의 거대한 느티나무 한그루는 세월을 잊은 채 말이 없는데, 사람들은 고려왕실을 지키는 나무로 영험하기까지 하다고 한다.

조선 문종2년에 왕씨 자손이 심지 않았을까 추정일 뿐, 철따라 응응 소리를 내면 그 해는 비나 눈이 많이 오고, 까치가 와서 울면 마을에 경사가 있고, 까마귀가 모여 들면 틀림없이 초상이 나더라는 설의 주인공이기도 하다. 느티나무는 숭의전을 지키는 내금위장 역할을 충실히 하고 있었다.

이곳에 숭의전이란 전각을 세운 연유가 있다. 고려가 망하던 날, 백성들이 돌로 배를 만들어 왕건의 신위를 보호하고자 강물에 띄워 보냈는데 잃어버린 줄 알았던 돌배는 이곳 동이지의 한 절벽에 이르러 더 이상 가지 않더랍니다. 이배를 쇠 닻줄에 매달고 아침에 와서 보니 쇠 닻줄은 모두 썩어 없어졌는데 배는 그 자리에 떠 있더래요. 그래서 돌배가 떠 있는 이곳에 사당을 지어 숭의전이라 했다고 해요.

당시 왕씨 성을 가진 고추는 몽땅 잡아다 서해바다에 수장시켰다고 했다. 그런 이성계가 고려 태조의 위패를 모시는 사당을 건립하게 해 준 것이 계기가 되었다는 이야기가 있다. 고려의 네 왕과 함께 고려의 충신 복지겸, 유금필, 홍유, 배현경, 신숭겸은 물론 서희, 강감찬, 윤관, 김부식, 정몽주까지 배향하도록 사당을 지어주었다는 건 뭐라 해야 하나.

평화누리길 중에 임진적벽 길 11코스를 맛 배기로 걷고 내려오면서 어수정(御水亭)에서 목까지 축였다. 길 떠날 준비를 끝냈다는 신호다.

연천 선사박물관

전곡리 선사유적은 원산에서 시작해서 서해안까지 이어지는 좁고 낮은 골짜기의 일부라고 보면 된다. 전곡리는 고인류가 모여살기에 알맞은 환경조건을 모두 갖춘 곳이다. 미군 병사가 바로 그 연천 한탄강 주변에서 주먹토기를 발견하면서 세상에 알려졌다.

주먹토기는 구석기시대에는 가장 소중한 만능도구라 할 수 있다. 주먹토기는 유럽과 아프리카의 아슐리안 석기형태를 갖추고 있는데 동아시아에선 처음으로 우리나라에서 발견되어 주목을 받게 되었다고 한다. 전시물을 둘러보면 흥미를 끄는 것들이 많았다.

인류의 첫 번째 여정은 아프리카를 벗어나는 것은 물론, 인류의 진화과정을 거치는 일이었다. 그 대표적인 것이 키는 1m에 몸무게가 34kg인 소인국의 이야기와 인류 최초로 불을 발견한 호모에렉투스의 이야기다.

직립보행하면서 점차 인류의 허리가 펴진 사실이며, 양팔이 자유로워지면서 손으로 도구를 사용하게 된 사실까지 망라했다. 채식에서 육식, 그리고 고기를 익혀먹는 식생활의 변화가 어금니에서 앞니가 발달하게 되는 진화과정을 거치게 했다는 것도 여기서 얻어들은 지식이다.

현대 인류는 영혼의 울림이 있음을 알게 되면서 시작했다고 보면 된다. 소리를 지르고, 춤을 추고, 손뼉 치고, 속이 빈 나무통을 두드리고, 조약돌을 흔드는 소리언어를 알고 있었다는 것이다. 타악기를 사용할 줄 알았고,

동굴에 벽화까지 그렸다. 그리고 벽화에 영혼을 입히기 시작했다. 고고학은 알면 알수록 빠져들 수밖에 없는 매력이 있네요.

연천 조선왕가호텔 염근정

고구려 성 호로고루

<u>2018년 6월 3일(일)</u>

　연천의 호로고루는 성의 모양이 호리병처럼 생겨 붙여진 고구려의 성이다. 길에서 우왕좌왕한 건 사실이다. 처음엔 길이 너무 좁아 긴가민가해서 되돌아 나왔다. 다음은 숭의전을 내비에 찍고 갔더니 길이 좁긴 한데 전처럼 길모퉁이를 돌아서는 것이 아니라 안심했다. 마주 오는 차를 걱정해야 하니까 별로 나아졌다고 할 순 없다.

　관광지는 접근성이 좋아야하고, 볼 것이 있어야 한다. 궁금해 와 보긴 했는데 아직 보여줄 것이 많이 부족했다. 전시실에는 호로고루에서 출토한 기와를 볼 때 높은 등급의 지휘관이 거주했을 것이라 하고, 고구려 사람들은 붉은 색을 좋아했다는 것 정도다. 유물로는 동이, 접시, 시루와 문자가 새겨진 토기 류 몇 점. 그리고 다리가 세 개 달린 벼루, 석재저울추 외에 소, 말, 개, 멧돼지 등 다양한 동물의 뼈와 곡식 등으로 당시의 식생활을 이해하는 데 도움이 되었다곤 하는데 호기심은 별루였던 것 같다.

　성은 한창 공사가 진행형이라 먼지가 폴폴 나는 분위기에 일하는 사람도, 구경 온 사람도 덥고 지치긴 매 한가지였다. 우리 마님 덥다며 한사코 성까지 보러갈 것 있겠냐며 저녁이나 먹으러 가자고 조른다. 압박에 굴복한 거 맞아요.

　황해도 실향민들이 고향 맛을 잊지 못해 만들어 먹기 시작했다는 연천의 황해냉면집을 찾아갔다. 오래도록 이집을 지키며 메밀냉면을 뽑았다면 노포집이다. 우린 물냉면을 시켰다. 황해도나 평양하면 물냉면 아닙니까. 감칠맛이 일품이라느니, 목 넘김이 좋다느니, 손맛이라느니 귀 간지러운 평은 할 줄 모르지만 담백하고 구수해서 좋았다. 이럴 땐 뒤끝이 깔끔하다고 해야 하나.

냉면이 이 맛이지 그리 되묻고 싶은 맛이다. 꿩 만두 한 접시 시켜먹고 오는 건데 깜빡했어요. 많이 아쉬웠다.

연천 조선왕가 호텔 염근정

의정부

도봉산 쌍용사
도봉산 원각사와 수락산 노강서원
의정부 부대찌개와 로데오거리

도봉산 쌍용사

　우린 양반네나 일가친척 같은 귀한 손님이 오면 내어준다는 방(염근정)에 하루 머물다 왔다. 안방도 있고 별당마님의 별채를 통째로 쓸 수도 있다. 문제는 어디에도 TV나 라디오는 물론 없고, 그 큰 집에 우리 둘밖에 없었다. 들리느니 풍경소리뿐이었다.

　아침이 되니 꽃, 풀냄새가 햇살과 함께 창문으로 들어왔다. 새들이 지저귀는 소리에 잠이 깼고 캐터필러소리에 눈이 떠졌다. 이곳에선 일상이나 우리에겐 크르릉 포 소리도 예사롭지 않게 들렸다. 아침에 마님은 귓속말로 이거 어제 결혼식 손님 치르고 남은 음식 같다고 하는데 아무렴 어때요. 맛있으면 되지. 안 그래요.

　망월사 간다고 나선 사람이 가파른 계단 위에 있는 쌍용사 앞에 멈춰 섰다. 망월사까지가 한 시간 거리밖에 안 된다는 데도 발이 떨어지질 않는다. 덥다×2 이렇게 더울 수가. 더워도 너무 덥다. 찜통더위다. 쌍용사는 계단을 밟고 올라가야만 만날 수 있는 작은 절이다. 대웅전과 육각정의 범종각, 그리고 요사체. 절에 비해 부처가 엄청 크다는 거 말곤 참 단촐 하다.

도봉산 원각사와 수락산 노강서원

원효사가 200m 거리라는 데 우린 영덕사 가는 길목에 앉아 뭘 올라가 시원한 그늘에 앉아 쉬었다 내려가지. 그러는 우리 영님 씨 제안에 흔쾌히 찬성했다. 결국 의정부 도봉산은 치맛자락만 만지고 내려가는 꼴이다. 엄청 더운 날씨 탓을 안 할 수는 없다. 내려오는 길에 원각사를 둘러보고. 보루 길을 걸은 것으로 만족해야 할 것 같다.

수락산 석림사 가는 길은 잡초가 터를 잡았다. 그중에도 싸리꽃이 유난히 많고, 곱다. 잡초라고 귀하지 않은 것은 없다. 여리고 슬퍼보여도 강하고 억세게 살아가는 들풀들을 눈에 담으며 걷다보면 노강서원이 나온다.

인현왕후 민씨의 폐위를 반대하다 유배가다가 세상을 떠난 아들 박태보를 매월당 김시습의 영전을 모신 터에 세운 사설교육기관이다. 지금으로 말하면 동네학원이다. 문을 걸어 잠갔으면 문화재가 아니라 개인사당이다.

조선시대 핍박받은 절은 언제나 누구에게나 열려 있다. 절이 사랑받는 이유다.

의정부 부대찌개와 로데오거리

18시 반까지 호텔에서 오수를 즐기고 택시를 불렀다. 부대찌개거리에서 내렸다. 처음에는 뒷짐 지고 어슬렁거리며 거리탐방을 했는데 우리만이 그런 건 아니었다. 식당들은 나름대로 개성을 살리려고 노력하고, 손님은 입맛과 취향에 따라 식당을 골라가는 매력이 있었다.

우리 취향은 점포는 낡았어도 원조를 고집하는 경향이 있다. 시설은 허름할지 몰라도 손맛만은 배신하지 않는다는 믿음이 있기 때문이다. 이 집은 이승기와 1박2일 팀이 먼저 다녀갔고, 삼대천왕에서 극찬한 맛이다. 맛의 비밀은 육수가 아닌 물과 햄, 경단이라고 하는데 궁금해 미치겠다. 의외로 난 맛의 비밀이 잘 익은 김치에 있다고 생각했다. 이마의 땀을 닦아가며 먹었다면 맛있게 먹었다는 얘기고. 바닥을 보였다면 입에 맞는다는 얘기다.

건널목만 건너면 로데오거리. 의정부의 '행복로' 다. 사람 사는 맛이 나는 곳이다. 시민이 함께 만들어가는 공간이었다. 땀 냄새가 넘쳐나는 거리풍경이 맘에 들었다. 이 거리의 주인은 상인이 아니라 2~30대였다. 10대는 견습생. 40대는 이웃주민. 60대는 이웃마을 어른. 70대는 손님이다. 나그네는 그 틈새를 채워주는 감칠맛 내는 조미료. 나그네지만 뜨내기라면 마음 상할지도 모를 여행을 좋아하는 과객이 동참했다.

우린 거리 풍경에 입을 다물지 못했다. 개울, 연못이며 가로수까지 심어 멋을 살렸는데 동상과 쉼터 그리고 산책길은 누구나 쉬어가는 오아시스 같은 곳이었다. 목마른 여행객을 위해 108m 암반에서 끌어올려 행복암반수도 준비했다.

제일시장까지 둘러보고 쇼핑까지 했다면 손님 노릇 톡톡히 하고 가는 거 맞지요. 중앙역에서 경전철 타고 경기북부도청 역에서 내려 '팡 두' 라는 작은 빵집에도 들렀다. 그새 배가 꺼졌나 봐요. 잡곡의 건강함과 크림치즈의 영양을 듬뿍 담은 크림치즈 곡물배리와 우유.

호텔에 들어가니 10시. 야간 나들이가 오랜만인데도 성공적이었다. 밤공기가 선선하여 활동하기가 그만이니 또 나가자고 재촉할 것 같은 예감이 든다.

의정부 제이비스호텔 806호

의정부 제이비스호텔

파주

DMZ 관광매표소
임진각 평화누리공원
동이가 잠든 소령원
헤이리 예술마을
벽초지(문화)수목원

제3땅굴과 도라전망대
고령산 보광사의 어실각
마장호수 출렁다리
파주 삼릉

DMZ 관광매표소

2018년 7월 6일(금)

  계획은 이랬다. 9시부터 매표한다고 하니 시간 반 전에 도착해서 바람의 언덕을 걷다가 매표가 시간되면 매표소로 달려가 줄을 선다. 그렇게 여유 있게 하루를 시작하고 싶었다. 그런데 매표시간에도 겨우 댈 수 있었다. 출발이 좀 늦었다. 그럼 또 어때요. 나이 들면 잠도 없을 텐데 왜 늦었냐고요. 그냥 넘어가 주면 안 돼요.

  매표소에 도착하니 더 부지런한 여행사직원이 친절하게 가르쳐주었다. 우리 모두 9시 20분(승강기) 첫차를 타는 데는 지장이 없을 것 같다는 얘기를 듣고서야 느긋하게 기다렸다. 배차시간과 좌석번호까지 적혀 나오니까 참 편하다. 한가했던 주차장이 술렁이기 시작했다.

  9시가 임박해지자 관광버스가 속속 도착하는데 그때마다 왁자지껄하며 내리는 사람들은 한눈에 봐도 알겠다. 코가 크고 피부가 하야면 무조건 서양 사람이다. 엄청 많이 몰려온다. 휘잡을 쓴 이슬람여성들도 많이 눈에 띠니 반갑고 좋지요. 같은 버스를 타는 동행인인 같네요. 재미있겠는데요. 여긴 외국인 관광 1번지였다.

여기가 어디야. 우리 비행기 타고 어디 잘못 내린 거 아니지? 그랬다니까요. 1950년 한국전쟁과 그 이후 민족대립으로 인한 슬픔이 가시지 않은 유물들과 전적기념물을 보여주어야 한다니. 분단의 아픔이 평화의 메시지를 전하는 관광지가 되길 바랄 뿐이다.

제3땅굴과 도라 전망대

서울까지가 불과 52km. 제3땅굴의 규모는 길이 1,635m에 폭, 높이가 2m. 완전무장병력 3만 명이 1시간 이내에 이동할 수 있는 규모라고 한다. 발견 못했으면 오판했을 수도 있는 규모였다. 저 꼴통들이 상처만 남지, 이길 수가 없는 전쟁이란 걸 모를 리가 없을 텐데.

"평화호에서는 '핸드폰, 모자, 가방 등 소지품은 캐비닛에 넣고 안전모 쓰시고, 승강기에는 3명씩 앉으세요. 사진은 절대 찍으면 안 됩니다."

지하 73m. 아파트 25층 높이를 내려가기 때문에 공기도 탁하고 기압이 낮아요. 고혈압, 당뇨, 심장질환이 있는 분은 타시면 안 된다고 침을 놓네요. 우리 마님 말씀.

"나 그럼 여기까지 와서 이거 못타면 어떡해"

"괜찮걸랑요 그냥 타세요. 심한 사람만 그래요. 혹시 모를 안전사고를 대비한 멘트니까. 걱정 붙들어 매시오 잉 마님."

관람거리는 265m. 천정에 머리 다칠까 봐 목은 물론 허리까지 잔뜩 구부리고 걷는 것이 만만치는 않지만, 코 큰 코쟁이들이 훨씬 더 꾸부정한 형태라 허리가 아파 애 좀 먹을 텐데도 힘든 내색도 안 한다. 그러니 내가 힘든 내색 하면 되겠어요. 지하 73m에서 나온다는 DMZ샘물 그냥 못 지나가지요.

판문점의 어제와 오늘. 남침을 감행한 북한군과 국토가 파괴되는 동족상잔의 비극의 현장. 7월 27일 정전협정으로 DMZ비무장지대는 생겼지만 남친 야욕은 버리지 않았다는 증거다. 연천의 제1땅굴을 시작으로 철원, 파주, 양구까지. 남침용 땅굴임을 증명하는 증거를 곳곳에 많이 남겼다고 한다.

'도라 전망대'에선 12분의 시간을 주었다. 기사양반 참 짠내 난다. 북을 가장 가까이서 볼 수 있는 최북단 전망대. 오른쪽 우뚝 솟은 검은 산이 송악산이라고 한다.

'경의선을 따라 통일의 염원을 담자.'는 염원을 담은 '도라산역'. 향후 경의선 철도가 연결되면 남북교류의 관문이 될 준비를 마쳤다고 한다. 통일촌은 처마에 집을 짓고 사는 제비들이 참 많더라는 것만 기억하기로 했다. 아픈 것은 잊고 미래만 보고 갔으면 좋겠다.

들어 갈 때 신분증 검사할 땐 약간 긴장하는 눈치더니, 나올 때는 젊은 중국여인들은 여지없이 장난 끼가 발동하네요. 여권을 이마에 대고 깔깔대며 웃는다. 우리보고도 같이 하재요. 따라했지요. 검문헌병은 웃음 참느라 애 좀 먹었을걸요.

임진각 평화누리공원

오늘만큼은 봄이 고픈 사람이고 싶었다. 평화의 바람이 불었으면 했다. 저들은 언제 또 마음이 바뀔지 모르는 집단이다. 그걸 알면서도 마음 졸여가면서도 이 땅에 평화가 오리라는 것을 의심해 본 적은 없다. 용서와 화해가 그 답이다. 이념이 다르다는 이유 하나만으로 벌인 동족끼리의 전쟁놀이가 얼마나 어리석은 짓이었는가를 깨닫는 그 날이 멀지 않았으면 좋겠다.

"통일은 대박입니다.", "기억하시죠? 혹 내가 하면 로맨스요, 남이 하면 불륜이란 생각을 가지신 분들 아직도 계신가요. 평화 속에 번영은 우리 민족의 숙원사업 아닙니까. 그런데 정치 색깔이 다르다고 언제까지 으르렁거리며 주변 강대국들의 꼭두각시로만 살아갈 것인지 묻고 싶네요."

우리도 제 목소리 내고 사는 날이 얼른 왔으면 좋겠다. 아직도 정치인들은 배고픈 건 참을 수 있어도 배 아픈 건 못 참는 모양이지요.

판문점 구경을 하고 나오니 12시 40분. 평화누리공원은 걷고 가야하는 코스다. 젊은이들이 좋아한다는 데이트 명소가 거기 있었다. 우리의 염원이 담겨있는 곳이기도 하다. 예쁘고 아름다운 풍경은 기본이다. 그러니 통일의 염원이 담긴 한 폭의 그림이었다. '바람의 언덕' 이 바로 그런 곳이었다.

오르자 와——! 그 소리가 금방 튀어 나오는 걸 참았다. 출발은 '카페안녕' 연못에 피는 노란 연꽃에 정신이 팔려 우리 마님께서 커피 안 좋아하는 걸 깜빡했다. "커피 한 잔 어떠셔?" 그랬다는 거 아닙니까. 겁도 없이. 당연히 단칼에 퇴짜 맞았죠. 그러거나 말거나 팔랑개비는 지 알아서 돌고 있었다.

이곳은 바람을 즐기는 곳이다. 푸른 잔디밭에서 정인과 도란도란 이야기 나누는 모습도 보인다. 그 모습을 먼발치서 보고만 있는데도 행복해 보였다. 우린 이별의 아쉬움 대신 희망이란 홀씨를 동산 곳곳에 뿌리고 갈 사람들이다. 긴장의 땅이면서 생명의 땅, 미래의 땅에 평화의 발을 내딛는 그 날이 멀지 않았으면 좋겠다는 염원의 홀씨다.

"배고플 텐데. 그럼 뭘 먹는다. 궁금하면 잠시 눈감고 쉬세요. 여기서 그리 멀지 않을 거예요. 유명한 북한식 초계탕집을 내가 알아왔어요. 여긴 초계탕 하나로 승부하는 노포집이라니까요."

그렇게 법원리로 달려갔다는 거 아닙니까. 주문 받고, 물김치와 닭날개가 식탁에 오르면 사장님이 나타납니다. 이 테이블 저 테이블 돌아다니며 물김치 먹는 법을 가르쳐주느라 바빴다. 이런 모습 흔한 풍경은 아니지요.

고령산 보광사의 어신각

보광사는 도선 국사가 세운 비보사찰이다. 마장호수에서 가깝다. 사찰은 비록 낡고 색이 바라긴 했지만 세월의 흔적이 묻어있어 고즈넉하다. 오늘은 주차전쟁을 한바탕 치렀다. 그래도 운이 좋았다. 일주문에서 부턴 사람으로 바뀐 것만 달랐다. 사람들이 엄청 많은데 찡그린 얼굴은 안 보인다. 법당은 은은한 찬불가로 중생들의 진정한 근심을 풀어주고 있었다.

숙종임금의 숙빈 최씨, '동이' 아시죠. 영조의 엄마. 그 분의 위폐를 모신 '어신각' 이 있는 절이다. 그러니 아내만 얼굴에 화색이 돌았겠습니까. 물론 나두지요. 요즘 재방송을 열심히 보고 있는 드라마 '동이' 의 주인공인데요. 우린 보살님부터 찾았다.

"저 여기 동이의 위폐를 모신 '어신각' 이 있다는데 어디예요? 아시면 좀 가르쳐주세요."

"저기 지붕너머로 큰 향나무가 보이시지요. 거기로 가보세요. 거길 가려면요. 원통전 뒤로 돌아가시면 되요. 작은 전각이 보일 거예요."

보살님 손가락 끝을 따라가니 어머니를 그리워하던 영조대왕의 사모곡이 있었다. 그가 직접 심었다는 300년 된 향나무는 멀리 한양에 있는 자신을 대신해 어머니를 지켜주기를 바라는 마음이었다고 한다.

일곱 살에 궁에 들어가 궁녀가 된 후 숙종 임금의 승은을 입어 영조를 낳은 분이다. 한 평 규모의 아담한 전각에 천민으로 태어나 영조를 낳은 파란만장한 삶을 살아온 한 여인의 드라마 같은 삶이 있었다. 그 동이가 우리 앞에 살아있었다. 아내는 참! 그러며 잔잔한 웃음이지만 멈출 생각이 없어 보인다.

중생의 어리석음을 깨우치려 한 석불까지 보았다면 더 이상 머뭇거릴 이유가 없다. 산자락으로 길을 잡아야한다. 보교 3교를 지나면 자글자글 새들의 합창하는 소리를 들을 수 있다. 귀를 열고 산길을 걸으면 3거리. 윗길로 들면 도솔암이 800m, 고령산 앵무봉 까지는 2.3km. 우린 전나무쉼터에 자리 잡았다. 이유는 우리가 미쳤냐. 그늘에 들어가 들숨 날숨 숨쉬기운동이나 하다 내려가면 되지. 좀 더웠어야지요. 이러다 더위 먹겠다.

동이가 잠든 소령원

소령원은 동이, 즉 숙빈 최씨가 잠들어 있는 곳이다. 아들 영조가 묘소 근처에 시묘막을 짓고 어머니의 죽음을 슬퍼했다고 한다. 아쉽지만 안내문에는 당분간 공개가 불가하다고 한다. 버려졌거나 관심 밖이었던 곳이 이제 우리 앞에 모습을 드러낼 날이 멀지 않았다.

가까이 갈 순 없어도 밖에서도 안이 잘 보인다. 어렵게 찾아왔지만 발길을 돌려야한다. 아직은 주차시설이 없어 오래 머물 수 없는 약점이 있긴 해도 아름드리 소나무 숲길이 제법 잘 보존된 곳이다.

역사 공부도 하고 주변 맛집에 두부마을이 있는데 워낙 알려진 곳이다 보니 손님이 많다. 그 음식점에다 주차하고 걸어갔다 와서 두부요리 먹고 가면 좋겠지만 이론과 현실이 잘 맞을지 모르겠네요. 늦은 점심시간대를 택한다면 모를까.

특히 소령원의 수복방은 조선시대 원소 중에는 온전한 형태로 남아 있는 유일한 건물이라고 하지 않습니까. 그만큼 잊힌 곳이었다는 얘기에요.

마장호수 출렁다리

개명산 청련사는 서울에서 종파싸움으로 이곳에 안착한 사찰이다. 원통보존만 곱게 단청을 했을 뿐 대웅전과 명부전은 단청 없는 진한 밤색, 그리고 만불전은 원목의 색을 그대로 살렸다.

그리곤 마장호수로 부지런히 달려갔지만 건너기는커녕 입장도 못해보고 되돌아서야 했다. 20분 늦었다. 흔들다리는 9시 오픈, 18시 크로스. 우리가 할 수 있는 일이란 고작 여기 왔노라는 인증사진 남기고 호수둘레 길을 걷는 것이 전부였다.

전망대에서 출렁다리 건너편까지 3.6km를 왕복했다면 헛수고는 안했다.

태그 길, 부대자루 길이라고 불리는 둑길에는 발바닥 마사지하라고 큼지막한 자갈까지 깔아 색다른 느낌이 들게 했다.

호수길이 거기가 거기지 경치랄 것이 뭐 있냐. 그러겠지만, 왕복 2시간 넘게 걸었다면 꽤 분위기 잡으며 걸을 수 있는 길이다. 옆에서 좀 더 걷고 싶다고 했지만 소암스페이스센터에서 오늘밤은 별이나 세어보겠다는 꿈을 꾸고 있었거든요.

'시골여행' 에서 시골여행 특정식을 먹고는 내리 달렸다는 거 아닙니까. 그러나 헛꿈 꾼 건 맞아요. 출입통제. 이유는 모르죠. 자기 탓이 아니라며 엄지를 들어 보이는데 내 울상이 미소로 바뀌게 하는 힘이 되어 주었다. 삼각 김밥과 우유로 저녁을 먹었는데도 허전하단 생각 안 했다. 최선을 다한 만족한 하루였다고 자평한다.

양주 에버그린 관광호텔

헤이리 예술마을

정지에서 장독대로 종종걸음을 하시다가도 호박씨를 까서 입에 물려주시던 우리 엄마. 그 엄마가 그리울 적이면 문득 아내의 얼굴에서 보일 때가 있다. 어느새 그 그리움마저 끄집어내어 먼지 터는 일조차 힘들어 하는 나이가 되었다.

한낮에는 예약한 숙소에 가서 쉬었다가 태양의 열기가 좀 식으면 슬슬 움직여 볼까 한다. 실은 인터넷상에선 핫 하고, 러브 할 것 같은 호텔로 평이 좋은 곳이다. 정말 핫 한 곳이 맞는 것 같다. 주차장은 만원이고 숙박 손님은 밤 8시 이후에나 받는다고 한다.

"여긴 모텔이에요. 모텔은 낮에는 대실 손님 받아야 하니까 손님이 이해하세요."

"거 봐 유명한 건 맞지?"

아내가 대답대신 옆구리를 쿡쿡 찌르네요. 빨리 나가요. 민망해서 더는 못 서있겠네. 20시까지 기다려야한다. 그러며 온 곳이 헤이리.

헤이리에 가면 옛날 물건 박물관서부터 옹기박물관 타임캡슐 등 28개의 박물관과 미술관. 거기다 갤러리만도 38개다. 이만하면 있을 건 다 있다. 젊음의 열기까지 보태면 바랄 것이 없겠지요.

새마을상회를 중심으로 즐비하게 늘어놓은 구닥다리 물건들을 보며 웃고 떠들며 젊은이들은 신기해 좋아 죽는데 우리만 시무룩해서 다녔다니까요. 머릿속에는 그냥 집에 가. 자고 가. 그게 왔다 갔다 하다 보니 걸어 다니는 박물관이면 뭐 합니까. 그리움이 가출해버리고 안 계시는데.

건물들의 디자인도 예쁘고 색깔도 다양해서 완전 짱이긴 해요. 매력이 있다니까요.

건물 사이를 걷다 보면 눈도 피곤하지만 시간 가는 줄 몰라요. 개성들이 다 독특하거든요. 정말 비슷한 건물이 없었다. 이런 재미있는 건물들을 한꺼번에 어디서 봐요. 그런데 이건 껍데기고 알맹이는 상술에 찌들었던데요.

어쨌건 구경 한번 잘하고 간다. 또 올 생각은 없고요. 처음 만들었을 때는 이러려고 한 것은 아니었을 텐데. 정말 예술인들이 여기 살고 있긴 한 건가. 그게 더 궁금했다.

파주 삼릉

2021년 7월 4일(일)

홀홀 털고 일어날 정도로 몸이 한결 가벼워졌다. 오늘 계획은 36km를 달려 파주 삼릉에 도착하면서 하루를 시작할 생각이다. 밤에 장맛비가 제법 내린 모양이다. 하늘은 검은 잿빛이고 산허리를 감싸듯 물기를 머금은 안개가 잔뜩 피어오르고 있었다. 뿐인가 도로에도 깔려있으니 조심하며 운전해야 했다.

이런 걸 안개비라 해야 하나 이슬비라 해야 하나 의견이 분분하겠지만, 분명한 건 비는 안 오는데 차 유리창은 수시로 윈도우 브러시가 움직여야만 시야가 확보된다는 것이다.

주차장에 도착한 시간은 10시. 개구리 울음소리가 청량하게 들린다. 개골 개골. 반갑다는 인사일 수도 있지만 비가 갠다는 암시다. 이런 날 걸으면 선선한 바람이 함께 할 테니 분위기는 더 이상 바랄 것이 없겠다. 기똥찰 거 같다. 안개로 옷이 비에 젖는 것쯤은 감수해야 한다. 이런 날, 코트 깃을 올리고 팔짱끼고 걷는 모습을 상상해 보기도 했다.

개구리가 우는 걸 보니 비가 그칠 징조라며 우산을 두고 갔다. 속으론 비 오면 맞지 뭐 그랬다. 그것이 오기일 수도 있지만, 바램이 더 컸다고 봐야 한다. 우릴 실망시키지 않았다. 삼릉은 영릉, 순릉, 공릉. 세 왕후의 묘역이다. 처음엔 안내판 따라 묘역을 둘러보며 걸을 생각이었다. 역사문화관은 굳게 닫혔으니 그냥 통과.

우린 아름드리 젓나무(전나무)의 전송을 받으며 산책로방향으로 길을 잡기로 했다. 한참을 걸었더니 한명회의 셋째 딸 장순왕후가 잠들어있는 공릉이다. 능을 다 둘러보았으니 우리 갈 길은 산책로였다. 산책로는 붉은 소나무 숲이 있고, 검은 전나무 숲도 있었다. 하늘을 가릴 듯 울창한 활엽수가 있는 길도 걸었다. 엄청 좋다며 우린 서오릉과 비교해가며 걸었다. 능을 따라 둘러선 산과 계곡이 비슷비슷한 것이 아니라 많이 닮았다.

피톤치드로 목욕은 하고 왔지만 어려운 길은 아니었다. 무릎 다칠라 조심 또 조심. 덕분에 탈 없이 잘 걸었단 생각엔 변함이 없다. 여기가 숲속의 묘약 피톤치드가 그득한 곳이라며 맘껏 마시라고 하더군요. 누구 영이라고 어길 생각 없어요. 열심히 숨쉬기 운동했지요. 우리의 장끼는 바로 숨을 맛나게 마시기 위해 하는 한껏 내뿜기 아닙니까.

산책로를 돌아 입구가 가까워지자 햇살이 잠깐 문안 차 들린 것 같다. 가을잠자리가 하늘을 가득 메우며 날고 있었다. 장관이었다. 이렇게 많은 잠자리를 한 장소에서 본 것은 처음이 아닌가 싶다. 어릴 적 추수철이 가까워지면 동네마당에 가득 내려와선 한바탕 놀다가는 잠자리를 기억하고 있지 요. 무리 지어 날고 있는 그 멋진 비행을 보는 것만으로도 피로가 확 풀리 는 것 같았는데.

김밥 한 줄 나눠먹고 산책로를 걸었으니 점심은 영양보충 좀 해야 한다며 파주 문산읍 '반구정 나루터 집'에 장어 먹으러 갔다. 마님 요즘 배가 쓰리 시다기에 메기매운탕은 당연히 제외해야지요. 손님이 많이 준 것이 확실하 다. 점심때라 많이 기다려야 할 것 같다며 한 걱정을 했는데 그럴 필요가 없 었다. 식당 안은 빈자리가 수두룩했다.

벽초지(문화)수목원

벽초지수목원을 갈 시간대에는 많이 피곤하다며 호텔에 가서 쉬고 싶다 는 바람에 아내 눈치 보느라 내내 가시방석이었다. 이곳의 매력은 멋진 나 무와 잘 가꿔진 화단이 아니라, 곳곳에 숨어있는 이야기였다. 입을 다물 수 없을 정도였다. 파주 삼릉에선 우산을 버리고 다녔는데 여기선 우산이 액세 서리가 아니라 필수품이었다. 삼릉이 조용히 명상하며 힐링 하는 분위기라 면 여긴 자연에 귀 기울일 줄 아는 젊은이들의 아지트였다.

말리성문을 들어섰을 때의 흥분은 지금도 잊지 못한다. 들어서는 순간 멈칫했다. 정원 그 자체가 그리움이었기 때문이다. 유럽식정원으로 마당에 녹색카펫을 깔았다. 동유럽을 여행할 당시 들렀던 유럽의 어느 성의 정원 을 둘러보고 있는 것으로 착각할 만큼 놀라움의 연속이었다. 한동안 넋을 잃고 서 있었다.

자연을 사랑하는 사람과 예술을 자연으로 그려낼 줄 아는 한 화가가 만 나 기나긴 여정을 시작한 곳이 이 수목원이라고 한다. 어른들은 이곳에서 오감의 힐링을 경험하고, 아이들은 신나는 자연학습과 놀이모험을 경험하 게 될 거라고 한다. 설렘, 자유, 사색, 감동을 이곳 동서양의 정원에서 만나

볼 수 있을 거라는 믿음이 있었다.

'말리성'을 들어서는 순간, 유럽의 영웅과 신화의 이야기 들을 수 있었다. 여신들과의 만남은 감동이었다. 메모지를 꺼내 적었다. 가을의 여신 티노프론, 여름의 여신 테로스, 봄의 여신 아이르, 가을의 여신 케이몬. 6명의 여신들(님프)에 둘러싸여 헤어 나올 줄 모르고 있는 아폴로 신. 목이 없는 승리의 여신 니케, 불의 신 헤파이 토스. 쉽지 않은 일이다. 우산을 받치느라 고생한 아내의 도움이 컸다. 한국미를 살린 공간도 설레게 하긴 매한가지였다.

사람들은 이 수목원에 발을 들여놓는 순간 신화이야기에 발품을 파느라 바쁠 테고. 꽃들의 향연에 화들짝 놀랄 것이다. 어린이들에겐 즐거운 자연학습장이요, 모험을 즐기는 공간이기도 하다. 걸으면서도 자연을 느낄 수 있도록 배려한 맑은 공기, 물소리가 좋았다. 자작나무숲까지는 무리였나 보다. 건성 둘러보고 가기로 했다. 우리의 컨디션이 바닥을 보이기 시작했다.

호텔 & 리조트는 우리 기준으론 거시기 했다. 케이힐스 아파트 20층과 21층을 리조트로 사용하고 있었다. 세탁기, 냉장고, 옷장 등을 두루 갖춘 걸 보면 원룸 아파트를 찾는 손님이 없어 짜낸 묘안이 아닐까 그런 생각을 해보기도 했다. 공간이 좁다보니 편했단 말은 못하겠다. 10,082보

파주 케이힐스 더 테라스 2031호

파주 케이힐스 더 테라스

포 천

포천 국립수목원(광릉수목원)

2019년 6월 11일(화)

5월에 가장 빛나는 숲 하면 1468년 세조의 능림(陵林)으로 지정된 후 1987년 봄에 개원하여 지금까지 보존되어 온 국립수목원을 꼽는다. 우리 머릿속엔 여전히 광릉수목원이다. 건강한 숲이라 그런가. 나뭇잎에서 들풀까지 허투루 자란 것이 없어 보인다. 화사한 여름 꽃들이 눈가에 잔주름을 잡게 한다. 기분이 짱이다.

안 가본 사람은 있어도 한 번만 간 사람은 없다는 곳이라기에 우리도 더 늦기 전에 서둘러 왔다. 공기 좋은 곳이니 걷다보면 건강은 거저 챙길 것이고, 숲이 들려주는 이야기를 듣고, 들꽃들과 눈 맞춤 하다보면 소소한 행복은 누려지는 것이 아닐까. 그것을 알고 싶은 것이 이번 여행의 포인트다.

초록 숲이 단숨에 마음을 휘어잡았다. 들꽃들은 눈을 떼지 못할 만큼 매력적이었다. 오늘 코스는 이랬다. '봉선사천'을 건너면서 왼쪽. 어린이정원을 둘러보면서 꽃들과 조형물에 관심을 나눠주는 것이다. 그리곤 무심한 듯 숲 생태 관찰로를 따라 걷는 일이다. 육림호에 들러 차 한 잔 하고, 전나무 숲길을 길게 걸을 생각을 하고 있다. 이왕 걸은 김에 열대식물도 볼 겸 산림박물관에 들른다면 수생식물원에도 들러 가는 것으로. 눈요깃거리가 널려 있을 것 같은 흥분에 마음이 바쁘다.

인동덩굴터널을 지나면서부터 그 향기에 코를 벌름벌름 거렸다는 거 아닙니까. 향기가 죽여주더라고요. 숲 생태관찰로는 두 사람이 나란히 걷기에 딱 좋은 폭으로 길이 숲속으로 구불구불하게 나 있어 여유부리다 보면 세상 다 잊고 사는 사람처럼 느껴지는 길이었다. 우린 운이 좋았다. 말발도리 등 그림 같은 들꽃 군락과 나비 같은 곤충들과 마주칠 기회가 너무너무 많았거든요. 바람과 나뭇잎이 전해주는 감미로운 공기에 취해 걷다 보면 저절로 미소가 지어지는 걸 어떠케요. 여긴 벌레들의 천국이었다. 우리 마님 오늘은 벌레가 소름 돋을 정도는 아닌가 보다.

'육림호'에선 물풀들이 여름을 만드느라 바쁘고, 우리는 까맣게 익은 버찌 따서 입에 서로 넣어주었다. 쉼터에선 팔랑 나비의 떼춤이 장관이었다. 거기에다 쉬어가기 좋은 통나무집 숲속카페가 있다. 우린 향이 좋은 원두커피와 직접 담갔다는 자몽차 그리고 군고구마 두 덩이. 평화로운 호수를 바라보며 의자에 아무렇게나 앉아 차를 마시는 시간이 그렇게 여유로울 수가 없었다. 운치 있어 그런가. 들르는 사람들이 꽤 있다.

이곳의 핫한 곳은 뭐니 뭐니 해도 전나무 숲이다. 1927년 오대산 월정사에서 씨앗을 가져다 키운 묘목이 까마득한 높이로 자랐다는 숲길을 걷다 보면 바람결에 진한 솔 향과 풀 향이 실려 오는 걸 느낄 수 있다. 길섶에는 산딸기가 지천으로 널려있어 손과 입이 바빴다. 유혹하는데 뿌리치기는 쉽지가 않았다.

산림박물관에선 생명의 근원인 씨앗으로부터 펼쳐지는 생물들과 함께 살아야 하는 지구 이야기, 문익점이 붓 뚜껑 속에 감춰 들여온 목화씨 한 톨이 세상을 바꾼 이야기를 들려주었다. 예약이 번거롭긴 하지만 여유롭게 숲을 산책하다 보면 예약을 해야 하는 이유를 알겠다.

숲에서 은은하게 퍼지는 피톤치드와 맑은 공기, 말발도리, 오리새, 돌나물, 꽃창포, 꿀풀, 엉겅퀴, 쇠서나물, 큰 꿩의 비름, 부추꽃, 참싸리, 일본조

두

팝나무, 수련, 부채붓꽃, 창포, 큰 까치수염, 참 골무꽃, 달래꽃, 은꿩의다리, 풍년화, 설악초 등 예쁜 꽃들의 미소는 보너스였다. 원 풀었다.

오늘 잘 쉬고 놀다 간다. 손 만두전골을 먹었다. 밑반찬이 더 있으면 낭비일거란 생각을 했다. 상큼한 맛의 뚝배기물김치 하나만으로도 입맛을 살려낼 수 있어 좋았다. 만두 맛은 그렇고 그랬다.

산정호수 궁예 산책길

2018년 6월 1일(금)

40km를 달려가 이동갈비 뜯고, '한화리조트 산정호수'에 도착한 시간이 5시. 바지런한 방문객들로 벌써부터 시끌벅적하다. 시간 반 침대에서 뒹굴며 시간을 보냈다. 산정호수는 서울에선 거리상 가볍게 다녀올 수 있는 곳 중 하나다.

태양이 대지를 뜸 들일 즈음이면 태양이 달님과 자리바꿈하려고 정신이 팔려있을 시간이다. 우린 해저물녘을 놓치지 않을 생각이다. 명성산은 궁예가 망국의 슬픔을 터트린 울음소리가 산천을 울렸다는 전설 때문에 울음산, 그 산이 품어 만든 산정호수를 걸으려면 목포식당골목으로 들어가면 여전히 그리울 건 같은 길이 있다. 약간 오름길이다 보니 젊은 아낙들의 입담은 쉬지 않아도 되지만, 노인들은 입 꾹 다물고 걸어도 정도의 차이는 있을 수 있어도 숨이 찰 수 있다.

오전에는 동두천 소요산에서 요석공주와 원효의 사랑이야기에 빠지다가 오후엔 산정호수에서 궁예의 위인전을 읽으며 걷는다. 추억 끄집어내기도 바쁜데 귀도 즐겁게 해주어야한다. 분위기 띄운답시고 잘못 아는 척했다간 오히려 역효과 날 수도 있다. 누군가는 해야 할 일이니 내 몫이 될 수밖에 없다. 느리게 걷는 맛이 각별한 것은 사람들의 마음을 한없이 차분하게 하는 매력이 있기 때문이다.

처음 걷는 사람은 그 멋진 길에 감탄하며 추억 만드느라 느리고, 다시 찾은 이들은 추억을 되새김 하느라 그렇다. 아-! 좋다. 사람들이 어두워지는 길을 삼삼오오 어깨를 나란히 하며 걷는 모습은 모처럼의 자유와 여유로움이 느껴진다. 도란도란 이야깃거리로 밤을 새워도 모자랄 것이다.

'궁예가 태어나던 날, 궁궐지붕에 오색무지개가 하늘 높이 드리웠다 하여 즉시 내다 버리라고 했다는 날이 단오절.'

'울음산에 있다는 굴은 왕건의 군사들에 쫓기어 궁예가 은신했다는 곳으로 40여명은 너끈히 들어갈 수 있는 궁예동굴.'

산정호수 둘레길

삼거리까지가 궁예산책길이다. 그곳엔 궁예의 기마상이 있다. 거기서 낙천지폭포로 방향을 틀면 산정호수제방 길로 둘레 길의 시작이다. 제방을 따라 걷다보면 김일성이 머물렀다는 곳이 나온다. 산정호수에는 제방 가장자리에 억새풀을 심었다. 늦가을 명성산을 떠올리려는 메시지 전달에 아주 효과적일 것 같다. 억새풀을 보는 순간 우리도 가을 명성산의 억새를 떠올렸으니까.

그 정취를 미리 맛보고 가을의 억새풀을 그려보러 오라는 깊은 뜻이 있다. 산정호수호반 길을 걷는 내내 명성산과 호수가 내 눈 안에 들어와 있었다. 명성산이 호수에 그림자를 드리울 때의 모습은 그려보는 것만으로도 행복하다. 시원스레 떨어지는 낙천지폭포소리를 들으며 3.2km의 울창한 소나무숲길을 걸었다. 얼마나 낭만적인가. 그런 곳에서 김일성이 남침을 준비하고 있었다니. 이 호수가 우리나라 지도를 뒤집어 놓은 모양이란 것이 한 원인이었다고 들었다.

베스를 잡는다고 둘러대는 얌체 부부낚시꾼에 실망은 했지만, 태그 길을 걷는 즐거움이 더 컸다. 완주한 즐거움은 먼저 기분이 끝내준다는 것이다. 걷다보면 감자꽃이 보이면 하지감자 먹을 생각에 입맛 다셔보고, 자갈길이라 엄두가 나지 않는 '자인사'는 자연스레 내일 아침으로 미루게 된다.

　평화의 쉼터는 지나치지 않아야 한다. 치열한 전투를 벌여 중공군의 5차 공세를 막아낸 국군 6사단 장병들의 고귀한 희생을 잊지 않기 위해서다. 유해발굴단의 활약상도 볼 수 있다. 다람쥐 쉼터를 거쳐 놀이터까지 걸어오면서 저녁 한 끼 먹고 가려고 했는데 너무 늦었다. 이미 식당은 문을 닫은 뒤였다.

　주차장까지 가보자며 놀이터를 이 잡듯 뒤졌다는 거 아닙니까. 조각공원 놀이동산까지 걷다 왔다면 아직은 다리 힘이 싱싱하다는 증거다. 기분 짱이다. 그렇게 올라온 길로 내려갔다.

　　　　　　　　　　　　　　　　　　　　포천 한화리조트 518호실

자인사와 낭만닥터 돌담병원

2018년 6월 2일(토)

　어젯밤엔 밤이 깊어가는 줄도 모르고 웃고. 노래 부르고 아무 말이나 주거니 받거니 하다 누가 먼저랄 것 없이 깊은 잠에 빠졌다는 것 아닙니까. 여행은 이렇듯 꿈을 꾸는 것이 아니라 하루하루 의미가 없을 것 같은 일상과 만나 잠시 잊었던 기억의 끄나풀들을 이어보는 즐거움. 그리고 살짝 거리를 두고 이웃들의 행복을 훔쳐보는 기쁨. 그것이 여행을 놓지 못하는 이유다.

　06시 10분. 둥그스름한 해님이 망봉산 산봉우리의 골자기를 타고 넘어오는 모습에 숨이 넘어간다면 감동 먹고 있다는 증거다. 해 뜨는 골자기의 산봉우리가 망봉산의 궁예봉이라고 한다. 6시 20분. 아내가 잠시 눈을 뜨더니 옆방에서 술 마시며 웃고 떠드는 소리 때문에 잠을 못 잤다면서 밤새 서방님 지키느라 불침번까지 서다 새벽에 잠이 들었다며 눈을 흘긴다. 그건 그냥 예쁜 소리고, 새벽에 잠이 드는 습관은 하루아침에 고쳐지는 건 아니다. 다시 침대시트 속으로 쏙 들어가네요.

자인사에서 명성산 팔각정까지는 2.2km. 이 절에 들어서면 제일먼저 갯터바위부터 보고 가라고 한다. 태조 왕건이 궁예의 명으로 견훤의 땅, 나주-금성을 치러갈 때 제물을 올리고 산제를 지낸 곳이라고 한다. 계단 위에서 보면 뱀이 똬리를 틀고 있는 형상이라고 하는데 우리 눈에는 평범한 바위로만 보였다. 왕건이 고려 태조로 즉위하자 이곳에 암자를 지어 신성암(神聖)이라 불렀다는데 지금은 자인사다.

극락보전과 관음전보다 불자들을 먼저 반기는 곳은 약사암이었다. 물맛이 별로인 건, 몸에 좋은 약은 입에 쓴 탓일 게다. '낭만닥터 김사부'에 나오는 '돌담병원'의 촬영지는 지금은 굳게 문을 닫았지만 옛 산정호수가족호텔이다. 그 촬영지며 주변까지 둘러보고 왔다면 드라마를 열심히 보았다는 얘기 아닌가요. 눈에 선하고 새록새록 하던데요.

사라져가는 순두부집

이왕지사 이곳 포천 산정호수까지 왔다면 추억의 그 식당을 찾아가는 것은 당연한 일로 알고 있다. 그날의 음식은 그리움이기 때문이다. 질리지 않는 추억의 맛. 주말 아침이 아닌가. 손님 엄청 많을 텐데. 좀 더 일찍 출발했어야 하는 거 아닌가.

그랬다. 이 시간이면 주차장은 당연히 차로 붐벼야한다. 식당 안에도 손님들로 북적거리고, 어깨를 부딪치며 테이블 사이를 걸어가야 순두부 먹으러 온 기분이 나는 곳. 손님이 많은 건 당연했었다. 그런데 오늘은 주차장이 썰렁하다. 식당 안도 우리 포함 달랑 두 테이블. 잘못 찾아 왔나 고개를 갸우뚱했다.

모두부는 너무 퍽퍽하고, 김치는 시어 꼬부라지고, 순두부는 양만 많았지 맛은 이미 입이 알고 있는 그 맛이 아니었다. 밑반찬도 받쳐주질 못했다.

두부 한 모를 둘이서 먹는데도 힘이 들었다.

　손님이 썰물처럼 빠져나간 이유가 명백해졌다. 우리가 순두부를 앞에 놓고 먹을거리 추억이 하나 없어졌다며 궁시랑 대고 있는데 원조할머니가 오신다. 맛있게 드셨어요. 있는 그대로 말했더니 돌아온 대답이 엉뚱하다.

　"나이가 80이 넘으니 눈이 잘 안 보여요."

　눈뿐이겠습니까. 미각도 둔해졌을 테고 귀도 조금 어두우신 거 같던데. 맛있는데 더 주시면 안 돼요. 그러면 아무 말 없이 듬뿍 떠 주시던 기억이 지금도 어제처럼 생생하다. 나에겐 순두부집은 아련한 그리움일 수밖에 없다. 이른 시간에 따끈한 순두부 한 그릇이면 세상 다 가진 것 같았던 기억을 소중하게 간직하며 산다.

　세월만 탓하기엔 가슴이 너무 아프다. 이집 문 닫으면 어떠케요. 아드님, 며느님, 따님. 제발 북적북적하던 그 식당으로 되돌아갈 순 영 없는 건가요?

한탄강 하늘다리와 용연서원

　흔들흔들 200m의 하늘다리를 걷는 기분이 기차를 타고 미얀마의 관광명소인 협곡을 가로지르는 곡테일 철교여행만 하겠습니까. 곡테일 철교의 백미는 기차가 철교 위에서 느릿느릿 달릴 때 내는 덜컹덜컹 찌익 찌익 하는 소리라고 합니다. 까마득한 낭떠러지를 보는 순간의 아찔하고 짜릿한 그 기분 알지요.

　한탄강 하늘다리는 금년 4월 28일 완공했으니 따끈따끈한 정보일 텐데, 어찌 들 알고 사람들이 이리 많을까. 군에서 선전을 잘 한 모양이다. 사람들 엄청 많아요. 산악회회원들은 버스로, 친구나 가족끼리는 자가용으로 우리도 그 대열에 끼었으니 이제 하늘다리 건널 일만 남았다. 실은 사람이 많으면 군중심리가 있어 무서움과 공포심을 덜 느낀다면서요.

　한탄강 하늘다리는 협곡을 걸어서 건너는 다리다. 사람이 별로 없을 때 걸으면 스릴 만점일 것이다. 그 스릴이 미얀마의 그건 만큼은 못할지는 몰라도 충분히 스릴을 느낄 만 한 높이였다.

주마강산이라고 차창으로 스쳐가는 풍경과 손에 닿을 듯 가까이서 즐기는 맛이 다르다. 여인네 취향은 확실히 저격할 수 있을 것 같다. 모르면 몰라도 이 다리를 건너느라 애간장이 녹은 사람도 있을 것 같은데요.

아내의 컨디션이 별루다. 속이 더부룩해서 소화제를 먹었는데도 영 시원치가 않다고 한다. 화장실 들락날락 하느라 진을 다 뺐는지 기운이 없어 보인다. 아침에 먹은 두부가 탈이 난 모양이다. 음식은 맛있게 먹으면 보약이지만, 그렇지 않으면 탈이 나기 쉽다는 걸 확인해 준 것 같다. 그 바람에 접은 곳이 있다. 하늘다리 너머에 있는 흔들바위와 주차장 근처 비둘기낭폭포였다.

우리는 오성 이항복과 한음 이덕형의 우정을 교과서로 배운 세대다. 어려서부터 한마을 친구로 살면서 재치가 번뜩이는 많은 이야기를 남긴 조선시대 사람이다. 그 중 한음 이덕형을 배향한 서원이 '용연서원' 이라고 한다. 들렀지만 실망만 한 보따리 안고 왔다. 3칸 문을 꼭꼭 걸어 잠가 안을 들여다 볼 수 없게 할 거면 관광안내책자에서는 빼야 한다.

포천아트벨리 1

무지 덥네요. 숨이 턱턱 막힐 정도의 폭염인데도 아랑곳 하지 않고 수도권 차들이 몽땅 포천거리로 쏟아져 나온 것처럼 거리가 붐볐다. 'ㄱ' 자 주차 자신감이 전만 못하다. 나이 탓인지 모험보다는 안전이 우선이다. 가운데 끼우는 주차에 차가 크다는 건 핑계다. 실은 겁이 좀 난다. 그리 밀리다 보니 간이주차장까지 가게 되었다. 흙먼지와 태양 볕의 열기, 수시로 불어대는 바람은 받아들여야하는 필수선택이었다.

한반도의 다양한 화강암 중 포천 천주산자락에서 출토되는 화강암은 품

질이 우수하였다고 한다. 채석장이 소음, 먼지, 환경훼손으로 골칫덩어리였
지만 교통이 편리하여 포천의 대표적 지역상품이었다. 문을 닫은 후 자연의
회복력을 통해 새로운 경관이 만들어지는 것에 착안하여 휴식이 가능한 휴
양지인 아트벨리를 탄생시켰다는 곳이다.

입장료는 무료라지만 모노레일 한 방향만 타는데도 둘이 거금 7천원. 모
노레일타고 오르려면 줄 서서 기다려야 하나, 정원을 고수하니 분위기는 좋
다. 아주 천천히 올라가는 것도 관광객을 위한 배려다. 우릴 보현산 천문과
학관 앞에 내려주었다.

태양계와 별자리, 운석도 보고 그랬는걸요. 별자리 애니메이션 따라 해
보기. 솔직히 잘 모르니까 호기심이 있을 턱이 없지요. 아이들은 신나 하
는 데. 천문대에서 서성거리느니 '포토 아트벨리 포아르(for AR)' 라는 산
마루 공연장으로 가는 게 낫겠다. '랑랑 국악미니콘서트' 공연 중이었다. 피
리, 가야금, 가수 겸 사회자 이 셋이 꾸미는 공연무대에 우리는 방청객이었
다. 얼-쑤, 얼씨구, 좋다. 쓰임새도 배우고 따라하는 공연자와 방청객이 함
께 만들어가는 그런 무대였다. 배 띄워라, 홀로아리랑 등 공연을 이어나가
는데 재밌게 구경하다 일어났다. 나도 흥이 절로 났고 마님도 어깨가 들썩
거렸지만 배고픔과 맞바꿀 만큼 재미있었느냐 물으면 노코멘트 할래요. 아
유, 쪽팔려.

아직 구경할 곳도 많이 남았는데 흥이 난다고 마냥 한 군데서 죽치고 있
을 수는 없었다. "얼-쑤" 추임새 한 번 하고 자리를 떴다. 맘 같아선 그냥.
아쉽지만 어떠케요.

포천아트벨리 2

산채길은 천주로로 이어진다. 그때부터 몸 풀듯 가볍게 걸으면 천주호가
나온다. 움푹 파인 채석장에 샘물과 빗물이 유입되어 만들어진 호수라는데

바닥에 가라앉은 화강토가 반사되어 신비로운 에메랄드빛을 띠는 것이 너무 인상적이었다. 사진 찍어달란 말이 그냥 나와요. 드라마 '푸른 바다의 전설', '달의 여인'의 촬영지라며 포토라인까지 그어 놓던데요. 인증사진 찍는데 우리가 빠지면 되나요.

다음은 소원의 하늘 계단은 가야한다. 날은 덥지만 내친길이다. 오늘 아니면 언제 올라가보겠냐며 부추겼다. 소원의 하늘 계단을 밟고 올라가면 가족이 행복한 소원을 이룬다. 고 씌어있다. 시원한 바람도 불고, 소원리본까지 펄럭이니 더위 가시는 건 덤으로 얻은 행복이었다.

내려갈 때는 또 어떻게요. 20m거리의 수직으로 된 '돌음 계단'을 내려가야 한다. 아내는 강심장이다. 내려가면 호수 경연장도 있고 포천 화강암으로 만든 조각공원을 곁눈질 해가며 장미터널을 걸을 수도 있다. 5월의 장미향에 취하면 약도 없다는데 향에 흠뻑 취하다 보니 낭바위까지 보고 가게 되었다. 하늘 계단을 오른 덕이다.

낭이란 낭떠러지란 의미라고 한다. '정창국'이란 사람이 병자호란 때 변방을 지키다 전사하자 부인마저 절개를 지키기 위해 이 바위에서 떨어져 자결하였다고 한다.

엄청 덥다는 걸 말로 어떻게 표현하지요. 배도 고프면 구경은 뒷전이어야 하는데 우린 둘 다 잘 견뎌냈다. 더위에 지쳐 그런다고 돈가스 1인분 시켜놓고 둘이 나눠먹었는데 꿀맛이었다. 요즘 젊은이들 이렇게들 많이 먹던데요. 음료수도 한 캔 사서 빨 때 두 개 꽂는다. 물론 우린 목덜미가 간지럽긴 하다, 주인도 이해한다는 듯 아주 친절하게 살펴준다.

그럼요. 제 나이 어디 안가죠? 엄청 목마르고 더위에 지치고 그래도 오늘 갈 곳은 다 가고, 보고 한 것 같네요. 피곤하니 쉬고 싶네요.

허브아일랜드의 밤

조금 헤매긴 했지만 어렵지 않게 찾아 갈 수 있었다. 문을 여는 순간 어머 멋지다! 무심코 나온 말이다. 인테리어가 튀니까 눈이 휘둥그레진다. 장식품이 독특해서 눈이 자꾸 간다. 분위기에 취한 것도 한몫을 했을 것이다. 우린 오후 7시까지 퍼질러 잤다.

급한 불부터 끄고 본다는 말이 있다. 지금 급한 불은 배고픈 거다. 허브 빵가게에서 아몬드전병, 두부과자, 애플파이 사들고는 걸어 다니면서 먹었다. 산타마을에선 어묵 한 꼬치. 그도 성이 안차는지 늦저녁이라며 갈비탕에 비빔냉면까지 들었다.

베네치아공연장에선 신나는 춤과 노래가, 허브아일랜드 박물관에서는 역사전시관과 천연리스 방, 향신료 관 식물박물관을 둘러보고 나오니 어느새 날이 어두워졌다.

오늘밤의 하이라이트는 산타마을이다. 교회카페도 있고 산타동물원에는 포니, 장수풍뎅이, 토끼도 키운다. 큰 동물들은 모형을 세워놓았다. 우린 러브터널까지 걸으며 빛에 취하고 사람에 취하다보니 시간이 금방 가네요. 이런 느낌 처음인 것처럼 기분은 찢어졌다.

70~90년대의 추억을 가족과 함께 공유하는 거리를 찾았다. 국밥집, 쫀득이 파는 옥이네, 달권이네 쪽방촌을 보고 있는데 우리가 살아온 정든 골목 풍경이었다. 아이들은 신기하고 어른들은 추억을 공유하는 공간이라 재미있었다.

행복한 기억은 세로토닌이란 물질을 생기게 한다는데 밤 10시가 넘도록 쏘다녔으니 엄청 많이 생겼겠네요. 숙소 잘 정했다며 칭찬 들었어요. 자기 취향이라네요.

포천 허브아일랜드 펜션 조향사

허브 아일랜드 뒷산

2018년 6월 3일(일)

난 뻐꾸기소리 듣고 깼네요. 깨워야하나 말아야하나 결국 맘껏 자라고 놔뒀어요. 오늘은 허브아일랜드 뒷산, '숲 힐링 로드'를 걷는 것으로 하루 일과를 시작할 생각이니까 부지런 떨지 않아도 된다.

걷는데 한 시간 걸렸나. 잣나무, 소나무, 참나무가 우거진 숲에 들어가면 깊은 숨쉬기를 해야만 직성이 풀리는 우리가 아닙니까. 숨을 입으로 천천히 끝까지 뱉은 다음 코로 숨을 한껏 들이마시는 숨쉬기 운동. 비우면 채워진다는 원리를 이용한 호흡법이다. 숲에만 들어가면 우린 몇 번씩 숨쉬기 운동을 해야 내려올 수 있다.

힐링은 마음의 힐링이 몸으로 간다는데, 눈이 즐거우면 몸도 그렇다는 걸 느끼며 다닌다. 길섶에서 제철 꽃들이 꽃단장하고 마중 나왔는데 미처 버리겠더라고요. 꽃 분홍화관을 쓴 끈끈이주걱, 보랏빛머리를 곱게 땋아 내린 엉겅퀴, 공주과의 금계국, 상기된 표정의 붉은 양귀비, 향기가 아름다운 연분홍장미, 장난끼 가득한 연보라 수레국화, 예쁘기만 한 애기똥풀. 이런 야생화들이 모여 지난밤에 잔치를 벌였나보다. 꽃동네 미인들이 모두 나와 주었다. 꽃의 계절임을 실감했다.

힐링 로드라는 페퍼민트 길은 원시림을 걷는 기분이었다. 그 외에 들꽃길, 상쾌한 잣나무길, 노간주나무길, 벚나무길. 무엇보다 참나무 길에 들면 바스락거리는 낙엽 밟히는 소리가 너무 좋았다. 급경사 계단에는 신갈나무가 숲을 이루고 있었다. 숙소에 도착하니 이번엔 데이지가 분단장하고 가는 허리에 흰머리를 곱게 빗고 나와 주었다. 이런 호사를 언제 또 누려본답니까. 배고픈 것도 잊었다니까요. 치유의 숲은 걸으면 걸을수록 마음은 상쾌해지고 몸은 솜처럼 가벼워진다는 말. 그 말 진리였어요.

연천의 후루룩 국수로드. 제대한 군인도 다시 찾는다는 그 망향비빔국수집이 요기라는데 다른 걸 먹으러 가겠어요. 이른 시간인데도 꾸역꾸역 몰려드는 손님들로 어느새 홀이 가득 찬 걸요. 주문하고 자리 배정 받으면 기다리는 일만 남았다.

비빔국수 한 그릇씩 뚝딱 했냐고요. 우리 마님 젓가락으로 깨작거리던데 요즘 건강 때문에 탄수화물 줄인다는 건 핑계고 실은 국수 안 좋아해요. 내가 너무 좋아하니까 따라와 준 거죠. 미안하고 고맙지요.

포천 한화리조트, 포천 허브 아일랜드 펜션

인천광역시

행복은 생각하기 나름이다

2014년 12월 7일(일)

남들은 인천은 하루면 되는데 뭐 볼게 있다고 며칠씩 묵는지 모르겠다고 한다. 월미도 하루 잡고 자장면박물관을 시작으로 한번 돌아본다. 중국인 부두노동자들이 자장면 먹는 모습, 철가방이야기를 시작으로 70년대 공화춘의 주방 모습. 자장면 그릇의 변천사까지 보고 나와서 자장면 한 그릇 먹는다.

요리 한 접시 시킨다 해도 지지고 볶았으니 탈날 염려는 없겠지만 뱃살이 좀 위험하겠지요. 그래도 이틀은 잡아야 한다.

아침에 동네 골목 빠져나오다 주차 차량의 꽁무니를 스치는 접촉사고가 났다. 내 실수가 크다. 그래도 처음엔 자세히 안 보면 모르는데 그냥 가버릴까 망설이기도 했다. 보험회사와 112에 신고하고, 달려온 경찰에 뒤처리를 부탁하고 자리를 떴다. 그러고도 내 잘못 보단 주차 위반 차량의 잘못이 훨씬 더 커야한다고 혼자 두덜대고 있었다. 개떡 같은 날씨 핑계까지 댔다.

월미문화거리는 우리가 묵을 호텔에선 몇m 그러니 거리랄 것도 없다. 나가면 놀이터다. 바이킹이 괴성과 웃음소리를 싣고 돌아가고 있다. 새벽일은 까맣게 잊어버렸다. 주말이다 보니 놀이동산에 제법 손님들이 북적거린다. 놀이 분위기가 살아있어 눈요기할 만했다. 그러나 우린 관광안내소 찾아가는 것이 먼저였다. 여행지에선 하나라도 주어 담으면 그만큼 덜 고생한다는 건 경험으로 알고 있어서다. 무심히 들렀다가 아주 영양가 있는 정보를 얻는 경우가 많이 있다.

잠시 바닷바람 쏘이고 있는데 해님이 들렀다. 보리흉년에 이게 어디냐며 우린 얼굴로 따스한 햇살을 받으며 좋아했다. 순간은 아주 잠시지만 기분 좋고 행복했다. 더 놀라운 건 믿기 어렵겠지만 우리가 서 있는 주변에만 햇살이 잠시 머물다갔다는 것이다. 그거 신기하지 않아요. 아내가 감격해 한마디 한다.

"오! 햇살이. 성경에 나오는 그 장면이네. 참 수술 들어갈 때 나 많이 운 거 알아요?"

"엉 색시가 많이 울었다고 왜. 아, 알지. 그때 그 눈물로 내 병이 나은 거라며. 애들이 그러던데. 아닌가. 그럼 우리 영님이 눈물이 명약이고 감로수라고 자기 입으로 그랬나. 어쨌거나 고맙고말고. 의사선생님 잘 만나 그런 줄 알았는데 공로자는 따로 있었네. 공로자는 바로 우리 마님 아니유."

횡설수설 하고 있다는 거 안다. 지금도 모를 건 햇살얘기가 왜 갑자기 엉뚱한 방향으로 튀는 걸까. 그 순간 이번 여행 김빠진 사이다 꼴 날수도 있겠다는 걸 안 거죠. 난. 한참을 망설였고 포인트와 타이밍 놓칠까 봐 진땀 좀 뺐네요. 대화와 수다. 남자에겐 병아리 감별하는 것만큼이나 어려운 숙제가 아닐 수 없다.

차이나타운

월미도에서 2번 버스(월미도-효성동)타고 동인천역에서 내려 건널목만 건
너면 차이나타운. 공화춘을 개조해 만들었다는 자장면박물관을 찾아가고
있다.

내가 기억하고 있는 것은 수타 치는 짱께. 그 냄새에 이끌려 일부러 그 앞
을 지나다닌 적도 몇 번 있으니 추억이라면 추억이다. 그러니 초기 공화춘
의 모습을 생생하게 재현해 놓았다니 궁금할 밖에. 간판에서 주방과 식탁,
배달가방에 당시 사용했던 그릇까지 있었다.

자장면 한 그릇 앞에 두고 흐뭇해하는 가족들의 모습을 재현한 것이 재
밌다. 표정들이 익살스러워서 한바탕 웃고 가는 자리다. 누가 흉을 보거나
말거나 우리도 한바탕 웃었다. 나올 때 문에다 붙이라고 붉은 글씨의 '福'
부적을 쥐어주었다.

이 거리는 중국식당이 밀집된 곳으로 먹을거리가 풍성한 거리다. 뭘 먹지
가 아니라 뭐부터 먹지다. 몇 번 오긴 했지만, 그때마다 둘러볼 생각은 않고
정신없이 음식만 시켜먹고 떠나곤 했다. 오늘은 배고플 때까지 이 골목, 저
거리를 기웃거릴 것이다. 계획 없이 걸어 다닌다는 것이 맞다.

자장면 한 그릇씩 먹고는 화덕만두가게로 부지런히 갔는데 가게 앞에 줄
선 손님이 안 보인다. 우물쭈물 한 것도 없다. 아주 잠시 잠깐. 뒤에 하나둘
선다 했는데 어느새 출퇴근 시간대 광역버스정류장을 떠올리게 한다. 거 있
잖아요. 줄 서서 기다릴 때면 뒷손님의 줄이 길면 길수록 그만큼 기분이 좋
고 만족감이 커진다는 것.

그들은 만두가 나올 시간에 맞추어 찾아온 모양이다. 센스가 있네요. 그
생각을 못 한 것이 아니라 안 한 건데요. 각자 시간개념이 다르지 않나요. 종
종걸음과 느긋함의 차이라 할까.

월미도 아이네이버호텔

버스 타고 소래포구

2014년 12월 8일(월)

커튼을 여는 순간, 숨넘어가는 줄 알았다. 온 천지가 눈으로 덮여 있었다. 어젯밤에 가로등 불빛에 흩날리는 눈발이 어찌나 멋있던지 그걸 지켜보다 잠이 들었던 걸 떠올렸다. 고 녀석들이 밤새 월미도의 나뭇가지며 땅이며 지붕에 사뿐히 내려앉아 설경을 그려냈다.

바다로 기우는 말간 보름달과 천지를 덮은 흰 눈이 구름 한 점 없는 하늘빛과 어울려 눈이 부실 정도로 고왔다. 젊었으면 뛰쳐나가 눈을 뭉쳐 눈싸움하겠다고 색시 불러냈겠지요. 첫 발자국을 남기겠다고 눈 위를 걸어 다니기도 했을 테고. 몸은 꿈쩍 않고 눈만 외출하고 돌아온 걸 보면 나이는 속일 수 없는가 보다.

2번 버스 타고 21번 버스로 갈아탔다. 소래포구에 도착하니 12시 반. 구경보다는 고픈 배를 해결하는 것이 먼저였다. '소래포구 뱃터재래 어시장'을 코앞에 두고 식당부터 찾았다. '진경이'네서 횟감으로 광어와 우럭을 떠서 양념집인 '공희네'로 가면 된다. 우린 입에 착착 달라붙는다며 젓가락질하기 바빴고 겨울에 땀까지 흘려가며 먹었다.

어시장은 생각보다 한산하다며 툴툴댄 걸 후회하고 있었다. 안엔 발 디딜 틈이 없을 정도로 손님들이 많았다. 구경하고 흥정하는 손님들과 호객하는 소리로 떠들썩하다. 안 깎으면 손해 볼 것 같은 분위기도 있다. 우리 의지가 아니라 등 떠밀려 다녔다. 펄펄 뛰는 생선을 두고 흥정하는 모습이 제일 재미있다. 진짜 장터냄새가 난다.

상인들의 웃음, 몸짓, 호객소리, 보상심리를 이용한 안기기 작전. 손님 끄는 재주를 한 가지씩은 다 가지고 있었다. 난 여행지에 가면 장터며 시장은 엔도르핀 농장이라며 찾아다니는 걸 좋아한다. 매번 썰렁한 분위기에 실망하곤 했다. 눈과 귀가 즐겁지 않으면 오히려 스트레스 받기 딱 좋은 곳이다. 그러다보니 그 시간이 아깝단 생각을 많이 했다.

오늘 시장 구경은 아니었다. 여기저기서 흥정하는 광경을 보는 재미가 있는데다 주머니를 열지 못해 안달이 났다. 우린 뭐 살 것 없어요? 아내도 무언가 사는 재미를 느끼고 싶은 표정이던데 서운하긴 했던 모양이다.

소래포구 역사로 가려면 박물관 마당을 들러 작은 청동상들을 보고 가야 한다. 조개 줍는 해녀, 파도에 표류하는 어부, 잔칫상을 받은 손님들. 포구 원주민들의 살아온 모습을 표현한 걸 보곤 아내가 더 좋아한다. 웃는 모습이 고왔다.

파도소리며 통기타소리의 그리움이 있는 송도유원지는 다신 그 모습을 볼 수 없을 것 같다. 개발 열풍이 한창이었다. 서민은 추억을 잃은 대신 누군가는 저 안에서 돈을 쓸어 담는 꿈에 부풀어 있을 것이다. 9번 버스 타고 신포국제시장에 들러 45번으로 갈아타고 하루 여행을 마무리 했다.

오늘은 버스 여행이었다. 추억이란 아닌 사람에겐 눈물일 수 있지만, 가진 자에게는 면류관이란 말. 무슨 말인지 알 것 같다.

월미도 아이네이버호텔

동화마을

2014년 12월 9일(화)

월미도에서 2번 버스 타면 동인천역까지는 알아서 데려다준다. 코딱지만한 역사 안을 들여다보고 가는 거다. 기억이 새롭건 까맣게 잊혀졌건 그것이 아니라 그 자리를 지키고 있기에 기억을 살리는 실마리가 된다.

동화마을은 차이나타운 바로 옆에 있다. 계획에 따라 차이나타운과 연계해 하루 관광 품을 팔 수도 있다. 오늘은 도로를 건너 왼쪽. 조금 걸어가면 동화마을이다. 젊은이들이 새 삶을 찾아 하나둘 떠나자 마을은 생기를 잃었고 이를 안타깝게 생각한 마을 노인들이 팔을 걷어붙인 결과라고 한다. 마을에 아이들의 웃음소리가 다시 돌아오게 할 수는 없을까. 그 마음 하나로 마을에 색을 입히고, 디자인을 모셔오자 기적이 일어났다고 한다. 집집마다 골목마다 개성 있는 색을 입히기 시작했고 지자체도 돕겠다고 발 벗고 나서서 맺은 결실이다.

지붕과 벽은 동화속의 예쁜 꽃과 이야기를. 창문엔 이야기를 들려줄 디자인 아가씨, 아저씨까지 모셔왔다. 가스배관이며 물받이까지 마을잔치에 초대했더니 화려한 골목이 되었더란다. 젊은이와 아이들의 웃음소리가 골목마다 굴러다니는 건 당연하겠지요.

부지런히 돌아다니며 보고 들을 필요가 없는 곳이다. 이 골목 저 골목 기웃거리기만 해도 힐링이 되는 곳. 실은 우리는 그림이 아니라 웃음소리를 찾아 다녔다는 표현이 맞을 거다. 사진 찍느라. 웃느라 너나없이 정신 줄은 놓고 있는 모습이 좋아 보였다. 우린 동화마을을 동화속인 줄 착각했던 것 아닐까. 잔 미소를 흘리며 다닌 걸로는 많이 부족할 수 있겠다.

자유공원에서 화평동 냉면골목

도보여행의 장점은 두 발로 마을과 마을을 넘나드는 것이다. 골목을 걷다보면 옆 동네로 이어진다. 콧방귀부터 뀌지 말고 한번 내말 들어봐요. 골목여행 다녀보신 적 있나요? 혹 시골 고향 가시면 옛 골목을 둘러보고 오신 적 있나요. 도회지가 고향인 사람도 골목이 그립긴 마찬가지에요.

골목을 다니다보면 꾀도 나고 다리가 아파도 마땅히 쉴 곳은 없지만 이 나이에 그리움이란 걸 빼면 남는 게 없잖아요. 골목은 정감이 가는 낯익은 얼굴들과 마주치는 곳이기도 하다. 옆집의 아주머니, 아저씨, 할머니, 할아버지의 고단한 모습을 감추고 환하게 웃는 얼굴들이 보이는 것 같다.

골목은 어릴 적 소꿉동무를 불러낼 수 있는 유일한 길이다. 거기엔 우리 세대만이 갖고 있는 정과 그리움이 있다. 동화마을의 골목길은 자유공원으로 가는 언덕배기로 이어진다. 그 공원엔 동화 속 동물가족이 모여 산다. 오늘은 마을 잔칫날, 붉은 앵무새더러 망보라 하고, 청개구리, 아기꽃사슴, 다람쥐가족, 병아리가족에 토끼와 곰까지 다 불렀다. 미소 한 소쿠리 담아오긴 했는데 이마에 잔주름 하나쯤은 늘었겠다.

자유공원 야외무대에는 인천의 늙수그레한 멋쟁이들은 다 모였다. 정신 줄 놓고 사는 유식한 할매. 그 할매에게 커피 한 잔 권할 줄 아는 센스 있는 커피아줌마, 귀를 자물통으로 걸어 잠근 할배, 막무가내의 심술보 할망, 박자는 안 맞는데 열심인 뭘 좀 아는 어르신. 우리도 돌담 한 귀퉁이를 빌려 엉덩이를 붙였다. 한동안 우리가락에 취해 들썩들썩하며 그냥 내 맡기니 되던데요.

맥아더 동상을 끝으로 추억의 먹자골목, 화평동 냉면골목을 찾아가는 길이다. 손님들로 북적거릴 거라 생각하고 왔는데 완전 빗나갔다. 다리에 힘이 쑥 빠진다. 아무리 세어 봐도 손가락이 남을 것 같다. 냉면을 먹어보고서야 알았다. 이 골목의 얼굴이 양푼이 냉면이란 걸, 양이 아닌 맛이나 특색으로 갈아탔어야 했는데 시기를 놓치는 바람에 골목이 썰렁한 모양이다.

달동네박물관은 멀기는 하지만 골목길이 지루할 틈을 주진 않는다. 송현시장은 정기휴일. 거기서부터 묘하게 꼬이기 시작한다. 인천 최대의 달동네라는 송현동 솔빛마을을 아파트단지로 개발하면서 과거를 잊지 말자며 지은 박물관이라고 한다. 산꼭대기까지 올라가다보니 도착하기도 전에 맥이 풀리고 말았다. 안 보고 가겠다는데 나도 얼른 동의했다.

옛날에는 배를 대었다하여 붙여진 배다리까지 산을 걸어 내려와선 버스 타고 호텔. 색시가 버스 안에서 눈이 감기는 걸 못 이긴다. 나도 많이 힘들었다. 산을 두개나 넘었으니 어찌 안 그렇겠는가. 오늘은 과욕을 부린 내 잘못이 크다.

월미도 아이네이버호텔

오늘은 지하철 여행

2014년 12월 10일(수)

12월, 햇살이 있으면 따뜻하고 구름 속에 몸을 숨으면 서늘함을 느끼는 계절. 그 좋던 얼굴은 열두 폭 치마로 가려버린 데다 구름이 바람을 데리고 와서 그런가. 쌀쌀하다. 버스 손님들도 추운지 입을 꾹 다물었다.

인천역에서 부평역까지 가서 갈아타고 부평구청역에서 내리는 지하철여행이다. 근데 어제 피곤이 덜 풀렸는지 깜빡 졸았다. 눈 떠보니 세 정거장이나 지나쳐 중동역까지 가고 말았다. 갈아타고 되돌아가는 수고를 했다.

끼니때를 놓칠까 봐 부평구청역에서는 택시를 탔다. 부영로에 있는 '천성'이란 식당을 찾아가는데 기사가 그래가지곤 자긴 못 찾아가겠단다. 산곡고등학교 앞이라는 걸 기억 못 했더라면 애 좀 먹었을 거다. 내 눈엔 평범한 중화반점이었다. 이 집 볼거리는 중화요리들을 모형으로 전시해 놓은 진열장이었다. 매력 있단 말엔 동의하겠으나 요리나 음식이 맛있거나 고급스럽다는 말은 아껴야할 것 같다.

우리가 점심 코스요리를 시켰는데 그냥 동네반점이었다. 누룽지해물탕, 사천모듬 해물볶음, 칠리중새우. 소고기피망볶음. 면 요리. 그릇이 투박하면 요리를 일정시간 따끈하게 하는 데는 도움이 되지만 요리 먹고 간다는 기분은 안 들었다. 배불리 잘 먹고 간다.

컨디션 좋을 때는 배부르면 소화를 시키자며 걷는 경우가 있다. 오늘이 그런 날이다. 부평구청역까지는 큰길이 아니라 동네골목길을 걸었다. 모르면 물었다. 목례를 살짝 건네기만 하면 마음은 인천 시민이다.

차이나타운에 가서는 또 자장면만 먹고 왔다. 월미도의 마지막 밤이라며 옛날꽈배기와 대만월병에 공갈빵까지 한보따리 담았다. 소통은 말솜씨가 아니라 미소와 눈빛만으로도 충분하다는 걸 알게 해준 하루였다. 골목길에서 만난 사람들 가끔은 그리울 것 같다. 누가 물으면 인천을 두루 둘러보고 오기만 했겠소. 그래야 할 것 같다.
월미도 아이네이버호텔

한국 이민사 박물관

2014년 12월 11일(목)

한국 이민사 박물관이 월미도에 있다. 영종도로 가는 길에 있으니 들르기 좋은 곳이다. 구한말에 농민들이 가뭄과 굶주림으로 중국이나 러시아로 이주한 역사까지 보여주었다. 1902년에 갤릭호를 타고 미국 땅 하와이에 최초로 이민 간 102명의 명단을 석판에 새겨두었다. 이들의 개척정신은 우리 민족의 이민사의 밑거름이 되었을 것이다. 아니 분명 그랬다. 용감한 사람들만이 누리는 축복이 그들에게 있었을 것이라 믿고 싶다.

6.25난리를 겪으면서는 국제결혼, 입양, 유학을 목적으로 미국으로 떠났고 브라질은 물론 남미로의 농업이민도 마다하지 않은 우리 민족이 아닌가. 독일로 간 간호사와 광부 사우디로 달려간 노동자에 이르기까지.

이 모두가 우리 근대사의 아픈 역사이면서 오늘을 있게 한 분들로 첫손에 꼽아도 부끄럽지 않은 사람들이다.

상륙작전기념관과 시립박물관

옛 지명은 미추홀, 지금의 송도 야산 기슭에 있다. 고구려 주몽의 아들 비류가 남으로 내려와 처음으로 이곳에 정착하여 나라의 토대를 마련했다는 곳이다.

당시도 이 너른 땅에서 나는 곡식을 놓칠 리가 없었을 것이다. 너른 갯벌에는 채취하기 쉬운 먹을거리가 풍부했을 것이고, 드넓은 평야는 곡식들로 풍요로움이 있는 낙원의 땅이었을 것이다. 당시에도 청량산의 위치로 볼 때 수장의 권위를 세우기 좋은 위치였다.

6.25전란의 분수령이 된 인천상륙작전의 기록물들을 전시하여 후손들에겐 전쟁으로 통일을 꿈꾸는 것이 얼마나 어리석은 짓이었는가를 보여 주었

다. 인천상륙작전의 진행과정을 파노라마처럼 묘사해 놓아 자꾸 보게 된다.

시립박물관은 청량산 땅속에 만들었다고 한다. 발상이 놀랍지 않습니까. 인천에서 출토한 선사-고려시대에 해당하는 유물들을 전시하고 있었다. 역사2실은 조선시대에서 광복 전까지의 고문헌자료와 유물을 전시 하였으며 서화실 기증실까지 둘러보다보니 시간 가는 줄 몰랐다.

인간은 자기가 본 것의 10%, 들은 것의 20%를 기억한다고 한다. 그러니 우리 나이엔 가슴에 왔다간다는 점 하나 찍었어도 성공이라 할 수 있겠다.

송도 센트럴공원

송도 G타워(GCF 빌딩)29층에 올라가면 베란다에 서 있는 시간은 고작 3분 미만이다. 그 시간이면 인천대교와 신도시 송도의 모습을 한눈에 담고도 남는다. 우리 뒤에 온 사람들은 전망대에 나가지도 못했다. 엄청난 바람에 겁먹었다. 경비원이 달려오고 문을 걸어 잠그고 포기는 빠를수록 안전한 법이다.

이 귀한 여행정보는 송도 센트럴공원을 가볼 생각이라고 하자 송도를 조망할 수 있고 점심까지 해결 할 수 있는 좋은 곳이 있다며 시립박물관직원이 귀띔 해준 덕이다. 이런 정보를 놓칠 우리가 아니지요. 바로 내비에 찍었다는 거 아닙니까.

송도 센트럴공원이 발아래 있었다. 조각공원과 테라스공원이 신시가지와 함께 한눈에 다 들어왔다. 송도시민이 일상의 휴식을 즐길 수 있도록 설계한 해수공원이라는데 보자마자 내려가 걷고 싶은 마음이야 굴뚝같다만 바람이 장난이 아니더라고요. 찬 겨울바다바람에 선뜻 발이 떨어지질 않았다.

핫한 곳이 하나 더 있다. 여기가 건물 구내식당이다. 햄버거, 흰쌀밥, 볶음밥, 샐러드, 김치에 오이피클. 아주 단출한 메뉴인데 위생적이고 맛깔스러운 데다 한 끼 식사비가 단돈 오천 원. 믿을 수 없는 가격이다. 입에 맞는다며 더 먹겠다는 우리 마님 겨우 말렸다.

"다음에 또 오면 되지. 과식하면 탈나요. 오늘 너무 많이 먹은 것 같은데요."

시립박물관직원이 너무 고맙지 뭐예요. 그녀가 알려주지 않았으면 인천대교박물관만 보고 갔을 거 아니에요. 그 바람에 그곳은 펑크 냈어요.

인천 공항투어

바람이 아주 심하게 불면 인천대교 통행도 막을지 모른다며 서둘렀다. 바람이 엄청 불긴 했지만 통행금지까지는 아니었다. 막상 인천대교를 들어섰을 땐 바람도 비켜가는 길목인가 했다. 걱정은 무슨 쾌적한 드라이브코스라며 기분 좋게 달린 걸요. 차창으로 스치는 풍경이 대단했다. 내 심장소리가 들리는 것 같았다. 인천대교 가보셨어요, 달려보셨어요. 바다 경치가 끝내주는 멋진 다리였어요. 바닷바람에 달리는 차가 흔들린다는 소릴 들은 것 같은데 우리는 그런 경험도 못해봤다.

오늘은 항공사 승무원들이 묵어간다는 영종도의 어느 호텔에서 자고 가는 날이다. 승무원들의 독특한 말씨며 제복을 깔끔하게 차려입은 모습은 이 나이에도 선망의 대상이다. 난 저들이 평상복을 걸치고 다니는 아니 일상생활을 볼 수 있지 않을까 하는 기대가 컸다. 그들의 발랄한 모습을 보는 것만으로도 힐링이 될 것 같았다. 오감이 행복했을 걸요. 기대는 기대일 뿐이었다.

저녁시간에 동북아 허브라 불리는 인천국제공항으로 관광이나 가기로 했다. 오갈 때 교통편으론 호텔에서 제공하는 정기버스를 이용했구요. 은근히 승무원과 같은 버스를 타고 이동할 거란 기대는 물거품. 차량이 아예 달랐거든요.

외국여행갑네 하고 비행기 타러 올 적에는 짐 부치고 출국하느라 바빴고,

입국하면 바로 버스 타고 집에 가느라 정신없었던 내 모습이 떠올랐다. 오늘은 그 인천공항 내부시설을 속속들이 들여다 볼 생각을 했다.

정말 너르고 깨끗하고 질서정연하고 먹을거리도 많고 충분히 휴식을 취하면서 여행의 피로를 풀기 좋은 곳이었다. 다음 공항에 올 일이 있으면 일찌감치 와서 쉬며 식사도 하고 여유 있게 비행기 타야지. 그런 생각을 안했겠어요.

영종도 휴 인천에어포드호텔

교동도 가던 날

2015년 1월 14일(토)

마지막 달력을 떼어내고 새 달력을 걸었다. '백발이 먼저 알고 지름길로 오더라는 말'을 실감하는 걸 보면 또 한 살 먹었다.

바쁘게, 의욕 있게 사는 것만이 질 좋은 노후를 보내는 건 아니라며 가끔은 행복한 투정을 부리기도 한다. 내가 노인임을 빨리 깨달아야 하는데 그건 뒷주머니에 쑤셔 박아두기로 했다. 아직은 애늙은이고 싶어서다. 그런 우리의 새해 첫나들이는 인천광역시투어의 연장선에서 강화 교동도였다. 매번 그랬듯이 고향 가는 나들이처럼 아내의 가슴도 콩닥콩닥 뛰었으면 좋겠다.

말없이 자리를 지켜온 무심한 섬 교동도.
한강, 임진강, 예성강이 만나 세월의 흔적을 남긴 섬
왕족의 유배지라 마음이 편치 않았나.
휴전선이 휘돌아 장막 치는 바람에
잊혀진 땅이 되어 그러나.
발길 끊긴 포구마을에
가끔은 그리울 것 같은 월선선착장이 지척인데

인적 끊긴 주차장을 헤집고 있는 매서운 바람도 아랑곳하지 않고
포구는 겨울바람이나 한가하게 굴리고 있는데
하늘은 갈 길 먼 내 발목만 잡는구나.

호텔 에버리치

보문사

2015년 1월 15일(월)

요즘 대세는 농, 어촌에서 아이들과 함께 하는 체험관광이다. 관광하면 아직은 패키지다. 관광버스 타고 짧은 시간에 많은 곳을 다닐 수 있는 장점이 있다. 개인여행을 하겠다면 기차나 고속버스 등 대중교통을 이용하는 것이 편하다. 자유여행은 맛집 예쁜 카페 등 패키지에서 놓치기 쉬운 소소한 곳을 찾아다니는 매력이 있다.

우리는 대중교통이 아닌 내 차로 움직인다. 숙소예약은 필수. 볼거리, 맛집에 건강에 좋다는 곳은 꼭 찾아둔다. 그러다보니 컴퓨터와 씨름하는 것이 일상이 되었다. 도착하면 오감을 깨워서 몸으로 느끼며 다닌다. 궂은 날에는 침대에서 뒹굴뒹굴 굴러도 뭐랄 사람 없고, 한 끼쯤 걸러도 걱정 안 해도 된다. 그런 우리가 오늘은 뭐에 씌웠는지 서둘러 길을 나섰다.

그 덕에 외포리 터미널에서 배를 탔고 갈매기가 길 안내를 하니 석포나루가 맞아주었다. 석포나루에서 젊은 부부와 동행한 사연은 이랬다.

"저기 차 안 가져오셨으면 우리 보문사 가는데 같은 방향이면 타세요. 말동무 해 주시면 좋고요."

고맙다는 인사말을 수도 없이 들으며 왔으니 음산한 기운과 바람만 없었더라면 완벽한 하루의 시작이었을 것이다. 차는 한적한 길을 택해 진득이 고개를 넘어 보문사에 도착할 때만 해도 컨디션은 좋았다. 보문사의 수문장은 보문사 향나무로구나. 거기까지다.

굿은 날씨에 바람을 안고 언덕을 올라온 탓인지. 너무 힘이 들었다. 으스스한 날씨에 비구름까지 겨울 날씨에 춥고 바람까지 불어 쓸쓸하면 마음은 대충이기 마련이다. 영험하다는 눈썹바위로 오르는 계단으론 고개도 돌리기 싫었다. 계획은 마야석불까지 올라가는 거였다. 그런데 눈치 챌라 입도 뻥끗 안했다. 갔다 오자면 작살나는 거다. 솔밭식당도 마음에서 지우기로 했다. 예쁜 카페에서 커피 한잔 마시자는 계획까지도.

눈치 백단이신 마님 우리 내려가자며 다그친다. 얼마나 힘들면 그럴까. 내 마음을 벌써 읽었다. 힘들어 하는 내 모습이 안됐던 모양이다. 차타고 폐허가 되다시피 한 매음리 선착장이라도 보고 가자고 했지만 건성이었다. 난 화장실이 더 급했다. 컨디션이 이리 안 좋은 것이 쌀쌀한 날씨 탓만은 아니었나 보다.

익명의 누군가가 통장에 행복을 송금했다는 메시지를 보내줄 것만 같은 달콤한 꿈을 꾸고 있다. 오늘 같이 울적한 날 인출해 쓰면 요긴하게 쓸 것 같은데.

강화도 호텔 에버리치

유배지 교동섬

<u>2015년 1월 16일</u>

막이 오르는 순간부터 맡겨진 배역에 충실해야 한다. 대본 대로 연습을 거듭하고 무대에 오르면 실수 없어야 하는 긴장된 생활이다. 주연·조연이면 좋겠지만 무게감 없는 단역이라도 마다할 이유가 없다. 대사 한 토막 없는 배역을 맡았다면 최선을 다했고 그 무대가 성공한 무대로 박수갈채를 받으면 성공한 인생이다.

난 존재감 없는 군중A 군중B의 역할이었지만 감사하게 생각하고 열심히 큰 무대에 올랐던 단역배우다. 비록 단연이지만 맡은 역을 무리 없이 소화해낸 것에 지금도 자부심을 갖고 있다. 그 덕에 지금은 간이무대지만 주연 배우로 산다. 작은 역할도 마다않고 무대에서 최선을 다한 결과로 얻은 역할이다.

영화 '국제시장'은 우리 시대의 축소판이라고 한다. 희극과 비극을 넘나들며 일인다역도 마다 않은 우리의 살아온 모습을 보는 것 같아 콧물이라도 흘려야 볼 수 있다고 한다. 엑스트라로서 묵묵히 자리를 지켜온 그 시대를 살아왔기에 우리는 당당해도 된다. 무명생활이 길었다고 해서 유명배우가 되지 말란 법이 어디 있습니까.

무대에서 내려왔는 데도 아직 분장을 지울 생각을 안 하는 건 미련이 있어서가 아니다. 힘들 무명생활을 견뎌온 자신이 대견해서 그러는 거다.

교동대교가 분단의 아픔을 이고 지고 서 있다.
바닷길이 갈라진 비극을 아는가. 강물이 실어 나른 너른 평야는
봄이면 얼굴에 잔주름 짓는 들, 들, 들
교동과 상견례라도 치르려면 교동향교로 가야하고
안평대군, 임해군뿐인가 당집은 연산군의 유배지가 아닌가.

강화도령 잠저 소에는 그 당시 우물이 남아있다는데
달 우물 광천수는 '마라쓴물 칼슘 탕'
무거운 마음을 가벼운 걸음에 담아 세월의 흔적을 더듬어 보지만
품앗이로 점심 정을 나눈다는 들밥인심은 남겨둔 거 같은데
논두렁에 자장면 그릇이 웬 말이요.

큰 기대는 안했겠지만 그래도
강화역사박물관에 들른다고 아린 역사를 굳이 끄집어낼 필요는 없었나 보다.
길 건너 고인돌 박물관에 눈길 한 번 줄 법도 하건만

짓궂은 바람까지 데리고 왔으니 한숨만 나올 밖에
강화여행은 심술꾸러기와 장난치다 가는 꼴이 되었네.

호텔 에버리치

강화도를 비구름 달고 다니다

<u>2015년 1월 17일</u>

햇살은커녕 싸라기눈을 쏟아낼 날씨다. 강화도의 날씨가 짓궂기로 하면 마귀할멈 뺨친다.

우리는 아예 호텔에서 뒹굴다 점심때 쯤 가자는데 입을 맞추어 놓은 상태다. 집으로 가기 전에 들를 곳은 한군데 밖에 없다. 강화해협을 지키는 중요한 요새로 병인양요, 신미양요, 운양호 침공 등 근세 외침에 대항하여 싸운 격전지 갑곶돈대를 들러 가면 된다.

차에서 내리자마자 경사 났다며 좋아했다. 따뜻한 햇살이 돈대 주변을 비추고 있다. 그 귀한 해님이 구름 틈새를 비집고 얼굴을 반쯤 내밀었다. 10여분도 채 안 되는 짧은 시간이었지만 그 동안은 따뜻한 온기가 너무 좋았다. 정신 줄 놓은 이처럼 뛰어 다녔다.

강화도에 발을 들여놓은 후로 처음 웃은 것 같다. 아내도 햇살이 주는 행복을 맘껏 즐기는 것 같았다. 우린 웃음을 흘리고 다녔다. 웃는다는 건, 웃을 수 있다는 건 축복이란 걸 알았다. 누구에게도 해가 되지 않으면서 우리 몸을 들뜨게 하는 마법의 주머니. 미소는 내 마음을 더욱 편안하게 해주니 매력덩어리다.

해님은 아주 잠시 웃음바이러스를 던져주곤 먹구름 속으로 자취를 감추자 기다렸다는 듯 바람이 심술을 부리기 시작한다. 순간적으로 날씨가 바뀌자 아내의 표정이 돌변한다. 이럴 땐 서둘러 자리를 뜨는 것이 최선이다. 강화도는 가슴 벅찬 행복을 그려보는 데는 실패했다.

그러나 기억하고 싶지 않은 경험. 빨리 잊고 싶은 추억만 가져간다. 이번 시간여행은 꽤 오랫동안 그런 기억들이 악몽처럼 괴롭힐 것 같다.

월미도 아이네이버호텔, 호텔 에버리치, 영종도 휴 인천에어포드호텔